신기루

蜃氣樓

신기루 3

허담 新무협 판타지 소설

초판 1쇄 찍은 날 § 2006년 12월 20일
초판 1쇄 펴낸 날 § 2006년 12월 28일

지은이 § 허담
펴낸이 § 서경석

편집장 § 문혜영
편집책임 § 이재권
편집 § 유경화

펴낸곳 § 도서출판 청어람
등록번호 § 제1081-1-89호
등록일자 § 1999. 5. 31
어람번호 § 제2-1086호

주소 § 경기도 부천시 원미구 심곡1동 350-1 남성B/D 3F (우) 420-011
전화 § 032-656-4452 팩스 § 032-656-4453
http://www.chungeoram.com
E-mail § eoram99@chollian.net

ⓒ 허담, 2006

ISBN 89-251-0415-6 04810
ISBN 89-251-0412-1 (세트)

蜃氣樓

· 십대괴객(十大怪客)

신기루

3

Fantastic Oriental Heroes

허담 新무협 판타지 소설

모든 일은 내가 태어나기 삼 년 전. 그러니까 지금으로부터 십오 년 전에 시작되었다. 내가 살고 있는 동해의 작은 어촌에서 배를 몰아 북쪽으로 오 일 정도 북상하면 수많은 섬으로 이루어진 성주군도(蜃珠群島)라는 디도해가 펼쳐진다. 물은 맑고 수초는 풍성해 한번 그물을 드리우면 그물이 찢어질 만큼 많은 고기를 잡을 수 있는

청어람
도서출판

목차

第一章

만남과 이별

언제나처럼 원강의 수면이 안개로 뒤덮였다. 새벽부터 해가 높이 솟을 때까지 원강 주변은 어두운 밤보다도 시야가 밝지 못하다. 안개가 걷히기 전까지는 채 오 장 앞의 물건도 볼 수 없게 만드는 원강, 그 속에서 삼십대 장한과 십대 소년이 낡은 어선을 저으며 하류로 내려가고 있었다. 힘껏 배를 저으면서도 소년의 충혈된 눈에서는 끊임없이 눈물이 흐르고 있었다.

"송 공자, 너무 걱정 마시게. 송 대협께서는 반드시 깨어나실 거야."

삼십대 장한과 소년은 장사진의 말에 따라, 낡은 어선이 물결을 따라가다 자연스럽게 닿은 강변에서 오 일간 귀곡의 문도들을 기다린 송문악과 무각이었다. 그리고 지금 그들은 지난 오 일간 머물던 강변의 숲을 떠나 원강의 하류로 내려가고 있었다.

무각의 말에 송문악이 충혈된 눈으로 배의 중앙에 시체처럼 누워 있는 사람을 바라봤다. 온몸을 송문악과 무각이 덮고 자던 모포로 감싼 사내, 얼굴은 한 올의 핏기도 찾아볼 수 없을 만큼 창백했다. 송무군이었다.

"하지만 피를 너무 많이 흘리셨어요. 잘려진 다리에서……."

송문악이 울먹이며 입을 열었다. 그의 목소리는 절망적이었다.

"송 공자, 속단하기엔 이르네. 아직 맥이 뛰고 있지 않은가? 더군다나 송 공자가 최선을 다해 치료를 했으니 기다려 보세. 송 공자의 정성을 보았다면 하늘이 송 대협을 그리 쉽게 데려가지는 않을 걸세."

송무군이 송문악과 무각의 눈에 발견된 것은 오늘 새벽이었다. 송문악은 원강의 물줄기가 강변 쪽으로 흘러드는 곳에 낡은 그물로 천마금진(天馬擒陣)을 펼쳐 놓고 송무군과 장사진을 기다리고 있었다. 그들이 강변에 인접한 숲에 몸을 숨기고 귀곡의 사형제들을 기다리는 지난 오 일 동안 원강의 물은 붉었다. 또한 수없이 많은 시신들이 그 핏빛 강물을 따라 하류로 흘러내려 갔다.

원강을 따라 떠내려가는 시체가 많아질수록 송문악이 쳐놓은 천마금진에 걸리는 시신도 늘어갔다. 두 사람은 새벽같이 천마금진에 걸린 시신들을 끌어 올려 혹 자신들이 아는 사람들이 있는가를 확인하는 것으로 하루를 시작하곤 했다.

하지만 장사진과 약속한 오 일째의 새벽이 찾아올 때까지 그들이 아는 사람의 시체는 단 한 구도 발견되지 않았다. 그것은 좋은 일이기도 했지만 또 걱정스런 일이기도 했다. 그들이 아는 사람들의 시체를 발견하지 못했다는 것은 귀곡의 문도들이 아직 살아 있다는 이야기일 수도 있었고, 오 일이 지날 때까지 아무도 자신들을 찾아오지 않았다는 것은 또한 귀곡의 문도들이 신기루에서 모두 죽었으되 시체조차 찾을 수 없는 상황이라고 생각할 수도 있었다.

하지만 날이 밝기 전에 귀곡 문도들의 생사를 확인하지 못한 채 두 사람은 떠나야 했다. 그것이 애초에 장사진과 한 약속이었다. 오 일이 지나면 원강을 따라 내려가 하구를 벗어나는 것, 그리고 이런 경우 계획된 대로 행동하는 것이 옳다는 것을 두 사람은 알고 있었다.

그런데 그들이 떠날 채비를 하고 마지막으로 천마금진을 펼쳤던 그물을 끌어 올렸을 때, 그들은 드디어 그들이 알고 있는 한 사람을 만나게 되었다.

물에 퉁퉁 불은 몸, 굳게 닫혀진 입과 눈, 그리고 한쪽밖에 남아 있지 않은 다리… 하지만 시체의 모습을 한 그 몸으로도 한 자루의 도와 한 자루의 검을 꼭 쥔 두 손은 품속에 든 물건을 잃어버리지 않기 위해서인지 가슴에 모아져 있었고, 등에는 두 개로 나뉘어진 검은색 창이 엇갈려 메어져 있었으며, 허리춤에는 작은 철궁 하나가 달랑거리고 있었다.

송무군이었다.

처음 두 사람이 송무군을 배 위로 끌어 올렸을 때, 그들은 송무군의 숨이 끊긴 것으로 생각했었다. 몸이 물에 불은 정도와 한 다리가 잘린 송무군의 모습은 시체와 다를 바 없었기 때문이다. 하지만 놀랍게도 송무군의 맥은 살아 있었다.

송문악은 스스로를 자책했다. 왜 장사진의 의술을 좀 더 열심히 배우지 않았던가. 물론 송문악의 의술이 스스로를 자책할 만큼 형편없는 것은 아니었다. 오히려 그의 나이를 생각한다면 무척 뛰어난 의술을 지니고 있다고 할 수 있었다. 하지만 송문악의 의술로는 희미한 맥만 느껴지는 송무군을 살려낼 수 없었다. 그의 머릿속에 든 모든 지식들을 동원해도 송무군을 살려낼 방법이 떠오르지 않았다.

그래서 시체와 같은 모습을 하고 있는 송무군에게 송문악이 할 수 있는 일은 송무군의 품속에서 나온 봉황신침을 송무군의 혈 깊숙이 꽂아 넣는 것이 전부였다. 혈이 자극되어 한 올의 생기라도 살아나기를 바라는 마음으로 눈물을 흘리며 송무군의 전신에 봉황신침을 꽂아 넣자 무각이 말했다.

"송 공자, 즉시 이곳을 떠나야 하네. 혹 송 대협을 찾으려 는 자들이 있을지도 몰라."

그렇게 두 사람은 송무군을 건져 올린 그 자리에서 원강의 하류를 향해 배를 몰기 시작했다.

어느새 안개가 걷혔다. 원강 주변의 풍경은 다시 천혜의 아 름다움을 뽐내고 있었다. 사람들의 피로 붉게 물들었던 강물 도 어느새 다시 예전의 푸른빛을 되찾고 있었다.

끼익끼익!

송문악과 무각 두 사람은 쉬지 않고 노를 저었다. 새벽에 시작된 노 젓기는 두 사람 모두를 피곤에 절게 만들었지만, 그들은 노 젓기를 쉬지 않았다. 가급적 신기루로부터 더욱더 멀어지는 것이 지금 두 사람이 해야 할 가장 급한 일이라는 것을 둘 모두 알고 있기 때문이었다.

송무군은 여전히 숨을 쉬지 않았다. 아니, 어쩌면 숨을 쉬 고 있는지도 몰랐다. 그의 맥이 살아 있다는 것은 어떤 식으 로든 그의 몸에 공기가 들어가고 있다는 의미일 테니까. 하지 만 두 사람이 보기에 송무군은 전혀 숨을 쉬고 있지 않은 사 람으로 보였다. 송문악은 노를 저으면서 한시도 송무군의 얼 굴에서 시선을 떼지 않고 있었다.

"뇌사(腦死)라는 것이 있다. 몸은 살아 있으되 영혼은 몸을 떠난 상태를 말하는 것이지. 그런 사람들은 대부분 시간이 지나면 죽음에 이르게 마련이지만, 만에 하나 살아나는 사람도 있긴 하다. 허황된 소리일지 모르지만 그런 사람들 대부분은 자신이 저승을 보았다고 말하기도 하지. 어쨌든 뇌사에 빠진 사람의 생명은 그야말로 하늘에 달려 있다고 할 수 있다. 죽을 운명이면 죽을 것이고 살 운명이면 살아나겠지. 그런 환자에게 의원이 할 수 있는 일은 없다. 그저 기다리는 것뿐!"

문득 송문악의 머릿속에 과거 장사진이 치료한 사람 중 한 명이 떠올랐다. 당시 장사진은 그 환자를 보고 뇌사라는 것에 대해 송문악에게 설명했었다. 약초를 캐기 위해 산을 타던 사람이었는데 절벽에서 발을 헛디뎌 뇌사에 빠진 산사람이었다.

'당시 그 사람은 결국 죽었지.'

송문악의 가슴 한쪽이 서늘해져 왔다. 송무군의 모습이 과거 그가 보았던 뇌사자와 비슷해 보였기 때문이다. 아니, 어쩌면 송무군의 상태가 당시의 뇌사자보다 더 안 좋은 상태일 수도 있었다. 당시 뇌사자는 적어도 숨은 쉬고 있었으니까.

"강호에는 스스로 죽음에 가까운 상태에 이루도록 하는 특이한 기법들이 존재한다네. 송 공자도 알다시피 나도 구명사심술(求命死心術)을 이용하여 살아나지 않았던가? 송 대협도 우리가 모르는 어떤 비술로 스스로 이런 상태에 놓이신 것일 걸세. 그러니 너무 걱정 말게. 송 대협께서는 반드시 스스로 깨어나실 걸세."

무각이 송문악을 보며 말했다. 송문악은 무각의 말을 믿고 싶었지만, 그가 무각에게서 배운 구명사심술의 모습 또한 지금 송무군의 상태와 같지 않았다.

문제는 호흡이었다. 호흡이 없는 것··· 더군다나 송무군의 절단된 한쪽 다리는 이미 상당 부분 상해 있었다. 이런 상태로라면 송무군이 깨어난다 하더라도 그의 목숨은 그리 오래 지속될 수 없을 터였다.

또 시간이 흘렀다. 하루 동안 세상을 밝히던 해가 지며 원강이 붉은 노을로 물들었다. 송무군에게는 어떤 변화도 일어나지 않았다.

"뭍으로 가지 말고 물 위에서 자도록 하세, 송 공자!"

무각이 노 젓기를 멈추고 입을 열었다. 그로서는 실로 오랜만에 노 젓기를 멈춘 것이었다. 송문악은 강을 따라 내려가는 중간중간 송무군을 살피느라 몇 번의 휴식을 가졌지만, 무각은 거의 하루 종일 쉬지 않고 노를 젓고 있었던 것이다. 그나마 물길을 따라 하류로 내려가기에 가능한 일이었다.

"그렇게 해요, 아저씨. 노를 젓지 않아도 배가 물길을 따라 내려갈 테니 굳이 뭍으로 나갈 필요가 없지요. 그나저나 아저씨는 좀 쉬도록 하세요. 하루 종일 노를 저었잖아요."

"난 괜찮네, 송 공자! 본래 도둑들은 제법 끈기가 있다네. 나는 도둑 중에서는 상급(上級)에 속하는 도둑이니 끈기로 말하자면 남에게 뒤지지 않는다네."

무각은 가라앉은 송문악의 기분을 생각해서인지 일부러 농을 섞어 대답했다.

"알아요. 아저씨가 어떻게 살아났는지 이미 보았으니까요. 그런 기적이 아버지에게도 일어나길 바랄 뿐이에요."

"반드시 그리될 걸세. 나 같은 사람도 살아났는데, 하물며 송 대협 같은 분이 죽으실 리가 없지. 자자, 송 공자도 조금 쉬도록 하게. 송 공자도 하루 종일 쉬지 못했으니……."

두 사람은 서로에게 쉬기를 권하며 오랜만에 노를 놓고 등을 배의 옆구리에 기댄 채 휴식을 취하기 시작했다. 아마도 오늘 밤은 이렇게 나야 할 듯싶었다.

잠시 후 무각이 무엇인가를 뒤적거리더니 배 한쪽에서 마른 어포를 꺼내 송문악에게 넘겨주었다. 송문악은 무각으로부터 어포를 넘겨받아 입에 넣고 천천히 씹으며 서쪽 산 위로 넘어가는 마지막 해를 바라보았다. 태양은 언제나 처음 뜰 때와 마지막에 질 때가 가장 붉었다.

물소리 때문일까. 아니면 뱃전으로 한두 방울씩 튕겨 오르는 새벽 강물의 시림 때문일까. 의식의 저 너머로부터 한가닥 빛이 송무군을 찾아들었다. 환영처럼 발아래에서 소용돌이치던 원강의 푸른 물결이 떠올랐다.

'살았는가?'

송무군이 번쩍 눈을 떴다. 남방의 맑은 하늘에 보석처럼 박혀 있는 별들이 반짝였다.

'살았군. 질긴 목숨이야. 허허허!'

송무군은 속으로 처연한 웃음을 흘려냈다. 정말 질긴 목숨이었다. 십칠 년 전에도 이와 같았다. 동해의 그 엄청난 파도 속에서도 그는 살아났었다. 비록 풍화촌에서 삼 년 동안 몸을 추슬러야 했지만 어쨌든 그는 살아났던 것이다.

'이번엔 얼마나 걸릴까?'

송무군이 단전으로 신경을 모았다.

'제길… 이번엔 어렵겠군.'

단전으로부터는 단 한 올의 온기조차 느껴지지 않았다. 단전이 파괴되었을 수도… 그래서 공력이 완전히 흩어졌을 수도 있었다. 어쩌면 다시는 복원할 수 없는 상태가 되었을지도 몰랐다. 뱃전에 튕겨 얼굴에 떨어지는 한두 방울 찬물의 감각을 제외하자면 온몸에 느껴지는 어떤 감각도 없었다. 송무군은 자신의 몸이 자신의 신경으로부터 완전히 벗어나 버렸다는 것을 깨달았다.

'지독하게 당했군.'

절벽으로 뛰어내리기 전 그의 몸은 이미 만신창이가 되어 있었다. 그리고 절벽으로 뛰어내릴 때, 십 사령이란 자의 마지막 일격은……

'그렇군. 다리도 한쪽 없겠군. 휴… 그래도 살아남았다는 건가?'

문득 송무군의 귓가에 인위적으로 만들어내는 물결 소리가 들려왔다. 송무군은 그제야 자신이 물결을 따라 내려가는 배 위에 누워 있다는 것을 깨달았다.

'누군가? 누가 날 구한 것인가?'

송무군은 고개를 돌리려 했으나 목을 움직이는 것조차 그의 의지 밖의 일이었다. 송무군이 가까스로 눈을 돌려 물결 소리가 만들어지는 곳으로 시선을 옮겼다. 별빛 가득한 하늘을 배경으로 작은 체구를 가진 소년 하나가 힘겹게 노를 젓고 있었다.

'문악……!'

혈육을 알아보는 데에는 별빛만으로도 충분했다.

송문악이 잠에서 깼을 때, 무각은 잠들어 있었다. 하늘에 별이 성근 것을 보니 아직 아침이 되려면 적지 않은 시간이 남아 있었다. 송문악은 여전히 시체처럼 누워 있는 송무군의 맥을 한 번 살피고는 노를 집어 들었다. 그리곤 세 사람을 태운 배를 한 시진이 넘도록 홀로 젓고 있었다.

그렇게 홀로 한참 동안 노를 젓던 송문악은 문득 이상한 느낌을 받았다. 자신의 뒤쪽에서 무엇인가 정체를 알 수 없는 기운이 전해지고 있었다. 그것은 마치 누군가 자신을 오랫동안 응시하고 있었을 때, 자신도 모르게 느껴지는 상대의 기운 같은 것이었다. 순간 송문악은 자신의 머리카락들이 올올히 일어나 하늘로 솟구치는 듯한 느낌에 빠져들었다.

'누군가?'

송문악의 가슴 한쪽에 두려운 마음이 일었다. 송문악은 신기루의 고수들을 알지 못했다. 송무군과 장사진, 그리고 귀곡의 문도들을 공격한 사람들이 누구인지 몰랐다. 하지만 또한 송문악은 자신들이 한시도 한곳에 머물면 안 된다는 것을 알고 있었다. 적이 누구인지 정확히는 모르지만 그와 무각은 밤낮을 가리지 않고 원강을 따라 내려가고 있지 않은가? 그 정체불명의 적들이 나타난 것일까?

하지만 다음 순간 송문악이 천천히 고개를 저었다. 이곳은 원강의 중심, 적이 나타나려면 적어도 그의 시야에 들어오는 배가 있어야 했다. 하지만 비록 밤이긴 해도 자신들을 향해 다가오는 배가 없는 것은 확실했다.

송문악은 천천히 몸을 뒤로 돌렸다. 그리고 자신에게 정체불명의 기운을 쏘아대는 주인을 찾아 시선을 옮겼다. 그리고 그 순간 송문악은 깊고, 혹은 시리도록 날카로우며, 한편으로는 한없이 따뜻한 감정을 지닌 한 명의 눈동자와 마주쳤다.

"아버지……!"

송문악이 자신도 모르게 소리쳤다. 순간 송문악의 외침을 들은 송무군의 눈이 살짝 웃었다고 송문악은 느꼈다. 송문악은 재빨리 노를 놓고 송무군 곁으로 다가갔다.

"깨어나셨군요. 깨어나셨어요. 오, 부처님 감사합니다."

송문악은 어느새 송무군의 손을 부여잡고 있었다. 송문악의 두 눈에서 주르륵 눈물이 흘러내렸다.

"울지 마라… 울지 마라… 문악……."

송무군이 천천히 입을 열었다. 말을 할 수 있다는 것은 얼마나 다행인가? 목조차 움직이지 못할 정도로 신경이 끊어졌지만, 송무군은 아들의 이름을 부를 수 있었다.

"송 대협! 깨어나셨군요. 어허허! 내가 이럴 줄 알았어. 송 공자, 내가 뭐라고 했소? 송 대협을 반드시 깨어나실 거라 하지 않았소?"

어느새 잠에서 깨어난 무각이 송무군과 송문악 두 사람 곁으로 다가들며 소리쳤다.

"무 형, 다시 보는구려. 그동안 문악을 무사히 보살펴 주셨구려. 감사하오."

"아닙니다, 송 대협. 송 공자는 제가 보살펴 줄 필요가 없는 사람이지요. 오히려 이 무각이 송 공자에게 많은 도움을 받았습니다. 그런데 몸은 좀 어떻습니까?"

정작 중요한 것을 묻지 않고 있던 송문악도 무각의 질문에 정신이 드는지 송무군을 바라봤다. 그러자 송무군의 눈에 쓸쓸한 기운이 감돌았다.

"휴… 좋지 않군요. 아마도 신경이 모두 끊어진 듯… 그나마 말을 할 수 있으니 다행입니다."

"너무 걱정하지 마십시오. 깨어나셨으니 이제 차차 회복되겠지요."

무각이 위로하듯 말했다. 하지만 송무군은 이미 자신의 몸 상태를 알고 있었다. 송무군은 자신이 입은 상처들이 얼마나 중한 것들인지, 그리고 한 올도 느껴지지 않는 단전의 기운이 무엇을 의미하는지 스스로 알고 있었다. 그의 삶은 얼마 남지 않았던 것이다.

"도대체 누가… 어떤 자들이……?"

문득 송문악의 입에서 무서운 분노를 머금은 질문이 흘러나왔다. 순간 송무군이 흠칫했다.

'이 아이… 이런 살기를 가지고 있었나?'

그것은 짧지만 송문악과 함께한 시간 동안 전혀 볼 수 없었던 송문악의 기운이었다. 송무군은 새삼스런 눈으로 송문악의 얼굴을 살피기 시작했다. 그리고 잠시 후 그의 입에서 작은 한숨이 흘러나왔다.

'옥청! 이 아이는 무림과 떨어질 수 없는 아이였소.'

송문악 자신은 모르고 있었지만, 송무군은 송문악의 분노에서 자신의 아들이 결코 무림과 떨어질 수 없는 아이라는 것을 깨달았다. 강렬한 살기를 가지고 태어난 사람이 그 살기를 밖으로 드러낼 정도의 분노를 마음에 품게 되면 그 사람은 결코 강호에서 벗어날 수 없는 법이었다.

"흥분하여 이성을 잃는 것은 강호에서 죽음을 맞이하는 가장 빠른 길이다. 감정을 억누르고 언제나 차가운 이성을 유지하는 것이 무림의 고수가 되기 위한 첫 번째 조건이다. 넌 이 아비의 말을 이해하겠느냐?"

문득 흘러나온 송무군의 말에 송문악이 잠시 당황한 빛을 보이다가 무엇인가를 깨달은 듯 이내 고개를 끄덕이더니 분노로 이글거리던 눈빛이 차차 본래의 모습으로 가라앉기 시작했다.

'대단하구나. 이토록 총명한 아이였다니……'

송무군은 자신의 말 한마디에 감정을 억제하는 송문악을 보며 내심 큰 충격을 받았다. 이런 모습은 열네 살의 소년이 보여줄 수 있는 것이 아니었다. 하지만 송무군은 자신의 놀람을 밖으로 드러내지 않고 다시 입을 열었다.

"지금 어디로 가고 있는 것이냐? 보아하니 물 위인 것 같은데……."

"원강을 따라 하류로 내려가고 있습니다. 송 대협, 혹 뒤를 쫓는 자들이 있을지 몰라 밤에도 뭍으로 나가지 않고 강 위에서 잠을 청했습니다."

무각은 그가 자고 있는 동안 송문악이 노를 젓고 있었다는 것을 알지 못했다.

'추격이라… 그럴지도 모르지. 신기루의 인물들은 백여 년 동안 비밀을 유지해 왔지. 그 비밀을 유지하기 위해 얼마나 많은 사람들이 죽어갔겠는가? 나의 시체를 확인하려 할 것이다.'

송무군이 새삼스럽게 신기루의 저력을 떠올리며 치를 떨었다. 그리고 갑자기 그의 마음속에 깊은 회의가 생겨났다.

'이 아이에게 신기루와 맞서게 하는 것이 옳은 일일까?'

송무군은 자신이 더 이상 신기루에 대항할 수 없는 처지라는 것을 알고 있었다. 자신의 몸은 삶보다 죽음에 가까웠고, 남은 삶도 그리 많지 않을 것이다. 그렇다면 귀곡의 이름으로 신기루에 대항하여 혈채를 받아낼 사람은 오직 송문악뿐, 하지만 과연 송문악이 신기루를 상대할 수 있을까?

'돈을 걸라면 당연히 불가능에 걸겠지.'

송무군이 눈을 감았다. 그리고 잠시 후 다시 눈을 떠 송문악을 응시했다. 송문악은 거대한 분노를 동공 깊숙이 숨긴 눈으로 송무군을 바라보고 있었다.

순간 송무군은 깨달았다. 송문악은 자신이 자신과 귀곡, 그리고 신기루의 주재자들 사이에 일어난 일을 이야기해 주지 않더라도 결국 신기루를 찾아갈 것이라는 것을……

'결국 그리될 일이라면 단 일 할의 가능성이라도 높여주는

것이 옳겠지.'

송무군이 송문악에게서 시선을 돌려 밤하늘을 바라봤다.
여전히 별은 지천으로 널려 있었다.

"시간이 어느 정도나 됐지?"

뜬금없이 송무군이 물었다.

"아마도 축시 초는 되었을 겁니다."

무각이 대답했다.

"좋아. 시간은 충분하군. 좀 긴 이야기가 될지도 모르니
까."

송무군이 눈을 깜박였다. 송무군은 가능한 모든 일들이 하
나의 줄기로서 이해되도록, 또는 그가 알고 있는 일들 중 그
어느 하나라도 놓치지 않도록, 길고 천천히 송문악에게 이야
기를 할 생각이었다. 아침이 되기까지는 아직 꽤 많은 시간이
남아 있었고, 그 시간은 긴 이야기를 하기에 충분할 것이었
다.

안개가 밀려들었다 허공으로 사라지고 다시 원강의 아름
다운 하루가 시작됐다. 하지만 송문악과 무각은 아직 노를 젓
고 있지 않았다. 그들은 여전히 송무군의 입에서 흘러나오는
이야기에 귀를 기울이고 있었다.

"…이것이 지금까지 귀곡의 문도들이 겪은 일의 전말이다.
난 살아남았고, 형제들은 죽었다. 그것은 나에게 갚을 빚이

있다는 말이 되겠지. 하지만 난 그 빚을 갚지 못할 것이다. 나에겐 시간이 없으니까. 또한 설혹 시간이 있다 하더라도 이 몸으론 그 무엇도 할 수 없을 테니까."

송무군의 긴 이야기가 끝이 났다. 그럼에도 불구하고 송문악과 무각 두 사람은 한동안 입을 열지 않았다. 송무군은 자신과 귀곡이 겪은 일들을 아주 천천히, 그리고 단 하나의 사건도 빼놓지 않고 이야기했으므로 두 사람에겐 송무군에게 물어볼 그 어떤 질문도 존재하지 않았다.

이야기가 끝나자 송무군은 힘든 듯 눈을 감았고, 송문악은 유유히 흐르는 원강의 강물을 물끄러미 바라보고 있었다. 무각은 잠시 앉아 있다가 무언가 답답한 듯 고개를 한 번 젓고는 몸을 일으켜 놓고 있는 노를 잡더니 힘차게 젓기 시작했다. 배가 빠르게 하류로 내려가기 시작했다.

"아버지가 못하면 아들이 해야지요."

문득 송문악이 입을 열었다. 순간 송무군의 눈이 번쩍 뜨여졌다.

"네가 하겠단 말이냐?"

"그래요."

송문악이 단호한 표정으로 고개를 끄덕였다.

"불가능에 가까운 일이란 것을 아느냐?"

송문악이 다시 한 번 고개를 끄덕였다.

"그래도 하겠단 말이냐?"

"하겠어요."

송문악의 말소리가 의외로 담담하다. 그러나 송무군은 지나칠 정도로 담담한 송문악의 대답에서 아들의 의지를 읽어냈다. 그리고 그 순간 송무군의 마음속에 기쁨과 함께 슬픔이 찾아들었다. 아들은 아비의 빚을 받아내기 위해 지옥과도 같은 길을 걸어야 할 것이다.

무각이 더욱 힘차게 노를 저었다.

*　　　　*　　　　*

"귀곡육보에는 그 기보를 사용할 수 있는 하나씩의 무결과 사조로부터 이어진 하나의 심공이 여섯 부분으로 나뉘어 적혀 있다. 사부께 듣기로 과거 사조이신 육절기인 무극산 어른께서는 이 여섯 가지 기보와 본신 무공으로 강호의 모든 강자들을 누르고 천문시를 쟁취하셨다고 한다. 물론 천문시를 가지고 신기루에 드신 후 결국 돌아오시지 못했지만, 어쨌든 구파의 고수가 아닌 사람이 천문시를 얻어 신기루에 든 것은 신기루가 나타난 이후 오직 세 번에 지나지 않았으니, 사조의 무공이 어느 정도였는지 능히 짐작할 수 있을 것이다."

송무군은 신기루를 상대로 한 송문악의 결심을 받아들였다. 송문악을 이 무림의 수렁에서 멀어지게 하기에는 이미 너무 늦었다는 것을 깨달았기 때문이다. 그런 송문악의 운명을 인정한 송무군은 가장 먼저 귀곡의 진전(眞詮)들을 송문악에게 전하기 시작했다.

송무군이 지니고 있던 귀곡육보가 배 위에 가지런히 놓여져 있었다. 과거 귀곡육절이 서로의 기보를 노리며 다투던 것을 생각하면 운명이란 참으로 알 수 없는 노릇이었다.

"사부께서는 성정이 조금 괴팍한 면이 있던 분이셨지. 아마도 그 성정 때문에 사조의 진전을 완벽하게 이어받지 못하셨던 것이겠지. 하지만 그럼에도 불구하고 사부의 무공 또한 약하지 않았다. 과거 화산파의 고수 계연수와 겨루어 동수를 이루셨을 정도였으니까. 또한 사조처럼 신기루에 들지는 못했지만, 십칠 년 동해에 신기루가 나타났을 때 잠시나마 천문시를 소유하시기도 하셨던 것이다. 그러니 문악아, 넌 이걸 알아야 한다. 귀곡의 무공은 결코 사람들이 알고 있는 것처럼 약하지 않다는 것을 말이다. 사람들이 귀곡의 무공을 무림의 최상층에 놓지 않는 것은 오로지 우리 여섯 사형제의 자질이 부족하여 사조와 사부의 진전을 온전히 잇지 못했기 때문인 것이다. 더군다나 사부께서는 우리 여섯 사형제가 뿔뿔이 흩어지는 것을 우려하셔서 귀곡육보를 각자에게 하나씩 물려주셨는데, 그것이 오히려 귀곡을 분열시키고 사조의 진전을 온전히 잇는 후인이 나오지 않게 된 원인이 될 줄은 사부께서도 미처 짐작을 하지 못하셨던 것 같다. 어쨌든 오늘 다시 귀곡육보가 모였고, 그것을 이제 너에게 주겠다. 귀곡육보에 적혀 있는 무공들과 사조 무극산 어른이 남긴 육양공(六陽功)을 대성할 수 있다면 넌 신기루를 향해 검을 들어볼 수 있을 것이다. 하지만 네가 만약 사조의 진전을 완성하지 못한다면, 절대 그들 앞에 나서지 말거라. 이것을 아비와 약속할 수 있겠느냐?"

"예, 아버지!"

송문악이 고개를 끄덕였다.

"좋다. 넌 아마도 의숙에게서 이미 적지 않은 무공을 배웠겠지?"

"…네."

"그런 표정 지을 것 없다. 널 의숙께 맡길 때 이미 그리될 줄 알았으니까. 하지만 의숙께서는 너에게 도검을 가르치지는 않으셨을 게다."

"맞아요. 전 할아버지께 글과 의술, 그리고 진법을 주로 배웠어요. 무공이라면… 빨리 달리는 법과 몸을 건강하게 하는 법, 그러니까 아버지께서 남겨주셨던 그 책에 있던 호흡법을 제대로 수련하는 방법을 가르쳐 주셨어요. 그리고 운남으로 오면서 배운 천비심천문(天秘深天文)이 할아버지가 저에게 가르쳐 주신 무공의 전부예요."

"천비심천문?"

"천비심천문을 모르세요?"

송무군의 질문에 오히려 송문악이 놀란 듯 되물었다. 송문악은 장사진이 귀곡의 인물이고, 또한 송무군의 의숙이었으므로 당연히 천비심천문을 알고 있을 것이라 생각했던 것이다.

"처음 듣는 것이로구나. 하지만 장 의숙께서 이곳으로 오면서 전하셨다면 결코 간단한 무공이 아닐 터, 장 의숙의 사부이신 유사록 어른께서는 무림의 대현자로 알려지셨던 분이니 넌 그 천비심천문을 소홀히 하지 말거라."

"그렇지 않아도 하루에 두 번, 깨어났을 때와 잠들 때, 천비심천문을 한 번씩 외우고 있어요."

"좋다. 본래 사부님과 세 분 의숙은 한 뿌리를 가지고 있지 않았다. 그러므로 장 의숙께 배운 것들은 귀곡의 무공이라고할 수 없다. 귀곡 무공의 본류는 어디까지나 사조이신 육절기인 무극산 어른으로부터 이어지는 무공인 것이다. 시간이 얼마나 허락될지 모르겠지만, 지금부터 이 아비가 귀곡의 무공을 전해주겠다. 이 아비의 진전은 조사에 비할 바 아니며 사부의 발끝도 따라가지 못하지만, 네가 향후 귀곡의 무공을 이해하는 데 적지 않은 도움이 될 터이니 소홀히 듣지 말거라."

"알았어요, 아버지."

송문악이 공손히 대답하자, 송무군이 본격적으로 귀곡의 무공을 송문악에게 전수하기 시작했다. 그러자 그들의 뒤쪽에서 노를 젓고 있던 무각이 걸음을 옮겨 배의 가장 뒤쪽에 가 섰다. 아무리 생사를 같이하는 사이라도 타파의 무공을 주

워들을 수는 없었던 것이다.

"상관치 마시오, 무 형. 내가 전하려는 것은 그리 대단한 것이 못 되오이다. 그러니 굳이 그러실 필요 없소이다."

송무군이 무각을 보며 소리치자 무각이 고개를 저으며 대답했다.

"아닙니다, 송 대협! 아무리 상황이 이렇다고 해도 함부로 다른 문파의 절기를 훔쳐 들을 수는 없지요. 제가 아무리 도둑놈이라고 해도 말입니다."

"전 이미 무 형을 남으로 생각지 않고 있습니다."

송무군이 부드러운 목소리로 말했다.

"저 또한 두 분을 남으로 생각하고 있지 않습니다. 하지만 그래도 무림에는 지켜야 하는 법도가 있는 법이지요. 전 이곳에서 노를 저으며 주변을 살필 테니 두 분께서는 아무 걱정 마시고 말씀을 나누십시오."

무각은 송무군이 자신을 남으로 생각하지 않는다는 말에 적지 않게 감격을 했는지 조금 커지고 그러면서도 감정의 울림이 있는 목소리로 대답했다.

무각의 말에 송무군도 더 이상 무각에게 가까이 오기를 권하지 않고 조용히 입을 열어 자신이 알고 있는 귀곡의 무공, 자신이 익혀온 수련 방법, 그리고 자신이 최근에 홀로 깨달은 검공에 대해 송문악에게 이야기하기 시작했다.

물이 흐르고 송무군의 이야기도 흘렀다. 둘 모두 언제 끝날지 모르게 길게 이어졌다. 송무군과 송문악은 잠시 요기를 하기나 혹은 잠을 청하는 시간을 제외하고는 쉬지 않고 무공에 대한 이야기를 나누었다. 송무군은 송문악에게 자신이 알고 있고 체득한 모든 것을 쉬지 않고 이야기했고, 송문악은 송무군의 이야기를 듣고 있다가 자신이 이해하지 못하는 부분이 나올 때면 간간이 질문을 던졌다. 하지만 시간이 지나면서 송문악이 질문을 던지는 횟수는 점점 줄어들었다. 그리고 어느 때부터인가는 송문악은 그저 가만히 송무군이 하는 이야기를 듣고 있을 뿐이었다.

"넌 내 말을 모두 이해할 수 있겠느냐?"

"예, 아버지."

송무군은 중간중간 송문악에게 자신이 하는 이야기를 이해하고 있는지를 물었다. 처음 며칠간 간간이 하던 질문을 더이상 하지 않자 송문악이 자신이 말하는 무공의 이치를 따라오지 못하는 것이 아닌가 걱정이 되었기 때문이다.

하지만 송문악은 송무군이 물을 때마다 언제나 송무군의 말을 모두 이해하고 있다고 대답했다. 그리고 송문악의 표정을 보건대 그것은 거짓이 아니었다.

'이 아이는 정말 대단하구나. 이토록 명석한 두뇌를 가지고 있었다니. 예전부터 문재(文才)가 뛰어난 것은 알고 있었지만… 아무리 내 무공이 보잘것없다고 해도 쉽게 이해할 수

없는 것이거늘……!'

송무군은 생각지 못했지만, 송문악이 송무군이 설명하는 무(武)의 원리들을 쉽게 이해한 것은 이유가 있었다. 송문악은 애초에 총명한 머리를 가지고 있었다. 거기에다 장사진이 전수한 천비심천문을 수련하자 송문악의 이해력은 놀랄 만큼 일취월장했던 것이다.

송문악은 처음에는 송무군이 생소한 무공의 원리를 설명했을 때 이해할 수 없는 부분들을 물어 고수의 손에서 펼쳐지는 무공들이 어떻게 발현되어지는가의 기본적인 원리를 깨달았다. 그리고 일단 기본적인 원리들을 깨닫자 송문악은 송무군이 설명하는 무리(武理)들을 자신의 머릿속에 심어진 무학의 기본 원리에 비추어 어렵지 않게 이해할 수 있었던 것이다.

송무군은 예상을 뛰어넘는 아들의 총명함에 마음속으로 무척 놀라고 감탄하면서도 그런 내색을 밖으로 내보이지는 않았다. 자칫 송문악이 자만할 것을 염려했기 때문이다.

두 부자의 무공 전수는 그들을 실은 배가 중원과는 완연히 다른 사람들이 살고 있는 안남 깊숙한 곳에 들어설 때까지도 계속되었다. 어느새 송무군의 무공 전수가 시작된 지도 보름이 지나고 있었다. 송무군에게서 무공의 오묘한 세계를 배운 송문악의 눈은 한결 깊고 맑아져 있었다.

"자, 이제 내가 너에게 해줄 수 있는 이야기는 모두 끝이 났다. 지난 보름 동안 너에게 해준 이야기들이 이 아비가 지금까지 살아오며 익혀온 모든 것이다. 넌 이것들을 몸으로 익혀낼 수 있겠느냐?"

별이 총총한 어느 날 밤, 자신이 최근에야 터득한 쾌검의 묘리를 송문악에게 설명한 송무군이 강 위에서 물었다.

"모르겠어요. 지금까지 들은 것들을 머릿속에 담아놓기는 했지만, 과연 제가 그것들을 모두 익혀낼 수 있을지는 정말 모르겠어요. 하지만 최선을 다할 거란 약속은 드릴 수 있어요."

"좋다, 그거면 되었다. 세상을 살다 보면 어느 순간 도저히 자신의 힘으로는 해결할 수 없는 단계를 맞이하게 된다. 사람들은 그것을 한계라고 말하지. 그 한계를 뛰어넘는 사람은 또 다른 경지를 보게 되고, 그 한계를 뛰어넘지 못하는 사람은 영원히 그 한계의 벽 안쪽에서 살게 된다. 하지만 어느 것이 좋다고는 말하지 못하겠구나. 가끔은 왕후장상의 삶보다 시골 촌부의 삶이 더 가치있기도 하기 때문이다. 넌 그저 네가 갈 수 있는 만큼만 앞으로 나아가도록 해라. 지나친 욕망은 결국 몸을 상하게 하는 법이니까."

"명심할게요, 아버지……."

송문악의 말에 슬픔이 깃들었다. 이미 송무군의 몸이 회복 불가능한 지경에 이르렀다는 것을 송문악은 알고 있었던 것이다. 그것은 송무군도 무각도 알고 있었다. 지난 보름 동안 송무군은 겨우 목을 움직일 수 있을 뿐이었다. 그것도 그의 온몸에 깨알처럼 남아 있는 모든 진기를 끌어들여야 할 수 있는 동작이었다.

잘려 나간 다리 한쪽은 이미 그가 건져 올려질 때부터 썩어 들어오고 있었다. 다리가 잘렸을 때 바로 치료를 했다면 상하는 것을 막을 수도 있었을 테지만, 그는 그 몸으로 수일간 물속에 있었던 것이다.

죽음의 기운은 이미 그의 심장 깊숙한 곳까지 찾아와 있었다. 보름이라는 시간은 그의 몸 상태를 보았을 때, 오히려 긴 시간이었다. 송문악에게 자신의 모든 심득을 남기려는 의지가 아니었다면 그는 아마도 채 열흘을 넘기지 못하고 죽었을 것이다. 하지만 의지로 생명의 끈을 붙들고 있는 것도 한계가 있었다. 송무군은 자신이 죽음을 맞이해야 하는 순간이 다가왔음을 직감했다.

"아비로서 해준 게 없어 미안하구나. 오로지 너에게 짐만을 남기고 가겠구나."

송문악은 아무 대답도 하지 않았다. 한줄기 원망의 빛이 송문악의 눈에 스치고 지나가는 것을 송무군은 놓치지 않았다.

"너에게도 옥청에게도 몹쓸 사람이었지. 용서하거라. 이제 난 사형들과 옥청을 만나러 가야겠다. 허허, 어린 자식에게 큰 짐을 남기고 떠나면서 어찌 이리 마음이 편하단 말인가.

결국 남은 문제는 살아남은 자들의 몫이라는 건가?"

송무군의 얼굴에 정말 편안한 기운이 감돌았다.

"아버지……."

"문악아……."

"예, 아버지……."

"미안하구나……."

두 사람 사이의 대화가 끊겼다. 적막이 찾아들었다. 오직 뱃전을 쳐대는 물결 소리만 깊은 밤의 고요를 깨뜨렸다. 송무군은 그렇게 숨을 거두었다. 송문악은 애써 참았던 울음을 꺼억꺼억 울어댔다. 무각은 두 팔의 근육이 끊어져라 노를 저었다. 힘찬 그의 노질에 배가 무서운 속도로 수면을 미끄러져 나갔다.

*   *   *

한 명의 사내와 한 명의 소년이 원강이 바다를 향해 마지막 힘을 내는 안남의 깊은 오지에 작은 봉분을 만든 지 삼 일이 지났을 때, 그 봉분 앞에 검은 무복 차림의 무인 다섯이 걸음을 멈추었다.

"근자에 생긴 무덤인 듯하군요."

그중 한 명이 이제 막 말라가고 있는 무덤의 흙을 한 줌 손에 움켜쥐어 보고는 입을 열었다.

"파봐야지 않겠소이까?"

다른 한 명이 다섯 중 가장 나이가 많아 보이는 인물을 향해 물었다. 그러자 질문을 받은 초로의 노인이 대답없이 고개를 끄덕였다.

노인의 동의가 있자, 처음 봉분의 흙을 살폈던 자가 손에 들고 있던 면이 넓은 도로 무덤을 파헤치기 시작했다. 도(刀)는 무엇인가를 벨 때는 유용한 도구이지만, 땅을 파기에 적합한 도구는 아니었다. 하지만 도를 들고 무덤을 파헤치는 사내에게는 도가 땅을 파기에 가장 적합한 도구인 것처럼 순식간에 갓 만들어진 무덤을 파헤치는 것이었다.

그러기를 얼마간, 움푹 파여 들어간 무덤 안쪽으로 흘깃 한 가닥 천 조각이 보이기 시작했다. 그러자 무덤을 파헤치던 사내가 도를 거둬들이고는 가볍게 무덤 안으로 뛰어들어 가, 거친 마로 짠 천에 감긴 시신에서 흙을 떨어냈다. 그러자 서서히 무덤 안에 들어 있던 시체의 모습이 드러나기 시작했다.

"얼굴을 가린 천을 거둬보게."

처음 무덤을 파보자고 말했던 자가 무덤 안의 인물에게 말하자 무덤 안에 들어간 자가 시신의 얼굴에 덮여 있는 유난히 고운 천을 들춰냈다.

"으음……."

순간 무언의 승낙으로 봉분을 파는 것에 동의했던 초로의 노인 입에서 신음성이 흘러나왔다.

"그가 맞군요."

무덤을 파자고 했던 자가 시신의 얼굴을 확인하고 말하자 신음성을 흘려내던 노인이 낮은 목소리로 중얼거렸다.

"결국 이곳에 묻혔구나. 무군! 죽어서라도 좋은 곳으로 가거라."

시신의 주인은 송무군이었고, 초로의 노인은 신기루 사십 사령이자 귀곡주 방국진의 의제인 양소용이었다.

"귀곡육절의 시신은 모두 확인되었소이다. 이로써 루(樓)의 명은 완수되었소. 돌아가십시다."

육천문주였던 신기루 오십 사령 혁지명이 양소용을 보며 말했다. 그러자 양소용이 천천히 고개를 끄덕였다.

"무군 이 아이는 나와 적지 않은 인연이 있는 아이니 다시 묻어주고 가리다. 오십 사령은 세 사령과 함께 먼저 루로 복귀하시구려."

"그러시겠소이까? 하긴 하루 이틀 함께 지낸 사이가 아니니 마음이 좋지는 않으시겠지요. 알겠소이다. 그럼 우린 먼저 루로 복귀토록 하지요."

혁지명이 양소용의 마음을 이해한다는 듯 고개를 끄덕이고는 함께 온 세 명의 신기루 고수들을 이끌고 다시 원강의 상류 쪽으로 몸을 날리기 시작했다.

혁지명 등이 사라져 가는 모습을 바라보고 있던 양소용이 그들의 모습이 보이지 않자 고개를 돌려 무덤 안에 누워 있는 송무군을 처연한 눈으로 바라봤다.

"무군, 결국 이런 모습으로 보게 되는구나. 네 시신만큼은 발견하지 않기를 바랐는데……."

양소용이 한동안 송무군의 시신을 바라보다 문득 검을 빼 들고 파헤쳐진 주변의 흙을 다시 송무군의 시신 위로 옮기기 시작했다. 양소용의 검은 처음 송무군의 무덤을 파헤치던 자의 도보다도 흙을 옮기는 데 더욱 어울리지 않는 도구였지만, 송무군의 시신 위로 순식간에 다시 작은 봉분이 만들어졌다.

봉분을 원래대로 복구하는 일이 끝나자, 양소용은 원강의 푸른 물결에 시선을 주었다. 그러다가 무엇인가를 살피는 눈으로 땅을 내려다보며 천천히 강물 쪽을 향해 걸어가기 시작했다. 그렇게 얼마나 걸었을까. 양소용의 발걸음이 원강의 강물 앞에 멈춰 섰다. 그리곤 작은 한숨을 내쉬었다.

"무군, 한 달의 시간을 주마. 그것이 내가 너를 위해 해줄 수 있는 최대한의 배려다. 한 달 뒤에 너를 묻어준 자들을 쫓을 것이다. 만약 네가 살아서 그들을 만났다면 그들은 이 양소용의 검에 죽을 것이다. 다행히 네가 죽은 후에 그들을 만난 것이라면, 난 그들에게 너의 무덤을 만들어준 고마움에 대한 사례를 하겠다."

양소용이 다시 고개를 숙였다. 물기를 머금은 질척한 강변의 흙 위에 몇 개의 발자국이 어지럽게 찍혀 있었다.

"어른 한 명과 아이 한 명… 원강을 따라 배를 타고 내려간 두 사람의 종적을 찾는 것은 그리 어려운 일이 아니지."

양소용이 담담한 목소리로 중얼거렸다. 양소용의 발끝에 원강의 강물이 밀려와 그의 가죽신을 적셨다. 양소용은 발아래로 밀려왔다 다시 밀려 나가는 강물을 말없이 바라보다 갑자기 서늘한 안광을 토해내며 낮은 목소리로 중얼거렸다.

"하지만 내기를 하라면 난 네가 살아서 그들을 만났다는 쪽에 패를 걸겠다. 너에겐 귀곡육보가 없었고, 죽은 너의 얼굴은 너무 평온했다. 그것은 곧 네가 져야 하는 짐을 누군가가 대신 졌다는 의미! 무군, 다시 한 번 미안하구나. 그들은 결국 죽을 것이다. 신기루에 의해, 이 양소용에 의해……."

양소용이 손에 들고 있던 검을 들어올려 무서운 속도로 허공을 베었다. 그 서슬에 검에 묻어 있던 흙들이 떨어져 나가고 시퍼런 검날이 드러났다. 드러난 검신이 수면에 반사된 빛을 받아 요기롭게 번뜩였다.

第二章

어린 나그네

한 번 파헤쳐졌다가 다시 만들어진 봉분의 흙이 붉다. 그 붉은 흙을 작은 손이 가만히 토닥였다.

"송 공자, 그만 움직이세. 그들이 다시 돌아올지도 모르네."

무각이 송무군의 무덤을 토닥이는 송문악을 보며 말했다. 양소용을 마지막으로 신기루의 고수들이 송무군의 무덤 근처에서 사라진 후 한 시진이 흘렀지만, 언제든 그들이 다시 이곳으로 발길을 돌릴 가능성은 충분했다.

송문악과 무각이 송무군의 무덤이 내려다보이는 곳에 장사진으로부터 전수받은 팔괘진을 엉성하게나마 펼친 후, 도문의 구명사심술을 시전해 기척을 감추고, 혹시 있을지도 모르는 신기루 고수들의 등장을 기다리기로 한 것은 송문악의 생각이었다.

신기루에서 자신들의 비밀을 알게 된 송무군의 생사를 확인하려 들 것이란 것은 어쩌면 당연한 예상이었는지도 몰랐다. 하지만 처음 송문악이 무덤 근처에 몸을 숨기고 있자는 제안을 했을 때 무각은 이 어린 소년이 생각보다 훨씬 대담하다는 것에 무척 놀랐다.

지금껏 보고 들은 신기루 고수들의 무공은 강했다. 강호의 지배자라 인정받는 구파일방의 고수들과 비교해도 모자람이 없는 자들, 어쩌면 구파의 고수들보다도 더 무서운 존재들일 수도 있었다. 그런 자들을 기다리자고 송문악은 말했던 것이다.

물론 도술(盜術)에 있어, 도문 오군자가 죽은 이후 자연스럽게 천하에서 가장 뛰어난 자가 된 무각이 등잔 밑이 어둡다는 이치를 모르는 것은 아니었다. 하지만 상대는 신기루의 고수… 고수는 생명의 기를 읽어내는 재주가 탁월한 존재들이다.

"구명사심술(求命死心術)이 있잖아요."

무각이 신기루 고수들의 무서움을 핑계로 서둘러 원강을 따라 좀 더 먼 곳으로 내려가느니만 못하다는 의견을 내자 송문악이 한 말이었다. 송문악과 장사진에게 구원받은 후, 무각은 송문악에게 구명사심술을 간간이 전수해 주고 있었다. 그 구명사심술을 이용해 신기루의 고수들에게서 몸을 숨기자는 것이 송문악의 생각이었던 것이다.

팔패진과 구명사심술, 해볼 만한 도박이기는 했다. 둘 모두 시야와 기척을 가리는 데에는 천하에서 가장 뛰어난 축에 속하는 술수들이었으므로…….

예상대로 추격자들은 있었다. 또한 짐작대로 신기루의 추격자들은 고수였지만 팔패진에 몸을 숨기고 구명사심술로 기척을 감춘 송문악과 무각을 발견하지 못했다.

그들은 두 사람이 애써 만든 송무군의 무덤을 파고 송무군의 시신을 확인했다. 송문악의 인내심은 무각을 감탄시키기에 충분했다. 아버지의 무덤이 파헤쳐지는 데도 송문악은 구명사심술을 풀지 않았다.

무각은 그 모습을 보고 청명검 송무군의 이 어린 아들이 언젠가는 정말 무서운 인물이 될 것이라고 생각했다. 눈앞에서 도검을 이용해 송무군의 무덤을 팠다가 다시 봉분을 만들어 내는 자들의 무공과 기도는 전율적이라고 할 만큼 무서운 것이었지만, 무각은 그보다도 오히려 어린 송문악의 차가운 이성과 인내심이 더욱 무섭게 느껴지는 것이었다.

그렇게 한차례 송무군의 무덤이 수난을 당한 후 송문악과 무각은 드디어 그를 볼 수 있었다. 함께 온 신기루의 동료들을 먼저 돌려보내고 송문악과 무각이 남겨놓은 발자국을 따라 강변에 이른 노인, 날카로운 눈매에 마른 몸을 가지고 있는 노인, 양소용의 얼굴을……

송문악이 송무군의 무덤에서 손을 떼어놓았다. 그리곤 나직이 중얼거렸다.

"아버지, 양소용이란 사람의 얼굴을 보았어요. 아마 오랫동안 그의 얼굴을 기억할 거예요."

순간 송문악 뒤에 서 있던 무각은 섬뜩한 살기가 송문악으로부터 흘러나오는 것을 느끼고는 흠칫 몸을 떨었다.

'송 공자는 갈수록 알 수 없는 사람이 되어가는구나. 이런 살기를 지닌 사람이 아니었는데…….'

무각이 송문악과 함께 지냈던 지난 한 달의 시간을 되돌아보며 내심 탄식했다. 그가 처음에 보았던 송문악은 활달하고 재지가 흘러넘치는 총명한 소년이었는데, 지금 송무군의 무덤을 바라보고 있는 송문악은 마치 오랫동안 어두운 삶을 살아온 사람에게서나 느껴지는 비장함과 처절함, 그리고 서슬 퍼런 분노를 흘러내고 있었다.

"가요, 아저씨."

하지만 무덤에서 몸을 돌려 무각을 보며 말하는 송문악의 표정은 어느새 다시 밝아져 있다.

'감정을 조절할 수 있다는 것은 어린 나이의 소년에겐 더

욱 어울리지 않는 일이지. 아아… 송 공자 그대는 어느새 어른이 되어버린 모양이구려.'

무각은 송문악의 밝은 얼굴을 대하고는 오히려 마음이 무거워짐을 느꼈다.

"어디로 가겠나?"

무각이 무거운 마음을 애써 감추며 물었다. 그들이 타고 왔던 배는 이미 원강의 하류 먼 곳에 흘러내려 가 있을 터였다.

"다시 강을 거슬러 오르지요."

송문악의 대답에 무각이 놀라며 되물었다.

"강을 다시 거슬러 오르겠단 말인가?"

"그래요, 아저씨!"

"이보게, 송 공자. 강의 상류에는 아직 신기루의 고수들이 남아 있을 수 있네."

"물론 그렇긴 하겠지만, 그 양소용이라는 사람이 우리를 다시 추격하려 한다면 반드시 이곳에서부터 강의 하류를 조사할 거예요. 그러니 역시 우리는 상류로 가는 것이 좋겠어요. 물론 무 아저씨의 변장술 도움을 받아야겠지요."

"오히려 상대의 그늘로 숨어든다? 등하불명(燈下不明)이라… 좋은 방법이지만 역시 위험한 방법이기도 하지."

무각이 걱정스런 표정으로 대답했다.

"신기루의 고수들은 신기루가 나타났던 곳에 오랫동안 머물지 않을 거예요. 비밀이란 한곳에 오래 머물면 지키기 어려운 법이니까요."

송문악의 말에 무각이 고개를 끄덕였다.

"하긴, 보통 천문시를 얻은 고수가 신기루에 든 후 전설을 얻기 위해 머무는 시간은 삼 일을 넘기지 않는다고 했지. 죽든 살든 말이야. 좋네, 송 공자의 말대로 하세. 그런데 일단 강의 상류로 간 후에는 어디로 갈 생각인가?"

"전 할아버지의 말씀대로 일단 제가 살던 유행촌으로 가볼 생각이에요."

"유행촌이라… 그곳이 어디에 있지?"

"화산과 열흘 거리에 있지요."

"섬서에 있단 말이군. 좋아, 그럼 일단 곤명까지는 동행을 하세. 하지만 그 이후엔 잠시 헤어져야겠군."

무각의 말에 송문악의 얼굴이 어두워졌다.

"저와 함께 가실 수는 없나요?"

역시 송문악은 아직 소년에 불과했다. 비록 총명하기가 어른 못지않은 송문악이었지만 무각이 곁에 있는 것과 없는 것은 큰 차이가 있었다.

"송 공자, 송 공자에게 해야 할 일이 있듯이 이 무각에게도 해야 할 일이 있다네. 내가 없더라도 송 공자는 잘해 나갈 거야. 그리고 내가 송 공자와 헤어져야 하는 또 다른 이유도 있다네."

무각의 말에 송문악이 눈빛으로 그 이유를 물었다.

"송 공자도 보아서 알겠지만, 송 대협의 의숙이었다는 그

자, 그러니까 양소용이라는 자는 이미 우리가 한 명의 어른과 한 명의 소년이란 사실을 알고 있다네. 무림에서 어른과 소년이 함께 다니는 일이야 비일비재하지만, 일단 신기루와 같은 조직에서 누군가를 추격하고자 했을 때 우리 두 사람의 동행은 저들에게 좋은 단서가 되게 마련이지. 그리고 청명검 송무군에게 송 공자와 같은 아들이 있다는 사실은 무림에 알려지지 않은 사실이지만, 도문 오군자에게 무각이란 제자가 있다는 사실은 이미 널리 알려진 일일뿐더러 나의 얼굴을 알고 있는 자도 무림에는 적지 않다네. 즉, 난 그들의 추격을 받기에 적당한 사람이 될 수도 있단 말이지. 더군다나 나의 다섯 사부님을 해친 자들이 신기루의 고수들이 거의 확실한 이상 나의 생존이 알려지면 그 즉시 그들은 나를 추격해 올 걸세. 그러니 송 공자와 나는 따로 행로를 잡는 것이 송 공자에게도 좋을 걸세. 하지만 그런 이유보다도 난 사천 성도에 볼일이 있다네. 그러니 어차피 우리 두 사람은 잠시 떨어져 있을 수밖에… 곤명까지는 함께 가도록 하세. 아무래도 그곳까지는 내가 송 공자에게 도움이 될 수 있을 터이니……."

"휴… 아저씨 생각이 그렇다면 어쩔 수 없지요. 하지만 일단 곤명까지 함께 갈 수 있으니 다행이에요."

"핫하! 나도 송 공자와 좀 더 여행을 할 수 있어 마음이 놓인다네. 자, 가세. 갈 곳이 정해졌으면 서둘러 움직이는 게 좋겠지."

슬쩍 송무군의 무덤을 바라본 두 사람은 이내 원강의 상류 쪽에 펼쳐진 원시림 속으로 걸어 모습을 감췄다.

*   *   *

원강을 따라 상류로 오르는 동안 송문악과 무각은 신기루가 더 이상 하구(河口)에 존재하지 않는 사실을 확인하곤 신기루 주재자들의 능력에 새삼 혀를 내둘렀다. 신기루가 비록 일종의 진(陣)에 의해 사람들의 눈을 현혹시키는 거대한 궁전의 모습으로 나타난다고는 하지만 그런 환상을 만들어내려면 적지 않은 준비를 해야 하는 법이었다. 더군다나 그 준비를 위해 육천문이라는 중견문파를 운남의 애뇌산에 세웠던 신기루가 아니었던가.

그런데 지난 며칠 사이 원강 강변에서 오색창연한 화려함을 드러냈던 신기루는 마치 처음부터 그 자리에 없었던 것처럼 씻은 듯 자취를 감추었던 것이다.

하지만 강을 따라 오르며 만난 강호인들의 관심은 그렇게 신비롭게 사라진 신기루에 머물러 있지 않았다. 강호의 시선은 다섯 번째로 신기루의 전설을 얻은 한 인물에게 모아져 있었다.

천풍개(天風丐) 교착신, 드디어 개방에서도 신기루의 전설을 얻은 자가 탄생했던 것이다. 원강을 벗어나 곤명으로 향하는 와중에 들른 성읍마다 천풍개 교착신의 이름은 끊임없이 사람들의 입에 오르내렸다. 신기루의 전설을 얻었다는 것은 곧 당금의 천하제일인으로 인정받았다는 의미, 그래서인지 도처에서 눈에 띄는 개방 방도들의 기세는 하늘을 찌를 듯 호기로웠다.

사람들의 관심은 언제나 승자에게 머무는 것이 세상의 이치던가. 교착신이 신기루의 전설을 얻기까지 하구에서 죽어간 수백 명의 무림고수들은 전혀 사람들의 관심을 끌지 못했다. 당연히 죽은 사람들 중 귀곡의 문도들이 포함되어 있다는 것에 관심을 가지는 인물 또한 없었다.

곤명의 낡은 객잔에 여장을 푼 송문악과 무각은 이별이 얼마 남지 않은 것을 아쉬워하며 상 하나를 사이에 두고 마지막이 될 식사를 하고 있었다. 송문악은 나이보다 훨씬 어려 보였고, 무각은 본래의 나이보다 훨씬 늙어 보였다. 무각의 변장술이 두 사람을 본래의 모습과 전혀 다른 모습으로 만들어놓은 것이다.

"죽은 사람을 기억하는 사람들은 없네요."

"강호는 살아남은 자들만 기억하는 곳이라네."

"허탈해요."

"후후, 비정한 곳이지. 그래서 강호에 속한 사람들은 살아남기 위해 그토록 강한 무공을 찾아 헤매고, 또한 자신이 살기 위해 서슴없이 상대를 죽이는 것이라네. 그것이 바로 무림일세."

송문악이 고개를 끄덕였다. 자신을 무림에 들이고 싶지 않아 했던 어머니 화옥청의 마음을 이제야 조금은 이해할 수 있을 것 같았다. 무림은 그가 감탄했던 신조의 곤충 부리는 기술이나 화산 고수들의 신선과 같은 모습, 그리고 장사진이 가르쳐 준 신비한 진법과 의술만이 어우러진 환상의 세계가 아니었던 것이다.

그런 환상의 이면에 가장 극렬한 인간의 욕망과 그 욕망을 실현하기 위해 사람 죽이기를 망설이지 않는 비정함이 숨겨져 있는 세계가 바로 강호무림이었다. 그리고 이제 송문악은 그 무림으로부터 벗어나려고 해도 벗어날 수 없는 신세가 되어 있었다.

"이보게, 송 공자. 오늘 밤이 지나가면 우린 이제 헤어져야 한다네. 기약없는 이별만큼 서글픈 일은 없지. 해서 말인데, 우리 언제 다시 만날 약속을 정하는 것이 어떻겠나? 자네가 도둑놈과 인연을 맺는 것이 싫지 않다면 말일세."

무각이 은근한 목소리로 입을 열었다.

"좋아요. 제가 아저씨를 만나는 것을 싫어할 리가 있나요? 그런데 사천으로 가서서 할 일은 언제나 끝이 나나요?"

"글쎄, 아무래도 금세 일이 끝나지는 않을 듯하네."

"도대체 무슨 일을 하시려는 거죠?"

"음… 이건 우리 도문의 최대 비밀이네만 이미 송 공자와 난 어려움을 함께 겪은 사이이고 또 앞으로 강적을 맞아 힘을 합쳐야 하는 사이이니 내 숨기지 않고 말하겠네. 사실은 사천에는 우리 도문(盜門)에서 모아놓은 물건들을 보관한 밀지(密地)가 있네. 그곳에는 제법 많은 재물들이 모여 있다고 할 수 있지. 더군다나 그곳에는 재물 말고도 나의 다섯 사부께서 위급한 순간을 위해 준비한 것들이 많이 있다네. 이제 난 그곳으로 가 한동안 몸을 숨길 생각이라네. 더불어 재능이 부족하고 게을러 익히지 못한 도문의 무공들을… 음, 물론 다른 사람들이 보기에는 그저 도둑질 기술에 지나지 않겠지만, 어쨌든 도문의 독문무공들을 완성해 보려 한다네. 만약 내가 도문의 무공을 완성한다면 천하에 이 무각의 손을 피할 수 있는 물건은 존재하지 않을 걸세. 그렇게 한 삼사 년 지나면 신기루의 고수들도 나의 존재를 잊어가겠지. 그때 도문이 모은 재물을 이용해서 신기루에 일격을 가할 준비를 할 생각일세."

무각의 말에 송문악이 고개를 끄덕였다. 현재 두 사람의 실력으로 신기루를 상대할 수는 없었다. 그들에겐 자신들의 힘을 키울 시간이 필요했고, 그 시간 동안 신기루의 눈을 피할 장소가 필요한 것이다.

"알겠어요, 아저씨. 그럼 오 년 뒤에 만나기로 해요."

"오 년이라… 길군."

"해야 할 일을 생각하면 그리 긴 시간도 아닐 거예요."

송문악의 검은 눈동자가 반짝였다.

"맞는 말이긴 하지만, 만나고 싶은 사람을 만나지 못하는 시간으로는 긴 시간이지. 좋아! 그럼 우리 오 년 뒤에 다시 이 객잔에서 만나기로 하세."

"이곳에서요?"

"그렇지. 이곳에서 다시 만나는 것도 의미있는 일이 아니겠어?"

"좋아요. 그럼 오 년 뒤에 이곳에서 만나기로 해요. 그런데 그때까지도 이 객잔이 남아 있을까요?"

"으음, 그리고 보니 그렇군. 이 객잔은 지금 보아도 몹시 낡은 곳이라 곧 허물어질 것 같단 말씀이야. 그러니 이 객잔이 오 년 뒤에도 이 자리에 남아 있기는 쉽지 않겠군."

무각이 난감한 표정을 지으며 말했다.

"그럼 우리 이렇게 해요. 아저씨, 오늘 이곳으로 들어오다 보니 성의 서문 밖에 커다란 느티나무가 한 그루 있더군요."

"아! 그 나무라면 나도 기억나는군. 한 수백 년은 족히 되었을 것 같더군."

"그곳에서 만나기로 해요."

"좋네. 그렇게 하기로 하세. 아아, 그때쯤이면 송 공자는 훤칠한 미장부가 되어 있겠군. 나는 늙은이가 되어 있을 거고……."

"하하, 아저씨는 아직 사십도 넘지 않았잖아요?"

"흐흠, 그, 그런가?"

송문악의 말에 무각이 겸연쩍은 표정을 지으며 뒷머리를

낡었다.

"만약 오 년 뒤에 만나지 못한다면 매년 오늘, 그 나무 밑에서 기다리기로 하지요."

"그렇게 하세. 사람의 일이란 알 수가 없어서 오 년 뒤 오늘 반드시 그곳에 있을 거란 장담은 할 수 없는 일이지. 가만있자, 오늘이 며칠이지?"

"시월 보름이에요. 보세요. 보름달이 떴잖아요."

송문악이 객잔 창밖으로 보이는 보름달을 가리켰다.

"그렇군. 좋아, 오 년 뒤부터 매년 시월 보름에 송 공자를 기다리도록 하겠네. 부디 다시 만나기를 바라네."

"저도요. 꼭 아저씨를 다시 만나길 바래요."

"흐흠, 좋아, 좋아. 이보게, 송 공자. 송 공자는 아직 술을 먹을 나이는 아니지만 오늘 같은 날은 술이 빠질 수 없지. 그러니 오늘은 나와 딱 한 잔만 하세."

"좋아요. 아저씨, 그럼 오늘 제가 아저씨와 한 잔 술을 마시도록 할게요."

"껄껄껄! 좋아. 역시 송 공자는 호탕한 면이 있군. 아마 다시 만나게 된다면 송 공자는 날 형님이라고 불러야 할 거야. 다 큰 청년에게 아저씨라고 불리는 것은 아무래도 이상하니까 말이야."

"그렇게 할게요, 아저씨."

송문악이 고개를 끄덕였다. 무각은 객잔 주인에게 술 한 병을 시킨 후 송문악의 잔과 자신의 잔에 술을 가득 따랐다. 그리고 어울리지 않는 술 상대를 마주한 두 사람은 똑같이 한 잔씩의 술을 들이켜는 것이었다.

송문악이 낡은 객잔 방에서 눈을 떴을 때, 이미 무각의 모습은 보이지 않았다. 지난밤 마신 한 잔 술이 어린 송문악을 깊은 잠에 빠뜨린 사이 어느새 무각은 자신의 길을 떠난 것이었다. 송문악은 갑자기 혼자가 되자 불현듯 견딜 수 없는 외로움에 빠져들었다. 송문악은 비록 그리 유복한 어린 시절을 보낸 것은 아니지만, 그래도 그의 곁에는 항상 그를 보살펴 주는 어른들이 있었다. 화옥청과 송무군, 그리고 장사진과 무각… 하지만 이제 그는 혼자였다.

송문악은 객방의 창을 비추던 햇살이 객잔의 지붕 위로 올라갈 때까지 누군가를 기다리는 듯한 자세로 침상에 걸터앉아 객방 문을 멍하니 바라보고 있었다. 지금이라도 당장 장사진이, 무각이, 그도 아니면 자신의 손으로 무덤에 묻은 송무군이 문을 열고 그의 곁으로 다가올 것 같은 생각이 들었기 때문이다. 하지만 정오가 지나 객잔의 일하는 청년이 객방 문을 두드릴 때까지 그가 기다리던 사람들 중 그 누구도 송문악을 찾아오지 않았다.

"더 묵을 생각이시오, 공자?"

객잔에서 일하는 청년이 객방에 덩그러니 홀로 앉아 있는 송문악을 보며 물었다. 더 묵을 생각이라면 은자를 내고, 그렇지 않다면 방을 비워줘야 할 시간이었다. 송문악은 흑도와 마창, 그리고 청명검을 둘둘 말아 만든 봇짐을 등에 걸쳐 메고 객잔 문을 나섰다.

밖은 이미 한낮이었다. 객잔을 나선 송문악은 어린 나그네가 되어 수천 리 떨어진 유행촌을 향해 작은 걸음을 옮기기 시작했다.

* * *

혼자 여행을 시작한 지 보름여가 지나자 송문악은 어느새 능숙한 여행자가 되어 있었다. 가끔 묵을 곳을 찾지 못해 깊은 산속에서 홀로 노숙을 할 때에는 뼛속까지 스며드는 외로움과 고독함이 송문악을 찾아들었지만, 그런 고독은 소년 송문악을 서서히 한 명의 강인한 청년으로 담금질하고 있었다.

또한 송문악의 여행은 생각보다 지루하지 않았다. 송문악은 길을 가는 동안 남들의 이목을 피해 귀곡육보를 살폈다. 송문악에게는 귀곡육보를 하나의 병기로 사용할 능력은 없었으나, 귀곡육보 속에 숨겨져 있다는 육절기인 무극산의 절기들을 찾아내기엔 충분히 맑은 눈과 총명함을 지니고 있었다.

오늘도 송문악은 한적한 수림 속 작은 동굴에 일찌감치 자리를 잡고 앉아 귀곡육보를 살피고 있었다. 동굴 중앙에는 작은 모닥불이 피워져 있었다. 모닥불의 불꽃이 동굴 밖에서 불어오는 밤바람에 애처롭게 흔들렸지만, 송문악은 동굴 밖 시간의 흐름을 느끼지 못하고 있었다. 그의 정신은 온통 아버지의 유품 청명검(淸鳴劍)에 쏠려 있었던 것이다.

그렇게 얼마간의 시간이 흘렀을까. 송문악의 입에서 작은 탄성이 새어 나왔다.

"정말 신기한 일이구나. 이 청명검에 적힌 글씨들은 이렇게 불빛을 받아야 나타나게 되어 있다니……."

불빛에 반사된 청명검의 검면에 깨알 같은 글씨들이 모습을 드러내고 있었다. 붉은 불빛을 받고 있음에도 나타난 글씨들은 오히려 투명한 푸른빛을 띠고 있었다.

"육양공이라……!"

다시 송문악이 혼잣말을 중얼거렸다.

청명검을 제외한 다섯 개의 기보에 숨겨져 있던 절기들은 이미 송문악의 머릿속에 들어와 있었다. 절기를 수련해 무공을 완성하는 것은 먼 훗날의 일이겠지만, 그 비결들을 머릿속에 넣는 일은 여행을 하면서도 가능한 일이었다.

귀곡육보에는 각각 두 종류의 비결이 숨겨져 있었다. 하나는 기보를 병기로써 사용할 수 있는 무결을 기술한 것이었고, 다른 하나는 하나의 심공을 여섯 개의 기보 각각에 나누어 적어놓은 내공심법이었다. 그리고 귀곡육보 중 가장 늦게 살펴본 청명검에 그 내공심법의 이름이 적혀 있었다.

육양공(六陽功), 아버지 송무군으로부터 전해 들은 바로 그 귀곡의 비공(秘功), 비록 돌아오지는 못했지만 천문시를 얻어 신기루에 들었던 육절기인 무극산의 독문심법의 이름이었다. 이 육양공의 비결을 하나로 합쳐 내지 못해 지난 세월 귀곡육절은 제각기 절정고수의 경지에 이르지 못하고 뿔뿔이 흩어져 강호를 전전했던 것이다. 하지만 이제 귀곡육절이 각기 소유하고 있던 육보가 송문악의 손에 모이고, 육절기인 무극산의 심법 육양공이 그 실체를 송문악 앞에 드러내고 있었다.

"아버지가 남긴 서책에 담긴 호흡법 역시 이 육양공에서 나온 것이었구나."

지난날 청명검 송무군이 화옥청과 송문악을 두고 떠날 때 남긴 서책에 담긴 호흡법 역시 육양공의 가장 기초가 되는 부분을 쉽게 풀어 쓴 것이었음을 송문악은 육양공의 비결 전문을 보고 나서 알 수 있었다. 그리고 그것은 송문악이 육양공을 익히는 데에 어쩌면 큰 도움이 될 수도 있는 사실이었다. 송문악의 몸이 이미 육양공의 진기에 익숙해져 육양공을 본격적으로 익히기에 적당한 몸이 되어 있다는 말이 되는 것이기 때문이었다.

귀곡의 심법은 육양공에서 벗어날 수 없었다. 또한 비록 그것이 온전한 것이 아닌 여섯 개로 쪼개진 육양공의 일부였음에도 귀곡육절은 강호무림에서 나름대로 제법 명성을 얻었으니, 온전한 육양공의 효능이란 쉽게 상상하기 어려운 것이었다.

송문악은 청명검에 어리는 푸른 글씨들을 바라보며 내심 가슴속에서 뜨거운 열기가 피어오르는 것을 느꼈다.

"육절기인 무극산 조사께서는 육양공으로 천문시를 얻어 신기루에 들어가셨어. 그건 곧 당시 신기루에 도전했던 구파 일방의 고수들을 능가하는 무공을 가지고 계셨었다는 의미, 육양공을 완성한다면 신기루의 고수들과 맞설 수 있는 최소한의 힘을 얻을 수 있을 거야."

송문악의 눈에 마음속에 생겨난 열기들이 그 기운을 드러내기 시작했다. 새로운 무공에의 열정이 송문악의 마음을 진동시키고 있었다.

송문악은 들끓는 마음속의 기운들을 애써 가라앉히며 자세를 바로 하고 가부좌를 틀고 앉았다. 그리곤 천천히 귀곡육보에 나뉘어 담겨 있던 육양공의 비결들을 하나로 모아 머릿속에 떠올리기 시작했다.

그렇게 인적 없는 산속, 여행 중 하룻밤 노숙을 위해 찾아든 작은 동굴에서 송문악의 육양공 수련이 시작되고 있었다.

작은 동굴, 동굴 입구로부터 불어오는 서늘한 새벽 기운, 사그라든 모닥불, 그 모닥불의 불씨에 의지해 간신히 자신의 모습을 드러내고 있는 동굴의 벽면들… 그 모든 것은 송문악이 육양공의 수련을 시작할 때와 다름없었다. 하지만 그것들을 보고 있는 송문악의 눈은 변해 있었다.

송문악은 어느새 첫 번째 육양공 수련을 마치고 깊은 눈으로 새벽 기운이 몰려드는 동굴 입구를 바라보고 있었다. 어찌보면 그의 눈은 한없이 무심한 것이기도 했다. 또는 깊은 지혜를 담은 오래 산 노인의 눈 같기도 했다.

그렇게 얼마간, 동굴 밖 밝아오는 새벽을 보고 있던 송문악이 불쑥 몸을 일으켰다. 그리곤 주섬주섬 바닥에 놓인 짐들을 들어올려 등에 짊어졌다.

"좋은 여행이야."

문득 송문악의 입에서 한마디 말이 흘러나왔다. 그 한마디를 뱉어내고는 미련없이 동굴 밖으로 걸어나갔다. 송문악의 여행이 계속 이어지고 있었다.

동굴에서 하룻밤을 보낸 송문악의 여행은 그 이전과 이후가 확연히 달랐다. 이제 송문악의 여행은 유행촌을 향해 가는 어린 나그네의 그것이 아니라, 무도의 세계를 추구하는 수련자의 여행으로 그 모습이 바뀌어져 있었다.

그에 따라 소년 송문악의 모습도 단 며칠 사이에 훌쩍 자란 청년의 모습으로 변해 있었다. 어찌 보면 그의 키조차도 동굴 속에 들기 전보다 한 뼘은 더 커진 것 같았다.

하지만 그런 변화들을 송문악 스스로는 느끼지 못하고 있었다. 송문악은 오로지 육양공에 매달려 있었다. 송문악의 발은 그의 의지와 상관없이 스스로 길을 가고 있었다. 육양공은 한 번 그 세계에 발을 들여놓으면 그 수련자로 하여금 다른 곳으로 는 시선을 돌리지 못하게 하는 마력을 지니고 있는 것 같았다.

오늘도 송문악은 육양공의 수련에 정신을 내어준 채 자신의 발이 스스로 이끄는 대로 길을 걷고 있었다. 그러던 어느 순간 송문악의 발이 걸음을 멈췄다. 이질적인 기운이 그의 이마에 와 닿았기 때문이었다. 강이었다.

"아! 벌써 황하로군."

송문악이 육양공의 마력으로부터 벗어나 감탄하듯 멀리 언덕 아래 바다처럼 펼쳐진 넓은 강을 바라보며 탄성을 자아냈다. 그의 목소리에서는 다시 어린아이의 치기가 느껴졌다.

"강을 건너면 보름 안에 유행촌에 들어갈 거야."

송문악은 자신의 긴 여행이 끝나가고 있음을 깨달았다. 목적지에 가까워졌다는 안도감이 몰려드는 한편, 여행이 끝남을 아쉬워하는 마음도 동시에 일어났다. 송문악은 이렇게 길 위에서 육양공을 수련하며 여행하는 생활을 어느새 즐기고 있었던 것이다.

"장학사님께 할아버지가 맡겨놓았다는 물건을 받은 후에 다시 여행하는 문제를 생각해 봐야겠어. 굳이 한곳에 머물 필요는 없을 것 같아."

송문악은 내심 유행촌에서 장학사를 만난 이후 여행을 계속할 결심을 굳히며 강변 나루터를 향해 언덕을 내려가기 시작했다.

송문악이 나루터에 도착했을 때, 그곳에는 이미 적지 않은 사람들이 배를 기다리고 있었다. 또 배를 기다리는 사람들을 상대로 장사를 하는 장사치들이 나루터 주변에 자리를 잡고 천막을 친 후, 여행에 필요한 물건이나, 한 끼 식사를 팔고 있어 나루터 주변은 마치 작은 시골 마을의 장터와 같이 어수선한 모습을 하고 있었다.

송문악은 나루터에 도착하자 주변을 둘러본 후 나루터에서 조금 멀리 떨어진 곳에 허름하게 천막을 치고 국수를 팔고 있는 한 노파의 주막으로 걸어갔다. 때늦은 점심을 해결하기 위해서였다.

노파의 낡은 천막에는 단 한 명의 손님도 없이 파리만 날리고 있었다. 장사를 하는 장소로 보자면 노파의 천막은 나루터에 있는 장사치들의 천막 중 가장 좋지 않은 장소라 할 수 있었으므로 손님이 없는 것은 어쩌면 당연한 일이라 할 수 있었다.

"어서 오시게, 어린 양반."

손님이 별로 없음에도 불구하고 노파의 얼굴은 밝았다.

"국수 한 그릇 말아주세요."

송문악이 낡은 나무 탁자 위에 짐을 내려놓고 통나무를 잘라 만든 의자에 엉덩이를 붙이며 말하자 노파가 푸근한 목소리로 대답했다.

"이런, 아직 점심을 못한 모양이구만. 때가 이렇게 지났는데… 잠시만 기다리시오. 어린 양반, 내 금세 내올 테니."

노파는 얼른 천막 한쪽으로 가더니 뜨거운 물이 끓고 있는 가마솥에 국수를 넣어 삶아낸 후 따뜻한 국물을 부어 송문악에게 가지고 왔다. 국수를 담아내는 솜씨가 무척 자연스러워 오랫동안 국수를 팔아온 노인처럼 보였다.

"자, 얼른 한 그릇 드시구랴. 이래 봬도 제법 맛이 있을 테니."

노파의 말투에 자신이 말아낸 국수 맛에 대한 자신감이 들어 있었다. 노파가 내민 국수를 한 젓가락 입에 문 송문악은 노파의 자신감이 과장된 것이 아니라는 것을 금세 알 수 있었다. 국수는 제법 맛이 좋았던 것이다.

"맛이 참 좋아요. 그런데 이렇게 맛이 좋은데 왜 손님이 없죠?"

송문악이 노파를 보며 말했다.

"맛이 있다니 다행이구려. 하긴 나만큼 국수를 잘 만드는 사람은 별로 없지. 그리고 손님이 없는 것은 내가 이곳에서 장사를 시작한 지 겨우 닷새밖에 되지 않았기 때문이라오. 차츰 늘어나겠지."

노파는 송문악의 반응에 흡족한 미소를 지어 보이고는 송문악이 부담없이 식사를 할 수 있도록 천막의 안쪽으로 들어갔다.

나른한 오후였다. 주막에서 국수 한 그릇을 비우는 것도 나름대로 운치가 있었다. 사방에서 들려오는 장사치들과 여행객들의 시끄러운 대화조차도 오히려 작은 나루터의 흥겨움을 더해주고 있었다. 송문악은 마치 값비싼 음식이라도 먹는 듯 노파가 말아준 국수를 정성껏 국물 한 방울도 남기지 않고 비웠다.

그런 송문악의 모습을 바라보고 있던 주막의 노파가 송문악이 그릇을 모두 비우자 다시 그의 곁으로 다가왔다.

"저런 정말 시장했었나 보구만. 이렇게 깨끗하게 그릇을 비우다니……."

"할머니의 국수가 워낙 맛이 좋아서 그런 거예요."

송문악이 웃으며 노파의 말을 받았다.

"그래, 꼬마 손님은 어디를 가시려는 거요?"

노파가 송문악이 마음에 드는지 아니면 오랜만에 든 손님에 대한 반가움 때문인지 송문악의 앞 의자에 엉덩이를 붙이고 앉으며 물었다.

"강을 건너 화산 방향으로 가요."

"화산이라. 이제 곧 가을이니 화산의 단풍이 절경이겠군. 그런데 어린 손님은 혼자 여행을 하는 겐가?"

"예, 할머니."

"저런, 무슨 사연이 있길래 어린 나이에 혼자 여행을 하는 겐가? 아직 세상을 홀로 여행하기에는 어린 나이 같은데 말이야."

"어쩌다 보니 그렇게 되었어요. 그리고 혼자 여행하는 것이 그리 어렵지도 않고요. 그런데 배는 언제나 들어오죠?"

송문악이 아직 배가 들어오지 않은 나루터를 보며 물었다.

"황하는 넓다오. 무척 넓지. 더군다나 이 나루터를 이용하는 배는 오직 두 척밖에 없지. 그 배들은 하루에 두 번씩 강을 오갈 뿐이야. 그러니 아직 배가 들어오려면 조금 더 기다려야 할 거요, 어린 손님……."

"그럼 배가 들어올 동안 잠시 이곳에서 쉬고 있어도 될까요?"

"물론 되고말고. 어차피 이곳은 나루터에서 멀리 떨어진 곳이라 하루에 드는 손님이 채 스무 명도 안 되니, 걱정 말고 쉬고 싶은 만큼 편히 쉬시구랴."

노파는 오히려 송문악이 더 머물겠다 말하는 것이 반가운지 반색을 하며 대답했다. 송문악은 그런 노파를 보며 이 주막의 주인이 몹시 외로운 사람일 거라고 생각했다.

'어쩌면 주막을 차리고 장사를 하는 것도 외로움을 덜기 위해서일지도 모르지. 이 할머니는 다른 곳에 손님을 모두 빼앗겨도 이렇게 표정이 밝으니까.'

송문악이 내심 노파의 사정을 헤아리고 있을 때, 갑자기 나루터 쪽에서 기이한 기운이 몰려왔다. 그것은 송문악이 육양공을 익히기 전에는 느끼기 어려운 기운들이었다. 육양공은 송문악의 감각을 무척 예민하게 만들어 그는 이제 사람들 사이에서 흘러나오는 미묘한 기운의 변화를 자신도 모르는 사이에 몸으로 느낄 수 있었다.

하지만 송문악이 몸으로 나루터 쪽에서 밀려오는 기운을 느끼지 않았더라도 노파의 표정으로 나루터 쪽에 심상치 않은 일이 발생했다는 것을 쉽게 알 수 있었을 터였다. 어느새 노파의 눈이 송문악의 어깨 너머 나루터 앞쪽의 널따란 공터를 응시하고 있었던 것이다.

'이 할머니는……?'

송문악의 머릿속에 동시에 두 개의 의문이 떠올랐다. 하나는 나루터 쪽의 분위기가 변한 이유가 무엇인가 하는 것이었고, 또 하나는 갑자기 변화된 노파의 기세에 대한 의문이었다. 그리고 그중에서 좀 더 송문악의 궁금증을 자아내는 것은 눈앞의 늙은 노파였다.

'무림인……?'

만약 과거의 송문악이었다면, 노파가 무림인일지도 모른다는 생각을 하지 못했을 것이다. 하지만 육양공은 송문악으로 하여금 무공을 익힌 자와 그렇지 않은 자를 구별할 수 있게 해주었다.

"고귀한 자들인가 보군."

노파가 입을 열었다. 하지만 그 목소리는 지금껏 송문악을 대하던 사람 좋은 노파의 목소리가 아니었다. 송문악은 노파의 목소리에서 차가운 냉기를 느꼈다.

송문악이 고개를 돌려 나루터 쪽을 바라봤다. 그리곤 이내 나루터의 분위기를 변화시킨 원인을 알아냈다. 일반인들과는 확연히 구분되는 일단의 인물들이 나루터에 모습을 드러냈던 것이다. 그리고 그들은 송문악도 익히 알고 있는 인물들이었다.

백의에 화려한 문양을 새긴 검, 소매에 매화꽃이 아름답게 수놓아져 있는 옷을 입은 자들은 강호에 오직 한곳에 속한 인물들밖에 없다.

"화산파군요."

송문악이 무의식중에 입을 열었다. 송문악은 입으로 말을 하면서도 눈으로는 누군가를 무의식중에 찾고 있었다.

"어린 손님이 화산파를 아는군."

노파가 여전히 화산파의 고수들에게서 눈을 떼지 않은 채로 송문악의 말을 받았다.

"예전에 몇 번 본 적이 있어서요."

"그러신가? 화산파의 고수들은 그 행보가 마치 신선과 같아서 일반인들이 쉽게 보기 어려운데, 어린 손님은 그들을 몇 차례나 보았다니 운이 좋은 편이군."

"할머니도 화산파의 고수들을 보신 적이 있는 모양이네요?"

"글쎄. 아주 오래전에 몇 번 본 적은 있지. 난 나이를 아주 많이 먹었으니까. 하지만 최근에는 본 일이 없어."

"그래요? 전 할머니가 화산파의 고수들을 잘 알고 있는 줄 알았어요."

"물론 화산파 고수에 대한 이야기는 많이 듣긴 했지. 하지만 그들을 잘 알지는 못해. 그들은 소위 말해 고귀한 존재들인데 감히 나 같은 늙은이가 어떻게 그 귀한 분들을 잘 알 수 있겠는가?'

노파의 말에 송문악이 고개를 끄덕였다. 화산을 포함한 구파일방의 고수들에 대한 이야기는 언제나 강호에 떠돌았다. 언제는 무당의 누가 강호의 악인을 베었고, 또 언제는 소림의 어느 고승이 이름난 마인을 계도하였다는 등, 구파일방 고수들의 행적은 언제나 강호인들이 가장 입에 올리기 좋아하는 주제였던 것이다. 하지만 그들 중 실제로 구파일방 고수들의 행사(行事)를 직접 목격한 자는 손에 꼽을 만큼 적었다.

그래서인지 일반 무림인들에게 구파일방의 고수들은 천외천의 세계에 살고 있는 인물들로 여겨졌던 것이다. 그러니 노파가 화산파의 인물들에 대해 잘 알지 못한다고 해서 전혀 이상할 것은 없었다. 그것은 오히려 당연한 일이었다.

'그녀는 보이지 않는군. 저 마차 안에 있는 것일까?'

송문악이 화산파의 고수들과 함께 나루터에 나타난 한 대의 마차를 바라봤다. 화려하지는 않지만 그렇다고 누구나 쉽게 구할 수 있는 마차도 아니었다. 고고한 구파의 인물들이 이용하기에 어울리는 마차라고 송문악은 속으로 생각했다.

"마차가 정말 좋아 보여요."

화려한 장식으로 치장된 대신 수수하지만 범접할 수 없는 기운이 느껴지는 마차가 마음에 든 송문악이 마차에서 시선을 떼지 않고 노파에게 말했다. 하지만 노파의 대답은 들려오지 않았다. 송문악이 이상한 느낌이 들어 마차에서 시선을 떼고 고개를 돌려 노파를 찾았다.

"어?"

하지만 다음 순간 송문악의 입에서 의문 어린 소리가 흘러나왔다. 방금 전까지 송문악과 화산에 대하여 이야기를 나누던 노파의 모습이 어디론가 사라지고 없었던 것이다. 그렇다고 노파가 천막 안의 다른 곳으로 이동한 것도 아니었다. 노파는 마치 증발하듯 그 자리에서 사라지고 말았던 것이다.

"과연 무림의 고수였구나."

송문악이 감탄사를 흘려냈다. 눈앞에 사람을 두고 상대가 눈치 채지 못하는 사이에 사라지는 능력은 누구나 쉽게 할 수 있는 행동이 아니었다. 그런데 송문악이 노파에 대한 의구심을 털어버리며 다시 화산 고수들이 있는 곳으로 시선을 돌리려 할 때였다.

"웬 자냐?"

"감히 화산을 공격하다니……!"

갑자기 나루터 쪽에서 화산파 고수들의 노한 음성이 들려왔다. 송문악이 황급히 고개를 돌렸다. 멀리 화산파 고수들이 하늘로 솟구치며 한 명의 인물을 뒤쫓는 것이 눈에 들어왔다.

"서랏!"

어느새 나루터의 공터에서는 한바탕 소동이 벌어지고 있

었다. 그리고 그 혼란의 와중에 한 명의 인물이 무서운 속도로 송문악이 있는 천막 앞을 지나쳤다.

"어? 저 할머니가……!"

송문악은 자신의 눈앞을 바람처럼 지나가는 노파의 모습을 보곤 화들짝 놀랐다. 화산 고수들의 추격을 피해 무서운 속도로 달아나고 있는 노파는 자신에게 국수를 말아주던 바로 그녀였던 것이다.

―꼬마 손님, 인연이 있다면 다시 보세나.

순간 송문악의 귓가에 한가닥 전음이 들려왔다. 화산파의 고수들에게 쫓기는 노파가 송문악에게 흘려보낸 전음이었다. 화산파의 고수들에게 쫓기면서도 송문악에게 보낸 노파의 전음에서는 전혀 불안한 기색이 느껴지지 않았다. 아마도 노파는 화산 고수들의 추격으로부터 충분히 몸을 뺄 자신이 있는 듯했다.

"서랏! 노괴!"

노파가 날린 전음이 송문악의 귀에 들려오는 것과 동시에 이번에는 화산의 고수들이 노성을 터뜨리며 송문악 앞을 지나갔다. 그리고 송문악은 그중 한 명의 얼굴을 기억해 냈다.

'저자는 바로 화산의 그 소녀가 대사형이라 부르던 자군.'

신기루를 향해 떠나기 전 유행촌에서 화산의 소녀 백설아를 데리러 왔던 장년 장한을 송문악은 기억하고 있었다. 주막의 노파를 쫓는 화산파의 고수는 모두 셋, 그리고 그중 한 명이 바로 백설아가 대사형이라 부르던 자였다.

'도대체 저 할머니는 왜 화산파를 건드린 것일까?'

송문악이 고개를 갸웃거리며 나루터에 남아 있는 화산 고수들 쪽으로 고개를 돌렸다. 그리고 그 순간 송문악의 시선이 마차에 난 작은 창문을 열고 고개를 밖으로 내밀고 있는 한 소녀의 눈과 마주쳤다. 바로 유행촌에서 잠시 인연을 맺었던 화산 제자 백설아였다.

화산의 소녀 백설아도 한눈에 송문악을 알아봤는지 송문악을 빤히 바라봤다. 두 사람은 그렇게 삼십여 장 거리를 사이에 두고 서로를 마주 보고 있었다.

잠시 후 백설아가 소리를 내지 않고 입 모양으로 무슨 말인가를 송문악에게 말했다. 하지만 송문악은 백설아의 입 모양만으로는 그녀가 무슨 말을 하는지 도저히 알 수 없었다.

백설아는 몇 번 송문악에게 입 모양으로 말을 걸다가 송문악이 자신이 하는 말을 이해하지 못하자 실망스런 표정을 지어 보이더니 창문 밖으로 내밀었던 머리를 마차 속으로 다시 집어넣고는 마차의 창문을 닫아버리는 것이었다.

'흥! 네 입 모양만 보고 내가 어떻게 네가 하는 말을 알아들을 수 있단 말이냐?'

송문악이 화가 난 듯한 백설아의 표정에 내심 투덜거리다가 이내 안색을 굳히며 서늘한 시선으로 화산의 문도들을 노려봤다.

'그리고 구파일방은 이제 나의 적이니 넌 나의 친구가 될 수 없단 말이다.'

신기루와 구파일방은 다르면서도 또 하나인 존재들이라지 않았던가. 문득 그 사실이 머리에 떠오른 송문악이 새삼스레 적의를 담은 눈으로 화산의 고수들을 노려보고 있을 때, 노파를 쫓던 삼 인의 화산 고수가 다시 송문악의 앞을 지나갔다. 노파를 추격하는 데 실패한 것이 분명해 보였다.

"망할 늙은이! 언젠가는 화산을 건드린 대가를 톡톡히 치러주겠다."

화산의 고수 한 명이 분한 듯 중얼거렸다.

"귀령파파 이설이 왜 대장로님을 암습하려 한 것일까?"

"흥, 그 늙은이는 아마도 대장로님이 천문시 쟁탈전에서 부상을 입으신 것을 알고 이 기회에 대장로님을 암습하여 자신의 명성을 높이려 한 것이 분명합니다. 하여간 십대괴객이란 자들은 하나같이 상종하지 못할 자들이지요."

"과연 그런 이유에서 대장로님을 공격한 것일까?"

처음 질문을 던진 자가 다시 의문을 제기하자 세 사람 중 가장 앞서 가던 백설아의 대사형이란 자가 입을 열었다.

"다른 이유가 있다면 대장로께서 알고 계시겠지. 어서 가자. 배가 들어오고 있구나."

송문악이 그 말을 듣고 나루터로 고개를 돌리자 과연 나루터에는 어느새 두 척의 배가 닻을 내리고 있었다. 그중 한 척은 여행객들을 강의 이편에서 저편으로 실어 나르는 배였고, 다른 한 척은 몇 개월 전 송문악이 장사진과 함께 새벽 안개 속에 보았던 화산파의 흑선이었다.

"흠, 나도 그만 가야겠네."

송문악이 자리에서 일어나 탁자 위에 놓아두었던 짐을 등에 짊어졌다. 그리곤 이젠 주인 없는 주막이 되어버린 천막에서 걸어나와 주막의 노파, 그러니까 화산의 고수들이 귀령파파 이설이라 부른 노파가 사라진 방향을 한번 흘깃 바라보며 중얼거렸다.

"언젠가 다시 만날 날이 있겠지."

화산을 공격했다는 것만으로도 귀령파파 이설이 무척 친근하게 느껴지는 송문악이었다.

늦은 오후 황하의 작은 나루터에서 두 척의 배가 출발했다. 검은빛의 단단해 보이는 흑선에는 화산파의 고수들이 한 대의 마차와 함께 타고 있었고, 크기는 화산의 흑선보다 크지만 허름하기 이를 데 없는 다른 한 척의 배에는 강을 건너는 수십 명의 여행객들과 함께 송문악이 타고 있었다.

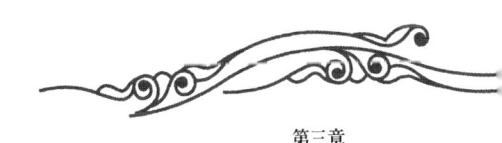

第三章

추격자들

낯익은 풍경이 눈에 들어왔다. 초가는 떠날 때의 모습 그대로 그 자리에 있었다. 초가 앞에 자리 잡은 호수와 그 호수를 둘러싼 무성한 수림은 어느덧 겨울로 들어서고 있었다. 멀리 정든 초가가 보이자 송문악의 입가에 작은 미소가 지어졌다.

"많이 손을 봐야 할지도 몰라."

송문악이 중얼거렸다. 비워둔 지 수개월이 지났으므로 초가를 다시 사람 사는 곳으로 만들려면 송문악은 조금 바쁘게 움직여야 할 터였다. 송문악의 발걸음이 빨라졌다. 겨울로 접어들어 쌀쌀한 날씨였지만 초가로 돌아온 송문악의 마음은 푸근했다.

두어 번의 계절을 견딘 초가의 싸리문이 비틀거리며 송문악의 손에 열렸다. 하지만 다음 순간 초가 안으로 들어서던 송문악의 두 발이 얼어붙듯 그 자리에 멈춰 섰다.

"이건……!"

송문악의 입에선 예상치 못한 일을 당한 사람의 당황스러움이 흘러나왔다. 겉으로 보기에는 예전과 전혀 다름없는 초가였지만, 집 안쪽의 사정은 겉으로 보는 것과는 사뭇 달랐던 것이다.

"누가 이런 짓을 한 거야?"

송문악이 화난 목소리로 소리쳤다. 떠나기 전 깔끔하게 정리해 놓았던 집 안의 물건들은 이곳저곳에 질서없이 나뒹굴고 있었고, 장사진과 송문악이 사용하던 두 방의 방문은 문틀에서 떨어져 나와 마당 한구석에 뒹굴고 있었다. 집을 비운 사이 누군가 초가를 엉망으로 만들어놓았던 것이다.

송문악은 화가 난 얼굴로 문짝이 떨어져 나간 방 안으로 걸음을 옮겼다. 방 안의 사정도 밖의 사정과 다르지 않았다. 옷가지를 넣어두던 나무로 만든 궤와 서책을 올려놓던 선반은 모두 다 방바닥에 뒹굴고 있었다. 그뿐만이 아니었다. 장사진과 송문악 두 사람이 손수 발랐던 흙벽도 군데군데 허물어져 있었다.

"도둑이 든 것일까?"

송문악이 치밀어 오르는 분노를 애써 가라앉히며 중얼거렸다. 하지만 송문악은 이내 고개를 저었다.

"도둑이라면 집을 이렇게 난장판을 만들어놓을 필요는 없었을 거야. 이건 마치 누군가 원한을 품은 자가 분풀이를 한 것 같은 모양이잖아? 하지만 할아버지나 나에게 이런 짓을 할 만큼 원한을 가진 사람이 있을 리 없는데……."

송문악이 아무리 머리를 굴려보아도 이런 짓을 할 사람이 생각나지 않았다.

"이곳에 마적이나 산적이 올 리도 없고……."

초가가 있는 곳은 화산과는 채 열흘이 걸리지 않는 곳이었다. 당연히 화산의 영향력이 미치는 유행촌과 호수 주변에 사람들을 약탈하는 마적이나 산적들이 존재할 리 없었다.

고개를 갸웃거리며 주변을 살피던 송문악의 눈이 한순간 반짝였다. 그리곤 무너져 내린 한쪽 벽으로 천천히 다가가더니 손을 들어 무너진 벽의 위쪽을 만져 보았다.

"이건… 검이나 도에 의해 생겨난 자국이야."

송문악의 음성이 자못 신중해졌다. 그리곤 벽의 이곳저곳을 살펴보기 시작했다. 한동안 방 안을 살피던 송문악이 어느 순간 급히 방문 쪽으로 달려가 밖의 동정을 살폈다. 다행히 인기척은 느껴지지 않았다. 초가는 여전히 조용했다.

"무림인들이 다녀갔어. 그리고 그들이 해놓은 짓으로 볼 때, 그들은 아마도 무엇인가를 찾고 있었던 것 같아… 만약

그들이 이곳이 할아버지와 내가 살던 곳이라는 것을 알고 찾아온 자들이라면?'

송문악의 눈에서 짙은 살기와 한가닥 두려움이 동시에 흘러나왔다.

"신기루! 그들밖에 없지. 그리고 그 양소용이란 자는 한 달 뒤에 추격을 시작한다고 했고……."

송문악이 원강의 강변, 송무군의 무덤을 떠난 지 이미 석 달이 지나고 있었다.

"떠나야겠어. 이곳을 찾아왔다면 내가 할아버지와 함께 살았다는 것도 알게 되었을 거야. 얼른 장학사 어른을 만난 후 유행촌을 벗어나는 것이 좋겠어."

송문악의 움직임이 빨라졌다. 송문악은 급히 낡은 초가를 빠져나왔다. 그리곤 유행촌을 향해 달리기 시작했다. 초가에는 그 말고 아무도 없었지만, 송문악은 마치 누군가 자신의 뒤를 쫓아오는 듯 유행촌으로 이어진 작은 길을 다급히 달려나가고 있었다.

순식간에 송문악의 신형이 사라졌다. 초가가 있는 호숫가 주변은 다시 아무도 찾아오지 않았을 때의 모습으로 돌아갔다.

송문악은 유행촌 남쪽으로 흐르는 강어귀의 송림에서 밤이 되기를 기다렸다. 누군가 자신을 뒤쫓고 있다고 생각하는 사람은 누가 되었든 밤을 기다리는 법이다. 밤의 어둠은 도망

자에겐 따뜻한 안식처와 같은 법이므로…….

송림은 강으로부터 일어난 냉기가 유행촌으로 밀려드는 것을 막는 기능을 하고 있었다. 옛날 어느 누군가 유행촌에 정착한 사람 중 강으로부터의 찬 기운을 막기 위해 강어귀에 송림의 숲을 만들자고 제안하여 만들어졌다고 알려진 이 소나무 군락은 유행촌을 좀 더 운치있고 쾌적한 곳으로 만들어 주고 있었다.

'아마도 그는 풍수지리에 밝은 사람이었나 보군.'

송문악은 밤이 되기를 기다리는 것이 지루하던 차에 자신이 몸을 숨기고 있는 송림을 둘러보며 예전 유행촌의 장학사로부터 전해 들었던 송림이 만들어진 유래를 떠올렸다.

'비보림(裨補林)은 강의 습기가 마을로 들어오는 것을 막기도 하지만 마을의 기가 마을 밖으로 흘러나가는 것을 막아주기도 하지.'

송문악이 예전 장사진이 건네준 서책 중 풍수에 관한 책에서 읽었던 한 구절을 떠올렸다.

"하지만 역시 이런 숲은 무엇보다도 몸을 숨기기 좋단 말씀이야."

송문악이 하나둘 불이 켜지고 있는 유행촌 시가지를 보며 중얼거렸다. 유행촌에 밤이 찾아왔지만 송문악은 조금 더 기다릴 생각이었다. 장학사의 서점은 유행촌에서 가장 늦게 문을 닫는 곳이었으므로 밤이 깊어지길 기다려 유행촌으로 들어가도 장사진이 장학사에게 맡겨놓았다는 물건을 찾는 데에는 문제가 없었다.

"물건을 찾으면 밤을 도와 길을 떠나야겠어."

송문악이 누군가에게 말을 건네는 것처럼 다시 중얼거렸다. 하지만 그의 곁에서 그가 하는 말을 들어줄 사람은 없었다. 유행촌을 떠나 어디로 갈 것인지는 아직 정하지 않았다. 일단은 발길이 향하는 곳, 길이 이어진 곳을 따라가 볼 생각이었다.

'나도 어디로 가는지 모르는데 제 놈들이 날 쫓아올 수는 없겠지.'

송문악이 속으로 생각했다. 어쩌면 이것은 허망한 짓인지도 몰랐다. 과연 초가를 뒤진 자들이 장사진의 흔적을 찾아온 신기루의 고수들인지, 또 그들이 자신의 존재를 알고 있고 자신의 뒤를 쫓고 있는지는 확실치 않았다. 송문악이 짐작하고 있는 일들이 사실은 일어나지 않았고, 송문악은 스스로 괜한 고생을 자처하고 있는지도 몰랐다.

'하지만 조심해서 나쁠 것은 없어.'

송문악이 소나무 등걸에 등을 기대며 중얼거렸다.

송문악이 움직인 것은 송림 위에 뜬 초승달이 송림의 그림자를 서서히 동쪽으로 밀어낼 무렵이었다. 송문악은 아주 천천히 유행촌의 시가지를 향해 걸음을 옮겼다. 느린 걸음으로 시가지를 향하면서 송문악은 어느 때보다도 빨리 눈을 움직여 시가지 주변을 살폈다. 그렇다고 고개를 돌려 두리번거리지는 않았다. 그런 모습은 오히려 타인에게 의심을 사는 행동이라는 것을 송문악은 알고 있었다.

초저녁부터 손님을 부르기 위해 밝혀놓았던 시가지의 불빛들은 어느새 반이 넘게 꺼져 있었다. 송문악은 길 양쪽으로 늘어선 상점들을 따라 걸었다. 상점 건물들이 만들어내는 그림자가 송문악의 신형을 감춰주었다.

느릿하던 송문악의 걸음이 차차 빨라지기 시작했다. 멀리 장학사의 서점이 보이기 시작했던 것이다. 송문악의 예상대로 장학사의 서점은 아직도 밝게 불을 밝히고 있었다.

장학사의 서점 앞에 도착한 송문악은 잠시 주변을 살핀 후 문을 밀며 서점 안으로 들어섰다. 그러자 익숙한 서책의 냄새가 송문악의 코끝으로 밀려들었다.

"장학사님!"

송문악이 서점 안, 양옆으로 늘어선 책장 사이로 보이는 육십대 초반의 학자풍 노인을 반가운 목소리로 불렀다.

"오! 어서 오너라, 산아! 다녀간 지 며칠밖에 지나지 않았는데 또 오다니 무척 열심히 글을 읽은 모양이구나. 그렇지 않아도 네가 오면 주려고 좋은 책들을 골라놓고 있었다."

송문악을 본 장학사가 무척 반가운 듯 장황한 말로 송문악을 반겼다. 하지만 그 순간 송문악의 표정이 살짝 변했다.

'왜 날 산이라 부르는 거지? 그리고 이곳에 온 지 며칠밖에 되지 않았다니……?'

서점에 들어서며 장학사에게 말을 건네고, 장학사의 대답을 들으며 그가 서 있는 곳으로 다가가는 동안 송문악의 머리가 무섭게 회전했다. 그리고 그의 걸음이 장학사 앞에 멈췄을 때 송문악은 자연스런 목소리로 장학사의 말에 대답했다.

"지난번에 가져간 책은 무척 재미가 있어 금세 읽었어요. 그런데 저를 위해 준비해 놓으셨다는 건 어떤 책인가요?"

그러자 장학사가 송문악의 머리를 쓰다듬으며 미소를 지었다.

"이 녀석, 넌 정말 총명하구나. 그 어려운 책을 며칠 만에 다 읽었다니. 자, 그럼 이번에는 이 책을 읽어보거라. 아마도 무척 재미있을 거다."

장학사가 자신의 뒤쪽에 꽂혀 있는 책 중 하나를 꺼내 송문악에게 내밀었다.

"제법 두꺼운데요?"

"이제 너도 이 정도 책은 읽을 실력이 되었지."

"고마워요, 장학사님. 그럼 전 얼른 가서 책을 읽어봐야겠어요. 늦으면 할머니께 혼이 나거든요."

"오냐. 얼른 가보거라. 이미 밤이 깊었구나. 밤길 조심하고. 다음번에는 좀 더 흥미있는 책을 구해놓도록 하마."

"헤헤, 알았어요. 장학사님, 그럼 전 그만 가볼게요."

송문악이 장학사에게 꾸벅 인사를 하고는 이내 몸을 돌려 서점을 벗어났다. 서점을 벗어난 송문악은 희미한 달빛을 등불 삼아 장학사로부터 받아 든 서책을 이리저리 펼쳐 보며 천천히 유행촌 시가지를 따라 걷기 시작했다.

송문악의 모습이 장학사의 서점에서 멀어졌을 때, 장학사의 서점 앞에 두 명의 흑의인이 모습을 드러냈다. 그들은 막 서점 문을 닫을 준비를 하는 장학사를 흘낏 보고는 다시 멀어져 가는 송문악의 모습을 주시했다.

"이 늦은 밤에 서점을 찾는 아이라……."

그중 한 명이 중얼거렸다.

"흔한 일은 아니지요."

옆에 있던 자가 말을 받았다. 그러자 처음 말을 꺼냈던 자가 서점 안의 장학사를 보며 음산한 어투로 말했다.

"그를 추궁해 보는 건 어떻겠소? 보아하니 애써 꼬마에게 눈치를 준 것 같은데… 우리가 찾는 아이는 간혹 이 서점에 들렀다고 하지 않았소?"

그러자 다른 흑의인이 고개를 저었다.

"그보다는 저 꼬마를 따라가 보는 것이 좋을 것 같소. 저자에게 대답을 듣는 동안 꼬마가 사라져 버릴 수도 있으니……."

사내의 말에 장학사에게 눈길을 주었던 자가 고개를 끄덕였다.

"구십일 사령의 말이 맞는 것 같구려. 꼬마를 쫓도록 합시다. 꼬마를 잡아 직접 물어보면 알 수 있겠지. 장사진과 함께 살던 놈인지 아닌지… 꼬마 이름이 문악이라고 했던가요?"

"송문악이라고 불렸다더구려."

"송문악이라… 청명검 송무군과 관계가 있는 것인가?"

"그도 역시 물어보면 알겠지요."

두 흑의 사내가 송문악이 걸어가는 방향을 향해 느긋하게 걸음을 옮기기 시작했다.

"으음… 역시 이곳을 감시하고 있었어. 형님께 일이 생긴 것이 분명하구나. 허허, 문악에게 별 탈이 없어야 할 텐데……."

송문악을 쫓아 멀어져 가는 흑의인들을 보며 장학사의 안색이 어두워졌다.

"나도 그만 이곳을 떠나야겠구나. 그들의 시선이 이곳까지 미칠 줄이야. 역시 무서운 자들이야. 그나저나 귀령파파와 살황이 잘해주어야 할 텐데……."

장학사가 걱정스런 눈으로 이미 어둠 속으로 사라진 송문악과 흑의인들 쪽으로 시선을 한 번 주고는 이내 서점의 문을 걸어 잠그고 서점 안을 밝히던 호롱불을 껐다.

송문악의 등은 어느새 땀으로 흠뻑 젖어 있었다. 그것은 등에 짊어진 청명검과 혹도, 그리고 마창의 무게 때문이 아니었다. 장학사의 서점을 벗어난 지 일각이 되지 않아 느껴지기 시작한 이질적인 기운, 그것들이 마치 자신의 그림자나 되는 것처럼 송문악의 등 뒤쪽으로 접근해 왔던 것이다.

그렇다고 걸음을 빨리하거나 뜀박질을 할 수는 없었다. 이 이질적인 기운의 주인들이 자신을 찾고 있는 자들이라면 분명 신기루의 고수들일 가능성이 컸다. 신기루의 고수들에 대항해 도주를 하기엔 송문악의 무공은 너무 형편없었다.

'어떡하든 다른 방도를 찾아야 해. 문악아 문악아, 어서 머리를 굴려봐라.'

하지만 고수들의 추격을 피할 방법이 금세 떠오를 리 없었다.

'아마도 그들은 할아버지의 흔적을 추격해 이곳까지 온 것이 분명해. 초가에 들러 할아버지가 누군가와 함께 지냈다는 것을 알았겠지. 그리곤 초가와 가까운 이 유행촌에서 나에 대해 알았을 거야. 아, 내 이름이 송문악이라는 것을 안다면 그들은 분명 내가 청명검 송무군의 아들이라는 것을 눈치 챘을 거야. 그래서 이곳에서 날 기다리고 있었던 것일 테고……'

송문악은 여전히 같은 속도로 걷고 있었다. 그의 등 뒤쪽에서도 여전히 같은 이질적인 기운들이 송문악을 따라오고 있었다.

'아아, 장학사님의 서점에 가는 것이 아니었어. 초가에 누군가가 들렀다는 것을 안 순간 다른 곳으로 갔어야 했는데… 할아버지가 맡긴 물건은 나중에라도 찾을 수 있는 것이었는데, 멍청하긴!'

송문악은 경솔하게 장학사의 서점을 찾아온 자신을 자책하며 손에 든 서책을 내려다보았다. 아마도 이 서책이 장사진이 장학사에게서 찾으라던 물건일 터였다. 책을 쥔 손끝으로 장사진의 체취가 느껴지는 것 같았다. 하지만 지금은 장사진과의 추억을 더듬고 있을 때가 아니었다. 언제 어느 때 뒤를 따라오는 자들이 자신을 불러 세울지 알 수 없는 노릇이었다.

'어쩌면 그들은 내가 시가지를 완전히 벗어나기를 기다리고 있는지도 몰라.'

이런 생각이 갑자기 머릿속에 떠오르자 송문악이 멈칫하며 걸음을 멈췄다 이내 다시 걷기 시작했다. 하지만 송문악이 걷는 속도는 무척 느려지고 있었다.

송문악은 자신의 아둔함을 자책했다. 아무리 밤이라고는 해도 시가지 한가운데서 어린 소년을 겁박하는 일은 사람들의 이목을 끌기 마련이었다. 당연히 그를 따라오는 자들은 송문악이 유행촌의 시가지를 벗어나기를 기다려 자신을 불러 세울 터였다.

하지만 송문악의 깨달음은 늦은 감이 있었다. 이미 송문악의 시야에 시가지의 끝이 보이고 있었다. 시가지 너머 인적이 드문 곳으로 뻗어 있는 관도가 지옥의 입구처럼 어둠 속에서 송문악을 기다리고 있었다.

'그렇다고 걸음을 멈출 수도 없고……'

송문악이 몸을 떨었다. 걸음을 멈추는 순간 어둠 속에서 추격자들의 손이 불쑥 튀어나와 자신의 목덜미를 움켜쥘 것만 같은 느낌이 들었기 때문이다.

'어쩐다……'

송문악이 재빨리 눈동자를 굴려 좌우를 살폈다. 시가지를 벗어나기 전 무슨 수를 내야 했다. 그 순간, 정말 거짓말처럼 눈에 익은 얼굴이 송문악의 눈에 들어왔다.

'어, 저 할머니는?'

유행촌 시가지의 끝 자락, 산나물을 파는 작고 낡은 천막이 세워져 있었고, 그 천막 앞자락에 이제 막 장사를 접으려는 듯 주섬주섬 늘어놓았던 물건들을 챙기는 한 노파의 모습이 송문악의 눈에 들어왔다.

노파는 바로 황하의 나루터에서 송문악에게 국수를 말아 주고는 화산파 고수를 공격했던 귀령파파 이설이었다. 송문악의 발걸음이 자신도 모르는 사이에 귀령파파 이설을 향해 움직였다. 송문악의 마음은 마치 물에 빠진 사람이 지푸라기라도 잡는 것과 같은 심정이었다. 따지고 보면 어린 나그네에게 국수 한 그릇 말아준 인연밖에는 없는 노파였다. 그럼에도 불구하고 그녀는 지금 이 다급한 순간에 송문악에게 한 줌의 도움이라도 줄 수 있는 유일한 사람이기도 했다.

그런데 예상치 못한 일은 한 번 일어나면 계속해서 꼬리를 물고 일어나는 법인 모양이었다.

"산아! 이제 오는구나. 그래, 장학사님에게서 책은 좀 구했니?"

귀령파파 이설이 마치 친손주를 대하듯 굳은 표정으로 자신에게 다가오는 송문악을 보며 말을 걸어왔다.

'이게 도대체 어떻게 된 일이지?'

송문악은 머릿속이 혼란해졌다. 서점의 장학사도 그렇고 우연히 다시 만나게 된 귀령파파 이설도 그렇고 모두 자신의 처지를 이미 알고 있다는 듯 하나같이 그가 기대했던 행동들을 해주고 있었다.

"예, 할머니. 이번에는 제법 재미있는 책을 구해놓으셨더라구요. 얼른 집에 가서 읽어보아야겠어요."

"호오! 그래? 이거 언제나 장학사님에게 신세를 지는구나. 자, 이 할미도 이제 장사를 마쳤으니 얼른 이곳을 정리하고 집으로 돌아가자꾸나."

평범한 대화를 나누는 두 사람의 모습은 누가 보아도 이상할 것이 없는 조손(祖孫) 사이로 보였다.

"저 아이가 우리가 찾던 그 아이가 아니었던가?"

구십일 사령이 고개를 갸웃거렸다. 그는 그의 동료와 함께 불꺼진 상가의 처마 밑에서 송문악과 늙은 노파의 정겨운 만남을 바라보고 있었다.

"글쎄올시다. 어쩌면 우리가 잘못 짚은 것일지도······."

그의 동료 역시 확신이 서지 않는 목소리로 대답했다.

그러는 사이 이제 송문악과 노파는 늘어놓았던 물건들을 다 정리하고 천막의 입구를 내리고 있었다. 두 추격자에게 허락된 시간은 많지 않았다.

"일단 여기까지 왔으니 확인은 해보아야겠지."

구십일 사령이 결심을 한 듯 입을 열었다. 그리곤 처마의 그림자 아래에서 나와 송문악과 노파를 향해 성큼성큼 걸어가기 시작했다. 그의 동료가 그의 뒤를 따르며 주위를 살폈다. 어느새 밤이 깊어 시가지에서는 이제 사람의 흔적을 찾아보기 힘들었다.

"무슨 일이우?"

귀령파파 이설이 불쑥 천막 앞으로 다가드는 두 명의 흑의인을 보며 물었다. 형형한 안광을 발하는 두 방문자의 기세에 겁을 먹은 모습이 역력했다. 구십일 사령과 그의 동료는 귀령파파의 물음에 아랑곳하지 않고 한쪽에 서서 역시 두려운 눈으로 자신들을 바라보고 있는 소년을 바라봤다.

"아, 무슨 일이냐니까?"

노인들은 두려움을 떨쳐 내는 것도 빠르다. 귀령파파가 귀찮은 듯 높아진 언성으로 되물었다.

"저 아이는 노인과 어떤 사이요?"

구십일 사령이 위협적인 어조로 물었다.

"내 손잔데. 내 손자에게 무슨 볼일이 있는 거요? 우리 산이가 무슨 잘못이라도……?"

귀령파파 이설이 이번에는 걱정이 되는 듯 화를 죽인 목소리로 되물었다. 귀령파파의 대답에 구십일 사령은 여전히 송문악에게서 시선을 떼지 않은 상태로 천천히 입을 열었다.

"우리는 지금 한 아이를 찾고 있소. 송문악이라고 몇 개월 전까지만 해도 이곳에서 얼마 떨어지지 않은 곳에서 장사진이라는 노인과 함께 살았던 아이인데… 혹 그 아이를 아시오?"

"장사진? 글쎄, 난 잘 모르겠는데… 산아, 넌 혹시 장사진이라거나 송문악이라는 이름을 들어본 적이 있느냐?"

귀령파파 이설이 송문악을 돌아보며 물었다. 그러자 송문악이 잠시 생각을 하는 듯하더니 여전히 두 흑의인을 두려워하는 모습으로 입을 열었다.

"아마도 가끔 이곳에 들러 약초를 파는 장씨 할아버지를 말하는 것 같아요."

송문악의 대답에 귀령파파 이설이 그제야 알겠다는 듯 고개를 끄덕였다.

"오? 그 침 잘 놓는 장 노인! 맞아. 그 장 노인은 항상 우리 산이만 한 아이와 함께 다녔지. 그런데 근래에는 그 두 노손을 보지 못한 것 같은데……? 산아, 넌 그들을 최근에 본 적이 있느냐?"

그러자 송문악이 고개를 저었다

"아뇨. 저도 그 두 사람을 보지 못한 지 꽤 오래되었어요."

"으음, 아마도 이곳을 떠난 모양이군. 하긴 그들은 항상 이 곳저곳을 떠돌며 살아온 사람들인 듯했지. 이곳에 드나들기 시작한 것도 삼 년 전부터이던가? 그런데 그 아이는 왜 찾는 거요?"

귀령파파의 눈에 걱정과 두려움이 사라지고 호기심이 깃들었다. 순간 두 명 추격자의 얼굴에 실망의 빛이 서렸다. 이 두 노손의 대화에서 어떤 특별한 것도 발견하지 못했던 것이다.

"돌아가십시다."

구십일 사령의 동료가 더 이상 이곳에 있을 이유가 없다는 듯 말했다. 구십일 사령도 그 말이 옳다고 느꼈는지 고개를 한 번 끄덕이고는 미련없이 몸을 돌려 귀령파파의 천막을 벗어나려고 했다. 한데 그때였다. 문득 구십일 사령의 시선이 송문악이 등에 짊어지고 있는 제법 커다란 보따리에 가 닿았다. 순간 그의 표정이 살짝 변했다.

구십일 사령의 몸이 빠르게 본래의 자리로 돌아갔다. 그리고 무표정한 그의 표정이 더욱 차갑게 변했다. 그의 입에서 흘러나오는 목소리에서는 한기가 풀풀 날렸다.

"이리 와보거라."

구십일 사령이 송문악을 불렀다.

"아니, 남의 손자는 왜 부르는 거요?"

귀령파파 이설이 송문악의 앞을 가로막듯 몸을 옮기며 구십일 사령을 노려봤다.

"아이의 짐을 한번 봐야겠소."

"남의 짐을 왜 보겠다는 거요?"

"그저 할머니를 따라 시장에 나온 아이가 짊어지고 있기에는 무척 특이한 짐인 듯해서 말이오."

구십일 사령의 입가에 살짝 미소가 감돌았다. 확실히 눈여겨보면 송문악이 지고 있는 짐은 누군가에게 의심이 들게 할 만큼 특이했다. 청명검과 흑도, 그리고 마창은 병기 중에 장병에 속하는 병기들이었다. 그것들을 둘둘 말아 만든 송문악의 짐을 신기루 구십일 사령이 놓치지 않고 잡아냈던 것이다.

송문악의 짐 안에 무슨 물건들이 들어 있는지 모르는 귀령파파 이설이 슬쩍 송문악을 돌아봤다. 그러자 귀령파파 이설과 눈이 마주친 송문악이 살짝 고개를 저었다. 짐을 보여주는 순간 그는 더 이상 자신의 신분을 숨길 수 없을 터였다. 귀곡육보는 그 주인들의 신분을 명확하게 드러내 주는 물건이 아니던가?

"보아하니 무림인들 같은데 아무리 무림인이라도 이렇게 함부로 남의 물건을 뒤지겠다는 것이 말이 되오?"

귀령파파가 송문악에게 고개를 돌리며 두 추적자를 보며 외쳤다. 순간 구십일 사령의 눈이 다시 한 번 반짝였다.

"평범한 늙은이가 아니었구나!"

동시에 그의 손이 자신의 허리춤에 매달려 있는 검을 잡아갔다.

"꼬마 손님, 삼십육계다!"

순간 귀령파파 이설의 몸이 무서운 속도로 회전하더니 순식간에 일 장 넘게 떨어져 있던 송문악을 낚아채고는 천막의 뒤쪽 문을 향해 달려나가기 시작했다.

"찾은 듯하군. 신법을 보니 제법 대단한 고수! 하지만 우리에게서 벗어날 수는 없다."

구십일 사령이 차가운 미소를 입가에 머금더니 이내 귀령파파와 송문악이 사라진 천막 뒤쪽을 향해 몸을 날렸다. 그의 동료는 이미 그보다 앞서 귀령파파를 쫓고 있었다.

비록 심한 부상을 입었다지만 화산의 제일고수 천선검 유해진을 암습했던 귀령파파 이설의 무공은 예상대로 놀라웠다. 밤길을 달려나가는 귀령파파의 속도는 무서울 정도로 빨랐다.

"망할 놈들! 죽어라고 쫓아오는군."

귀령파파의 입에서 욕지거리가 흘러나왔다. 송문악이 귀령파파의 옆구리에 매달린 채 고개를 돌려 뒤를 돌아보았다. 그러자 이십여 장 뒤에서 차츰 거리를 좁혀오는 두 흑의인의 모습이 들어왔다.

귀령파파 이설은 강호십대괴객 중 일인이다. 십대괴객의 무공으로 말하자면 구파일방의 장로들도 함부로 대할 수 없는 절정의 고수들이었다. 하지만 그런 고수라 하더라도 십대의 소년을 옆구리에 낀 채 신기루의 고수를 따돌릴 수는 없었다. 어느덧 두 흑의인과 귀령파파의 거리가 십 장 안쪽으로 좁혀졌다.

송문악의 시선에 두 추격자의 자신감에 찬 눈빛이 잡히는 순간 귀령파파 이설이 갑자기 달리던 방향을 홱 틀었다. 순간, 송문악의 시선이 갑자기 흐트러졌다. 동시에 달빛이 사라졌다. 귀령파파와 송문악의 몸이 달빛을 가린 짙은 수림 속으로 들어선 것이다.

"어딜!"

두 추격자의 입에서 노호성이 터지며 그들의 신형이 방향을 튼 귀령파파와 송문악을 향해 죽 당겨졌다.

"어디 따라와 보거라."

하지만 귀령파파는 그런 추격자들의 쇄도에도 아랑곳하지 않고 어둠 속에 웅크리고 있는 하나의 검은 물체 속으로 뛰어들었다. 송문악은 자신이 좀 더 짙은 어둠 속으로 들어섰다고 생각했다.

　유행촌의 북쪽 어귀 숲 속에는 서왕모를 모시는 오래된 사당이 있었다. 유행촌 사람들은 중요한 일이 있을 때마다, 이 사당을 찾아 향을 피우고 복을 빌곤 하였다. 귀령파파가 송문악을 옆에 끼고 적의 추격을 피해 들어선 곳은 바로 그 서왕모를 모시는 낡은 사당이었다.

　"이야말로 독 안에 든 쥐군."

　구십일 사령이 귀령파파가 숨어든 사당 앞에 내려서며 차가운 미소를 지었다.

　"안으로 들어오길 기다리나 보오이다. 역습이라… 힘이 모자란 자에게는 좋은 방법 중 하나지."

　또 다른 추격자가 고개를 끄덕이며 구십일 사령 옆에 내려섰다.

　"그런데 이 노파의 솜씨가 생각보다 무섭구려. 저 정도 실력이라면 분명 강호에 제법 알려진 인물이 분명할 텐데. 딱히 그 정체가 떠오르지 않는구려."

　구십일 사령이 함부로 사당 안으로 뛰어들기가 꺼려지는지 동료를 보며 말했다.

　"아이를 데리고 움직이는 것이 저 정도라면 역시 가볍게 볼 수 없는 고수라고 할 수 있지요. 하지만 이곳에서 저 두 노소가 나오길 기다리고 있을 수만은 없지 않겠소이까?"

　"당연한 일이오. 약간의 위험이 있다고 하더라도 들어가서 노파의 실력을 직접 겪어봅시다."

두 사람은 결심이 서자 망설이지 않고 열려 있는 문을 통해 성큼 사당 안으로 들어섰다.

하지만 예상했던 암습은 일어나지 않았다. 대신 사당 안쪽 어두운 구석에, 낡은 창을 통해 들어오는 희미한 빛에 비쳐진 두 노소가 사당문을 통해 들어서는 두 추격자를 물끄러미 바라보고 있을 뿐이었다.

"생각보다 현명하군. 목숨이 소중한 줄 아는 노인네야."

구십일 사령이 어둠 속에 있는 귀령파파와 송문악을 찾아내고는 손에 든 검을 늘어뜨리며 중얼거렸다. 귀령파파와 송문악의 태도에서는 전혀 반항할 기색이 느껴지지 않았던 것이다.

"자 노인, 이제 그만 그 꼬마를 우리에게 넘겨주시구려. 보아하니 친손자도 아닌 모양인데……."

구십일 사령이 설득하듯 귀령파파에게 말했다. 송문악을 옆구리에 끼고 도주하던 노파의 무공을 생각하면 아이를 건네받기 위해 괜한 충돌을 일으키고 싶지 않았던 것이다.

"끌끌끌… 이 아이를 원한다고? 아이를 넘겨주면 난 살려주겠다는 말인가?"

그런데 반항할 여유가 없어 가만히 서 있는 것으로 생각했던 노파의 입에서 예상치 못한 실소가 흘러나왔다. 구십일 사령이 귀령파파의 말을 듣고 살짝 아미를 찌푸렸다.

"일단 아이를 넘겨주시오. 노인의 일은 그 다음에 상의해 봅시다."

구십일 사령이 슬쩍 살기를 내비치며 말했다.

"저런, 못된 자들이구먼, 힘없는 노인을 협박하다니… 킬킬킬!"

귀령파파의 입에서 다시 비웃는 듯한 웃음소리가 흘러나왔다.

"노인, 우린 그렇게 인내심이 많지 않소. 우리 말을 듣지 않겠다면 더 이상 노인을 설득할 생각이 없소. 보아하니 적지 않은 무공을 지니고 있는 모양인데, 어디 그 아이를 지킬 자격이 있나 봅시다."

구십일 사령이 늘어뜨렸던 검을 다시 치켜 올리며 귀령파파와 송문악이 있는 곳으로 천천히 다가가기 시작했다.

"과연 이곳까지 올 수 있을까?"

그런 적을 보며 귀령파파가 고개를 갸웃거렸다.

"노인의 무공이 대단하지만 강호에 우리의 행사를 막을 사람은 없소."

"그래? 하지만 세상에는 언제나 예외라는 것이 있는 법이지."

여전히 상대를 놀리듯 말을 흘려내는 귀령파파의 시선이 두 추격자의 얼굴을 지나 그 뒤쪽으로 이동했다. 순간 두 추격자의 뒤쪽에서 어둠보다 더 짙은 그림자가 어른거렸다.

"헉!"

그와 동시에 구십일 사령의 입에서 다급한 경악성이 터져 나왔다. 스멀거리는 진득한 살기가 전혀 눈치 챌 사이도 없이 어느 틈에 그의 뒷덜미에 와 닿았던 것이다.

그것은 정말 상상조차 할 수 없는 일이었다. 그와 그의 동료는 강호무림을 지배하는 조직에 속한 고수들이었다. 무림의 이면에서 움직이는 인물들이라 강호에 알려지지는 않았지만, 본 실력을 드러낸다면 구파일방의 장로가 두렵지 않은 그들이었다. 그런 자신들의 바로 뒤까지 기척을 드러내지 않고 접근할 수 있는 인물이라니. 구십일 사령은 자신과 동료에게 일생 최대의 위기가 찾아왔다는 것을 깨달았다.

"움직이지 마!"

옆에 선 동료와 눈빛을 교환하려던 구십일 사령의 의도는 미처 시도하기도 전에 저지당했다.

'뭔가, 이건?'

순간 구십일 사령의 얼굴에 다시 당혹한 표정이 떠올랐다. 어둠 속에서 자신의 행동을 제지하는 이 무서운 암습자의 목소리가 너무 어눌했던 것이다. 그것은 마치 깊은 산골에 살며 평생 대처(大處) 구경을 한 번도 하지 못한 촌뜨기의 그것과 같았다.

'이런 어눌한 목소리를 가진 자가 어떻게 이렇게 무서운 고수일 수가 있을까?'

이런 의문이 구십일 사령의 머릿속에 떠오르는 순간, 그 어눌한 목소리가 다시 들려왔다.

"손가락 하나라도 움직이면 목에 구멍이 뚫릴 거야."

그 말은 절대 거짓이 아니었다. 구십일 사령과 그의 동료 사이에는 서로 다른 방향을 향하고 있는 두 자루의 쇠꼬챙이 같이 생긴 협검이 요기롭게 번뜩이고 있었다. 그 두 개의 협검 끝은 각각 구십일 사령과 그의 동료의 목에 닿아 있었다.

"그것 봐. 늙은이 말은 틀린 것이 없어. 세상일에는 항상 예외란 것이 있다고 했잖아."

"어찌할까?"

귀령파파의 말에 이어 다시 어눌한 암습자의 목소리가 흘러나왔다.

"너희들은 누구지? 왜 이 아이를 노리는 것이냐?"

암습자의 물음에 대한 대답 대신 귀령파파의 입에서 두 흑의인을 향한 질문이 흘러나왔다. 순간 구십일 사령의 동공이 흔들렸다. 분명 노파는 자신들이 쫓던 아이를 가리켜 이 아이라고 불렀다. 그렇다면 자신들을 궁지에 몰아넣은 이 노파와 암습자는 자신들이 쫓던 아이와 그리 깊은 관계가 아닌지도 몰랐다. 기회는 아직 남아 있었다.

"우리가 누군지 알려고 하지 마시오. 우리가 그 물음에 대답을 할 리도 없지만, 그것을 아는 순간 그대들은 죽음을 맞이해야 할 테니."

"끌끌, 이런 자들을 보았나? 지금 누가 누굴 걱정해 주는 거야. 묻는 말에 대답하지 않으면 우리보다 먼저 너희들이 염라대왕을 구경하고 있을 거야."

"목숨으로 우릴 위협할 순 없소. 그보다 아이를 내주시오. 그럼 그대들을 만나지 않은 것으로 하겠소."

"흐흐흐… 역시 보통 놈들은 아니군. 나도 네놈들에게 대답을 들을 생각은 없었어. 그 대답은 아마도 우리 꼬마 손님이 해줄 수 있을 거야. 그렇지?"

귀령파파가 송문악을 보며 물었다.

"맞아요. 전 저자들이 누군지 짐작하고 있어요."

"그것 봐. 내 예상은 틀린 적이 없다니까."

귀령파파가 득의한 표정으로 구십일 사령을 바라봤다. 하지만 그때 구십일 사령은 귀령파파를 보고 있지 않았다. 그는 귀령파파의 물음에 대답하고 있는 송문악을 응시하고 있었다.

"네가 우리의 정체를 알고 있다고?"

구십일 사령이 목숨을 위협받는 와중에도 안광을 번쩍이며 송문악에게 물었다.

"그래요. 전 당신들이 누군지 짐작하고 있어요."

"넌 장사진과 어떤 관계지?"

구십일 사령의 계속되는 질문에 송문악이 짙은 적의를 담은 눈빛으로 상대를 쏘아봤다.

"흥, 역시 할아버지를 알고 있군요. 호숫가의 초가를 뒤진 사람들도 당신들이겠죠?"

"그렇다. 바로 우리가 장사진의 은신처를 다녀왔지. 네 이름이 송문악이냐?"

"잘 알고 있군요."

"유행촌에는 너와 장사진을 아는 사람이 적지 않더구나. 그나저나 넌 청명검 송무군과 어떤 관계냐?"

"난 그의 아들이에요."

송문악이 입술을 깨물며 대답했다.

"원강에서 송무군의 무덤을 만든 사람 중 하나가 바로 너냐?"

"그래요. 그리고 아버지를 죽인 사람들은 바로 당신들이죠."

"과연 그렇게 된 것이었군. 청명검 송무군에겐 아들이 있었던 거야. 그 아들을 자신의 의숙인 장사진에게 맡겨놓았던 것이고… 넌 네 아비에게서 루(樓)의 비밀을 들었느냐?"

구십일 사령이 무서운 눈으로 물었다. 그의 눈에서 어린 송문악이 견디기 힘든 살기가 흘러나오고 있었다.

"그래요. 난 아버지에게서 당신들의 그 비열한 음모를 모두 들었어요."

"안됐구나. 넌 죽음의 사신을 피할 수 없는 신세가 되었구나."

"홍, 난 절대 죽지 않아요. 반드시 살아서 아버지와 귀곡의 복수를 하고 말 거예요."

송문악이 구십일 사령의 살기 어린 눈빛을 피하지 않고 소리쳤다.

"넌 절대 그럴 수 없다. 루(樓)는 영원불멸이니까."

구십일 사령이 도도한 목소리로 대답했다. 그런데 바로 그때였다. 다시 예의 그 어눌한 목소리가 사람들의 귓가에 들려왔다.

"아이야, 이자들을 어떻게 할까?"

"죽여요!"

흥분해 있던 송문악이 자신도 모르게 소리쳤다.

"알았다."

순간 어눌한 대답과 함께 신기루의 두 고수 사이에 있던 협검이 움직였다.

"큭!"

"끄르륵!"

두 개의 검이 두 고수의 목을 옆에서부터 관통했다. 순식간에 신기루의 두 고수 입에서 죽음의 신음성이 흘러나왔다. 그리고 두 개의 협검이 그들의 목에서 뽑혀지자 목숨을 잃은 두 신형이 사당 바닥에 힘없이 널브러지는 것이었다.

잠시 후 태연한 표정으로 협검에 묻은 피를 닦아내며 한 사내가 송문악과 귀령파파 앞으로 다가왔다.

"만나서 반갑다, 꼬마야."

방금 전 사람을 죽인 사람의 목소리가 이렇게 다감할 수 있을까?

"아… 아저씨는 누구죠?"

송문악이 자신의 대답 한마디에 순식간에 두 명의 고수를 죽여 버린 사내에게 겁을 집어먹은 듯 한 걸음 뒤로 물러나며 물었다.

"나? 난 고산앙이라고 해… 사람들은 날 살황이라고 부르지."

십대괴객의 일인이자 천하의 살수 중 가장 뛰어난 살객이라 불리는 전설적인 살객, 살황 고산앙이 송문악의 물음에 어눌한 목소리로 대답했다.

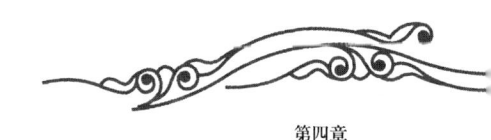

第四章

천비문(天秘門)

그는 긴 얼굴을 가지고 있었다. 적지 않은 나이가 분명함에도 불구하고 긴 얼굴 아래의 몸은 이십대의 젊은이 못지않게 단단해 보였다. 단단한 몸 위에 걸친 검은색 장삼은 사내를 완벽하게 어둠과 동화되게 만들고 있었다. 손에는 방금 전 두 명의 신기루 고수를 살해할 때 쓴 쇠꼬챙이처럼 생긴 팔뚝만 한 길이의 두 자루 협검이 들려 있었다.

송문악이 느낀, 망설임없이 두 사람의 생명을 앗아간 사내에 대한 두려움은 그 사내의 실체가 사당 한쪽에서 흘러드는 빛에 드러났을 때 눈 녹듯 사라졌다. 송문악은 사내에게서 비정한 살객이 아닌 그의 고향 풍화촌의 한 우둔한 어부의 모습을 느꼈던 것이다. 그 스스로 자신의 별호가 살황이라 말한 것조차 송문악의 뇌리 속에 그리 강한 인상을 남기지 못했다. 또한 사당 바닥에 널브러진 두 구의 시신은 어둠에 묻혀 사내의 무서움을 일깨우지 못했다.

"오랜만이오, 살황!"

귀령파파 이설이 입을 열자 송문악을 향해 있던 살황 고산앙의 시선이 송문악을 벗어났다.

"그런데 천학(天學) 선생은?"

귀령파파의 말에 살황 고산앙이 대답 대신 가볍게 고개를 끄덕이고는 되물었다.

"아마 곧 올 거요. 뒤를 쫓는 자들이 더 없는지 살피고 오기로 했으니까."

귀령파파 이설의 말에 고산앙이 고개를 끄덕였다.

"천학 어른은 항상 일을 꼼꼼하게 하지. 그런데 이 아이는 누군데 천학 어른이 우리 두 사람에게 도움을 청하면서까지 구하려고 한 거요? 저자들은 무척 고수던데?"

"끌끌, 그래도 살황의 살검을 피하지는 못했지."

"그들은 조금 방심하고 있었소. 만약 내가 자신들을 노리고 있다는 것을 알았다면 이렇게 쉽게 당하지는 않았을 거요. 그러니 대단한 것은 내가 아니라 일을 이렇게 꾸민 천학 선생이지. 그래서 사람들은 항상 그를 두려워하지요. 그건 나도 마찬가지고. 난 돈만 받으면 이곳을 떠날 거요. 그와는 거리를 두고 있는 게 좋으니까. 나 같은 무식쟁이는 말이오."

살황이 어눌한 목소리로 제법 길게 이야기했다.

"물론 천학의 머리야 그를 알고 있는 사람이라면 두려워하지 않는 사람이 없을 만큼 대단하지. 하지만 천학도 살황 그대의 검은 두려워할 거요."

귀령파파 이설이 살황의 손에 들린 두 자루의 협검을 보며 말했다. 그러자 살황 고산앙이 협검을 자신의 허리춤에 꽂아넣으며 중얼거렸다.

"그런 말 하지 마시우. 나야 그저 사람 목 따는 재주나 있을 뿐이지. 천학과 같이 무서운 심성을 가진 사람과는 애당초 상대가 되지 않는다는 것을 잘 알고 있소."

고산앙의 협검이 그의 허리춤으로 들어가 완전히 그 모습을 감추자 이 무서운 살객은 좀 더 우둔한 촌부로 보였다.

"하하! 살황, 그대의 말은 지나치게 겸손하구려. 오늘날 살황이 강호에서 가장 무서운 살객 중 한 명으로 불리는 이유는 그 협검의 날카로움보다 오히려 치밀한 살행을 계획하는 그대의 두뇌에 연유한 바가 크다는 것을 이 장모는 잘 알고 있소이다."

사당 입구에서 낭랑한 목소리가 들려오더니 유행촌의 장학사가 사당 안으로 들어섰다.

"장학사님!"

송문악이 반가우면서도 한편으로는 낯설은 표정을 지으며

장학사를 불렀다.

"오냐, 문악아. 넌 오늘 밤 고생을 좀 했지?"

장학사가 예의 그 사람 좋은 웃음을 지으며 송문악의 머리를 쓰다듬었다.

"이게 도대체 어떻게 된 일이지요?"

"궁금한 것이 많겠지만 일단 이곳을 떠나야 하니 이야기는 나중에 나누도록 하자꾸나. 자, 두 분, 그만 자리를 옮기도록 하십시다. 뒤를 따르는 자는 없었으나, 혹 내가 미처 눈치 채지 못한 자들이 있을 수도 있으니……."

"끌끌, 천하에 천학의 눈을 속일 수 있는 자가 얼마나 되겠소."

귀령파파 이설이 장학사를 보며 말하자 그가 고개를 저었다.

"만약 이들이 나의 형님께서 예상했던 바로 그자들이라면 이 장모의 눈도 믿을 것이 못 되지요. 자, 일단 자리를 옮기도록 합시다."

"난 이만 혼자 가겠소. 약속한 돈을 주시구려."

장학사의 말에 살황 고산앙이 어눌한 말투로 말했다. 그러자 장학사가 고개를 끄덕이며 품속에서 몇 장의 전표를 꺼내 들었다.

"물론 살황께서는 그러리라 생각했소이다. 자, 여기 약속했던 금액이외다. 이번 일에 도움을 주신 것 감사드리오. 때

마침 한천녀와 살황께서 이 근처에 계셨던 것이 이 장모에게
는 행운이었소."

고산앙이 장학사가 꺼내 든 전표를 받아 확인도 하지 않고
품속에 집어넣었다.

"음… 이번 일은 조금 특별한 경우라고 할 수 있었소. 하지
만 다음부터는 이런 식의 청부는 하지 마시우. 이건 살수들의
규칙에 어긋나는 청부란 말이오."

"내가 어찌 그걸 모르겠소. 하지만 이번에는 워낙 일이 급
하다 보니 살황의 규칙을 어기고 이렇게 청부를 하게 되었소
이다. 다음부터는 이런 일이 없을 거요."

장학사의 말에 고산앙이 고개를 끄덕이고는 귀령파파 이
설을 바라보며 말했다.

"이번 일로 예전에 진 빚은 사라진 거요."

그러자 이설이 고개를 끄덕였다.

"이렇게 써버린 게 아쉽긴 하지만, 우리 사이의 빚은 청산
된 것이 맞구려. 흐흠, 내가 좀 손해를 본 느낌이기는 하지
만……."

그러자 고산앙이 빙그레 미소를 지어 보였다.

"살다 보면 이득을 볼 때도 있고, 손해를 볼 때도 있는 법이
아니겠소? 그럼 난 그만 가보겠소이다. 꼬마야, 만나서 반가
웠다."

송문악이 미처 고산앙의 말에 대답을 하기도 전에 고산앙

의 신형이 어둠 속으로 스며들 듯 사라졌다.

"자, 우리도 그만 자리를 옮겨야겠습니다."

장학사가 고산앙이 사라지는 것을 보고 있다가 귀령파파 이설을 보며 말했다.

"그러시구려. 정해진 곳은 있소?"

"미리 준비해 둔 것이 있습니다."

"끌끌, 역시 천학이 하는 일은 믿을 만하다니까."

장학사가 귀령파파 이설과 송문악을 데리고 사당을 벗어났다. 달은 없었지만 별빛이 세 사람의 길을 밝혀주었다. 장학사는 유행촌으로부터 좀 더 북쪽으로 이동하기 시작했다. 길을 따라 움직이는 것은 아니었다. 험한 산길과 몇 개의 작은 개울들을 지나자 다시 사방으로 뻗은 관도가 눈에 들어왔다. 그리고 그곳에 한 대의 마차가 세 사람을 기다리고 있었다.

"역시 준비가 철저하시구만……."

귀령파파 이설이 장학사의 준비를 칭찬하며 망설임없이 마차에 오르자 송문악도 이설과 장학사를 따라 마차에 올랐다. 마차 안의 공간은 대여섯 명이 탈 정도였으므로 세 사람이 자리를 잡고 앉아도 넉넉하게 빈 공간이 남았다.

"가지!"

장학사가 마차 앞쪽으로 난 작은 창에 대고 말하자 장학사를 기다리고 있던 마부가 대답없이 마차를 몰기 시작했다.

'알 수 없는 일이구나. 도대체 장학사님의 정체는 뭐지?'

마차가 어둠을 뚫고 알 수 없는 방향으로 밤길을 달리고 있었다. 마차 안에 탄 장학사와 귀령파파, 그리고 송문악은 지친 몸을 쉬느라 한동안 특별한 대화를 나누지 않았다. 송문악은 창밖으로 스쳐 지나가는 어둠에 덮인 밤 풍경들을 보며 오늘 밤, 자신에게 일어난 일들을 곰곰이 생각하고 있었다.

자신과 장사진이 머물던 초가를 찾아낸 신기루 고수들의 움직임은 예상 밖의 일이었다. 그들이 어떻게 호숫가의 초가를 찾아냈는지 도저히 짐작이 가지 않았다. 하지만 그 일을 통해 송문악은 신기루가 얼마나 무서운 집단인가를 새삼 깨달았다.

내심 송문악은 어쩌면 신기루의 눈을 피할 수 있는 사람은 천하에 아무도 없을지도 모른다는 생각조차도 들었던 것이다. 그런데 예상치 못한 일은 꼭 불행으로만 송문악을 찾아온 것은 아니었다. 그가 가장 어려운 상황에 처했을 때, 그를 구해준 장학사와 귀령파파의 도움 또한 송문악이 예상치 못했던 일인 것이다.

"할아버지는 어찌 되었느냐?"

문득 장학사가 입을 열었다. 물론 송문악에게 장사진의 일을 묻고 있는 것이었다.

"…할아버지는 돌아가셨어요."

송문악이 어두운 얼굴로 짧게 대답했다. 불현듯 그의 머릿속에 장사진과 신조의 얼굴이, 그리고 한 다리가 잘린 채 서서히 죽어가던 송무군의 모습이 떠올랐다.

송문악의 대답을 들은 장학사가 다시 침묵에 빠져들었다. 어쩌면 그는 할아버지의 죽음을 예상하고 있었는지도 모른다고 송문악은 생각했다. 그리고 자연히 장사진과 그의 관계에 대한 의문이 떠올랐다.

"할아버지와 장학사님은 어떤 사이죠?"

송문악이 물었다.

"그분은… 나의 형님이시다."

"예?"

장학사의 대답에 놀란 송문악이 되물었다. 그러자 장학사가 창밖을 보고 있던 시선을 돌려 송문악을 바라보며 좀 더 정확한 목소리로 다시 말했다.

"너의 그 장 할아버지와 나는 형제란 말이다."

"하… 하지만, 두 분은……?"

"물론 우리가 형제라는 사실은 다른 사람들에겐 알려지지 않은 사실이지. 하지만 우리가 형제인 것은 분명한 사실이다. 그렇지 않다면 어떻게 너의 그 장 할아버지가 너에게 날 찾아가라고 했겠느냐? 형님은 아마도 자신에게 무슨 일이 생기면 날 찾아가라고 했겠지?"

장학사는 보지도 않았는데 장사진이 송문악에게 한 말을

정확히 짚어내고 있었다.

"예… 할아버지는 장학사님을 찾아가 자신이 맡겨놓은 물건을 찾으라고 했어요."

송문악이 대답을 하며 자신의 품속에 들어 있는 장학사로부터 받은 서책을 어루만졌다.

"흠흠… 고집쟁이 형님 같으니라구. 결국은 그곳으로 가 죽어버리고 말았군. 휴… 짐작은 했었지. 네가 날 찾아왔을 때부터 말이야. 아니, 정체를 알 수 없는 자들이 유행촌에서 형님과 너에 대해 묻고 다닐 때부터 말이야."

장학사가 몸을 마차의 한쪽 벽면에 기대며 허탈한 음성을 흘려냈다. 그런데 두 사람의 이야기를 듣고 있던 귀령파파 이설의 표정이 심상치 않았다. 그녀는 장사진이 죽었다는 말을 듣는 순간부터 눈을 꼭 감은 채 아무런 움직임을 보이지 않았다.

장학사와 송문악이 나눈 대화는 짧지만 무척 중요한 이야기들이었으므로 두 사람과 함께 움직인 귀령파파 이설 또한 두 사람의 이야기에 끼어들 만했지만 그녀는 아무런 말도 입에 올리지 않았던 것이다. 그렇게 또다시 세 사람 사이의 침묵이 이어졌다. 마차는 계속해서 밤길을 달리고 있었다.

"그는… 너의 그 장 할아버지는 어떻게 돌아가셨느냐?"

갑자기 침묵을 깨고 귀령파파 이설이 송문악에게 물었다. 송문악은 질문을 하는 그녀의 눈이 텅 비어 있는 것처럼 느껴졌다.

"제 눈으로 보지 못했어요."

"그럼 어떻게 그가 죽었다는 것을 아느냐?"

"할아버지가 오시지 않았으니까요. 그리고……."

송문악이 말꼬리를 흐렸다.

"그리고?"

귀령파파 이설이 즉시 송문악의 말을 되받았다.

"아버지가 할아버지가 돌아가셨다고 말씀하셨으니까요."

순간 잠시 말을 하지 않고 생각에 잠겨 있던 장학사의 눈이 번쩍였다.

"너의 아버지, 청명검 송무군이 살아 있단 말이냐?"

"아뇨, 돌아가셨어요."

그러자 장학사의 눈빛에 떠올랐던 놀람이 급격하게 사라졌다.

"그럼 어떻게 네 아버지에게서 형님이 죽었단 이야기를 들은 것이냐?"

"전 아버지가 돌아가시기 전 보름 동안 함께 지냈어요. 아버지를 제 손으로 묻어드렸어요."

송문악의 침울한 대답은 장학사나 귀령파파로 하여금 다른 문제들을 어린 송문악에게 물어보는 것을 망설이게 만들었다. 하지만 묻지 않을 수 없는 것이 있었다.

"아버지가 돌아가시기 전 너에게 어떤 말을 남겼느냐?"

장학사가 물었다. 순간 송문악이 갑자기 깊어진 눈으로 장학사와 귀령파파를 번갈아 살폈다. 새삼스럽게 이 두 사람에 대한 경계심이 생겨났던 것이다.

　'이들은 과연 믿을 수 있는 사람들일까? 이들은 과연 신기루와 아무런 연관도 없는 사람들일까? 만약 이들이 신기루의 사람들이라면 아버지가 해준 이야기를 모두 듣고 나면 반드시 날 죽일 텐데……'

　불현듯 떠오른 의문들이 송문악을 두렵게 만들었다. 그가 알고 있는 신기루는 구파일방과 연결되어 있다. 아버지의 말로는 무림의 절대문파들로 군림하는 구파일방의 문도들조차 자신들의 문파가 신기루와 연관되어 있다는 것을 모르고 있다고 했다. 그것은 얼마나 무서운 사실인가. 어쩌면 신기루는 은밀하게 강호무림 전체를 그들의 눈 아래에 두고 있을지도 몰랐다. 그리고 그런 조직의 사람들이란 항상 자신의 정체를 사람들이 상상하지 못하는 신분을 이용해 감추고 있기 마련이었다. 마치 귀곡의 양소용처럼…….

　장사진과 자신의 초가를 이렇게 빨리 찾아냈다는 것도 걱정이 되는 부분이었다. 이들 두 사람 중 누구라도 신기루의 끄나풀이 아니라고 단정할 수는 없었다.

　'장 할아버지의 동생이라지만……'

　비록 몇 년 동안 보아온 얼굴이지만 지난 몇 달간의 기억은 송문악으로 하여금 눈앞의 모든 사람을 의심하게 만들고 있었다. 송문악이 자신의 물음에 쉽게 대답하지 않자 장학사가 살피듯 송문악을 응시하더니 이내 얼굴에 미소를 띠며 말했다.

"오라, 넌 아마도 우릴 믿기 어려운 모양이구나."

송문악은 흠칫 놀랐다. 이 장학사는 어떻게 사람의 마음을 이렇게 쉽게 읽어내는 것일까. 하지만 그런 의문은 장학사가 천학(天學)이라 불리며 강호십대괴객으로 인정받고 있다는 사실을 알면 그리 놀라운 일이 아니었다. 강호에서 천학의 심기는 명불허전으로 유명했다.

하지만 그러한 사정을 모르는 송문악은 장학사에 대해 더욱 경계심이 일어났다. 당연히 그의 말에 송문악은 대답도 하지 않았다. 대신 그동안 유행촌으로 오며 수련한 육양공 덕에 생겨난 공력을 단전에 모으기 시작했다.

"걱정할 필요 없다. 만약 나와 귀령파파가 네가 걱정하는 사람들이었다면 굳이 이렇게 어렵게 네 입을 열려고 하지는 않았겠지. 그리고 나의 형님께서도 너에게 날 찾아가란 말을 하지 않았을 것이고… 우릴 의심할 필요는 없단다, 문악……."

그러나 상대의 말만 듣고 상대를 믿을 수는 없는 일이다. 송문악의 입이 쉽게 열리지 않을 것 같자 장학사가 어쩔 수 없다는 듯 고개를 끄덕였다.

"오냐. 네가 말하기 싫으면 하지 않아도 된다. 믿음이 없는 상태에서 네가 입을 열기를 강요할 수는 없겠지. 우리 이렇게 하자꾸나. 얼마간 우리와 함께 여행을 하고 그동안 우리에 대한 믿음이 생기면 그때 네 아버지가 너에게 한 이야기를 우리에게 해주거라. 물론 네가 지금 이곳에서 우리와 헤어지겠다면 그렇게 해도 좋다만… 널 쫓는 자들은 무척 무서운 자들이다. 너 혼자의 힘으로 그들을 피하기는 쉽지 않을 것이다. 어떠냐, 내 제안이……?'

송문악이 잠시 생각에 잠겼다.

'장학사님과 이 할머니가 그들과 한패라면 내가 가고자 한다고 해도 놓아주지 않겠지. 좋아, 일단 두 사람과 함께 지내도록 하자. 그리고 정말 이 두 분이 믿을 만한 사람들이라면 그때 아버지께 들은 이야기를 털어놓고 앞으로의 일을 상의해 보도록 하자.'

결심이 서자 송문악이 두 사람을 보며 입을 열었다.

"좋아요. 장학사님의 말대로 할게요. 절 사지(死地)에서 구해준 두 분을 의심하는 것은 죄송한 일이지만 전 이제 누구라도 쉽게 믿기가 어려운 처지예요."

"하하하! 오냐, 강호는 항상 조심해야 하는 곳이지. 몇십 년을 알고 지내도 상대를 온전히 알지 못하는 곳이 강호다. 너의 조심성을 탓하지 않으마!"

"고마워요, 장학사님……!"

"끌끌… 처음 볼 때부터 제법 영악한 면이 있어 보였지. 꼬마 손님은……."

귀령파파 이설도 송문악을 보며 웃음을 흘려냈다. 하지만 장학사와 마찬가지로 기분 나쁜 표정은 아니었다.

'어쩌면 괜한 걱정을 하고 있는 건지도 몰라.'

송문악은 속으로 생각했지만 어쨌든 이들을 좀 더 살펴볼 결심은 흔들리지 않았다.

"그런데 너의 그 장 할아버지는 돌아가시기 전 귀령파파 이설이라는 이름을 입에 올린 적이 없느냐?"

귀령파파 이설이 문득 송문악에게 물었다.

"아뇨. 할머님의 이름은 들어본 적이 없는데요."

송문악이 대답하자 이설의 표정이 살짝 일그러졌다.

"망할 놈의 늙은이 같으니라구. 수십 년을 따라다녔구만… 그렇게 죽어버릴 것이면서……."

"형님께서는 할 일이 너무 많은 사람이었지요."

"흥! 그게 날 피할 이유가 될 수는 없지. 아마도 그 늙은이는 설산화 동화인 그녀를 잊지 못했던 것이겠지."

"하지만 설산화가 죽은 지가 벌써 삼십 년이 넘지 않았습니까?"

"흥, 죽어서라도 사랑할 모양이지. 망할 늙은이……."

귀령파파 이설이 장사진에 대한 원망을 내뱉고는 창밖으로 시선을 돌렸다. 아마도 그녀와 장사진 사이에는 오랜 애증이 얽혀 있는 듯했다. 그러고 보니 귀령파파 이설이 젊었을 때는 무척 아름다운 여인이었을 거란 생각이 송문악의 머릿속에 떠올랐다. 비록 그녀의 입에서 흘러나오는 말들은 하나같이 거칠었지만 고개를 돌린 그녀의 턱 선과 작은 귀는 젊은 시절 아름다웠을 미모의 흔적이 남아 있었다.

"그런데 할머니께서는 왜 화산파의 고수를 공격하신 거예요?"

송문악이 창밖을 바라보고 있던 귀령파파에게 질문을 던졌다. 그것은 그가 귀령파파를 만난 이후 줄곧 궁금해하던 것이었다.

"그 유해진이란 늙은이는 강호에 알려진 것처럼 광명정대한 인간이 아니거든. 과거 그 늙은이는 나에게 큰 빚을 진 적이 있었지. 그 늙은이만 아니었다면 너의 할아버지와 내 사이는 달라졌을지도 모르지."

귀령파파가 분한 기색을 드러내며 송문악의 질문에 대답했다. 하지만 그녀와 화산의 천선검 유해진, 그리고 장사진 세 사람 사이에 무슨 일이 있었는지는 굳이 말을 하지 않았다.

"그 천선검 유해진이라는 화산파 고수는 무척 강한 사람이라고 하던데요?"

송문악이 이번엔 다른 의도의 질문을 던졌다. 송문악은 구대문파 중 하나인 화산의 최고수라고 알려진 천선검 유해진에게 검을 들이댄 귀령파파 이설의 무공이 궁금했던 것이다.

"흥, 물론 유가를 비롯해 구파의 몇몇 고수들은 강호에서 적수를 찾아보기 어려울 정도로 강한 자들이지. 하지만 우리 십대괴객도 그리 호락호락한 사람들은 아니란다. 더군다나 황하의 포구에서 만난 유해진은 신기루에 도전했다가 큰 내상을 입었었지. 그렇다면 이 귀령파파 이설에게도 전혀 승산이 없는 것이 아니지……."

"또 그가 귀령파파께는 독하게 손을 쓰지 못할 사정이 있기도 하단다."

장학사가 귀령파파의 말에 자신의 생각을 덧붙이자 귀령파파 이설이 장학사를 노려봤다.

"쓸데없는 말을……!"

귀령파파의 날카로운 시선을 받은 장학사가 얼른 입을 닫으며 손을 내저으며 자신이 실수했다는 표시를 내보였다.

송문악은 귀령파파와 천선검 유해진 사이의 일을 좀 더 알고 싶었으나, 귀령파파가 그 이야기를 입에 올리는 것을 싫어하는 것 같아 더 이상 그들의 사연을 물을 용기를 내지 못했다. 그 대신 송문악은 다른 질문을 입에 올렸다.

"그럼 할머니는 그 황하의 나루터에서 화산파 고수들을 기다리고 계셨던 거군요?"

그런데 별로 심각할 것 없는 이번 질문에도 귀령파파의 낯빛이 어두워지는 것이었다. 그렇게 어두운 얼굴로 잠시 송문악의 물음에 대답하지 않던 귀령파파가 잠시 후 한숨을 쉬며 입을 열었다.

"휴… 글쎄. 누굴 기다리고 있었는지는 나도 잘 모르겠다. 그 길로 화산의 고수들이 올 것이란 것은 알고 있었지만 또한 너의 그 장 할아버지가 유행촌으로 돌아온다면 그 나루터를 지나게 될 것이란 것도 알고 있었으니… 과연 난 누구를 기다리고 있었던 것일까?"

귀령파파의 마지막 말이 무척 허무하게 들렸으므로 송문악은 더 이상 입을 열 수가 없었다.

그렇게 다시 침묵이 찾아들었다. 창문 밖으로 지나치는 관도의 풍경이 어느덧 서서히 사물의 형체를 드러내기 시작했다. 새벽이었다. 마차는 밤새 길을 달렸던 것이다.

송문악의 눈꺼풀이 서서히 내려앉기 시작했다. 밤을 지샌 송문악이 날이 밝아오자 오히려 간밤의 긴장이 풀리는지 잠에 빠져들고 있었다. 장학사와 귀령파파 이설에 대한 경계심도 쏟아지는 잠 앞에서는 힘을 쓰지 못했다.

"잠이 들었구려."

귀령파파 이설이 마차 벽에 등을 기대고 잠든 송문악을 보고 말했다.

"힘든 밤이었을 테지요."

장학사가 송문악의 몸을 곧게 뉘이며 대답했다.

"그나저나 어디로 가는 게요. 나도 이제 그만 떠나야 할 듯싶은데……."

귀령파파 이설의 말에 장학사가 고개를 돌려 이설을 바라봤다.

"특별한 일이라도 있습니까?"

"그런 것이야 없지만……."

"그렇다면 얼마간 함께 여행을 하는 것이 어떠실지……?"

"나와 동행을 해야 할 무슨 이유라도 있소?"

"저야 지금 같은 상황에 귀령파파께서 곁에 계신다면 큰 도움이 되지요. 상대는 무서운 자들이니까."

"이미 그들의 추격을 따돌린 것 아니오? 그리고 일단 저들의 시선에서 벗어났다면 천학 장사성이 다시 그들에게 꼬리를 잡힐 일은 없을 텐데?"

"물론 나름대로 대비를 하며 움직이겠지만 저들의 능력을 간과할 수 없는 상황이지요."

"그들의 능력이 천학이 그토록 두려워할 정도로 대단하다고 생각하시오?"

"적어도 백 년간 신기루를 주재해 온 자들이라면……!"

장학사가 말꼬리를 흐렸다. 그러자 귀령파파 이설이 잠시 생각에 잠겼다. 그렇게 잠시의 시간이 흐른 뒤 귀령파파가 입을 열었다.

"천학이 원한다면 한동안 동행을 하기로 하겠소."

그러자 천학 장사성의 얼굴에 흡족한 미소가 서렸다.

"고맙습니다. 귀령파파께서 동행을 해주신다니 정말 마음이 든든해지는군요"

"끌끌, 이 늙은 노파의 힘이 얼마나 큰 도움이 되겠소. 난 단지 저 아이에게서 장 늙은이의 이야기를 좀 더 듣고 싶을 뿐이오."

이설의 말에 장사성이 작게 한숨을 내쉬더니 진중한 어조로 입을 열었다.

"죽은 사람은 죽은 대로 놓아두시지요. 두 분 사이의 애증은 삼십 년이 넘었습니다. 형님도 이미 오래전에 오해를 푸셨을 겁니다. 귀령파파께서도 이제 그만 형님의 그늘에서 벗어나시기 바랍니다."

장사성의 말을 듣고 있던 귀령파파의 얼굴에 묘한 웃음이 깃들었다.

"그건 천학 당신이 몰라서 하는 말이라오. 그대의 형님이 나에 대한 오해를 푼 것이 이미 오래전이라는 것은 나도 알고 있었다오. 하지만 우리가 예전의 사이로 돌아가기에는 시간이 너무 많이 흘렀던 것이지. 그럼에도 불구하고 내가 계속 장 늙은이 옆에 머문 것은 장 늙은이와 내가 이제 와서 새삼스레 무슨 정분이라도 나길 원해서였던 것은 아니라오. 난 그저 그냥 그런 식으로 장 늙은이와 함께 늙어가기를 원했던 것이지. 왜냐하면 이미 그런 식의 생활이 나에게 가장 익숙한 생활이 되어버렸으니까 말이오. 그러니 그가 죽었다고 해서 내가 그를 굳이 잊을 이유는 없는 것이라오. 잊으려 한다면 그게 오히려 귀찮은 일이지."

천학 장사성은 알 것 같으면서도 이해할 수 없는 귀령파파의 말을 가만히 듣고 있다가 흘낏 이설의 얼굴을 한 번 보고는 창으로 시선을 돌렸다. 그는 자신의 형인 장사진과 십대괴객의 일인인 귀령파파 이설 간의 애증을 젊은 시절부터 보아 왔지만 도저히 두 사람의 마음과 행동을 이해하지 못하고 있었던 것이다.

'남녀 사이의 문제는 타인이 이해할 수 없는 부분이 많은 법이지.'

천학이 살짝 고개를 저었다. 천학의 두뇌는 아는 사람들 사이에서 강호제일이라는 소리를 듣고 있었다. 그의 사부 유사록 또한 장사성이 언젠가는 자신의 경지를 넘어설 것이라고 말한 적이 있을 정도였다. 유사록의 예상은 틀리지 않아 장사성은 당금 무림의 십대괴객 중 한자리를 차지하고 있었다.

하지만 그러한 천학 장사성의 머리로도 수십 년 이어온 남녀 간의 애증은 완전히 이해할 수 없는 일이었다.

*   *   *

여행은 보름간 계속되었다. 걷더라도 보름 동안 이동하면 짧은 거리가 아닌데 하물며 마차를 타고 이동하는 세 사람의 여행이었다. 어느덧 송문악과 장사성, 그리고 귀령파파 이설은 유행촌과 천 리가 넘는 거리에 당도해 있었다. 산은 좀 더 높아졌고, 기온은 좀 더 낮아졌다. 어쩌면 세 사람이 당도한 곳은 이미 겨울이 시작된 듯싶기도 했다.

장사성은 송문악과 귀령파파를 이끌고 북방의 높은 산들 속으로 마차를 몰아갔다. 그리고 어느 때인가 제법 큰 산중 마을에서 그때까지 마차를 몰던 마부를 돌려보내고는 자기 스스로 마차를 몰기 시작했다.

산중 마을을 떠난 후 오 일 동안 인적이 없는 험준한 산길을 이동한 장사성은 이번에는 먼젓번보다 훨씬 작은 마을에서 그들이 타고 온 마차까지 팔아버렸다.

급기야 세 사람은 도보로 추운 북방의 산속을 걷기 시작했다. 하지만 송문악은 그리 춥다는 느낌이 들지 않았다. 그의 몸은 자신도 모르는 사이에 육절기인 무극산의 육양공에 의해 스스로 한기를 차단하고 있었던 것이다.

"춥지 않느냐?"

장사성은 험준한 산길을 가면서 수시로 송문악에게 물어 보았지만 그때마다 송문악은 고개를 저었다.

"참을성이 무척 많구나."

귀령파파 이설이 그런 송문악을 보며 대견하다는 듯 말하는 것으로 보아 송문악이 실제로 별반 추위를 느끼지 못하고 있다는 것을 모르는 눈치였다. 그렇게 그들은 걸어서 또 오 일을 갔다.

어느 날 아침 새벽 차가운 공기를 뚫고 길을 나선 세 사람의 눈앞에 장대한 석산(石山) 능선이 펼쳐졌다. 산은 높고 길은 위태로웠다. 하지만 능선 아래로 펼쳐진 운해와 끝없이 펼쳐진 산야는 바다처럼 광활했다.

송문악은 웅장하고 신비한 이 낯선 세계에 정신을 빼앗겨 힘든 줄도 모르고 석산의 능선을 따라 걷고 있었다. 그러던 어느 순간 갑자기 산의 북쪽이 탁 트이면서 차가운 칼바람이 송문악의 얼굴에 와 닿았다.

"오! 정말 대단한 곳이군."

수십 년 강호를 종횡한 귀령파파 이설의 입에서도 감탄사가 흘러나왔다. 송문악은 아무 말 없이 그저 눈앞에 펼쳐진 광활한 자연의 장관을 바라볼 뿐이었다.

석산의 높이는 수천 척에 달하지 싶었다. 산봉우리 아래로 군데군데 오래된 침엽수들이 숲을 이루긴 했지만 봉우리 위는 거의 바위로만 이루어져 있었다. 산 중턱 아래에는 무성한 침엽수 숲이 울창하게 펼쳐져 있었고 그 너머로 굽이굽이 거친 물살을 흘려내는 웅장한 강줄기가 자리 잡고 있었다. 그 강의 북쪽으로는 끝없는 초원이 북으로 북으로 이어져 있었다.

"황하 상류 지역이지요."

장사성이 귀령파파에게 석산의 위치를 설명했다.

"어느새 대륙의 북쪽까지 온 것인가……!"

귀령파파 입에서 새삼스레 감탄사가 흘러나왔다.

"이제 다 왔습니다."

"혹 장성을 넘은 것이오?"

"그렇습니다. 알게 모르게 장성이 이어지지 않은 곳도 있지요. 험한 산 때문에 말입니다. 덕분에 이렇게 장성을 피해 북방으로 올 수도 있지요. 하지만 이곳에서 장성까지는 그리 먼 거리가 아닙니다. 그리고 이제 더 이상 길을 가지는 않을 생각입니다. 조금만 더 가면 여행의 목적지가 나오니 좀 더 걸어야 합니다만……."

"이런 풍광을 보며 걷는 일은 힘든 일이 아니지. 한편으로는 이렇게 여행이 끝났다고 생각하니 아쉬운 마음도 드는구려……."

그것은 송문악도 마찬가지였다. 장사성, 귀령파파와 함께 한 이번 여행은 송문악에게도 제법 즐거운 여행이었다.

"자, 산중의 해는 짧으니 서둘러 길을 가야겠습니다."

장사성이 귀령파파와 송문악을 재촉해 다시 석산의 능선을 타기 시작했다. 능선은 동북쪽으로 이어져 있었다. 그 능선을 따라 역시 동북쪽으로 흐르는 산 아래 황하의 지류를 보면서 세 사람은 한 시진여를 이동했다.

어느 순간 앞서 길을 가던 장사성이 산의 능선에서 벗어나 산 중턱으로 내려가기 시작했다. 여행이 끝나가고 있었다. 산 중턱으로 내려오자 한층 바람이 잦아들고 기온이 온화해지기 시작했다. 세 사람이 걷는 길옆으로 푸른 침엽수의 숲들이 점점 많아지기 시작하더니 드디어 장사성이 걷기를 멈추고 손을 들어 한곳을 가리켰다.

"저곳이 바로 이 여행의 목적지입니다."

장사성의 손끝이 가리킨 곳에 한 채의 통나무 집이 차가운 북풍을 막아주는 암벽을 등지고 따사로운 햇살 속에 덩그러니 서 있었다.

"앞으로 이곳에서 몇 년 지낼 생각이다. 네 생각은 어떠냐?"

장사성이 묻자 송문악이 대답했다.

"어차피 이곳에서는 혼자 나가지도 못하겠네요."

송문악의 대답에 장사성과 귀령파파가 웃음을 지었다. 송문악의 말이 맞았다. 장사성의 안내로 도착한 이 감숙의 오지를 어린아이 홀로 벗어나기란 쉽지 않은 일이었다.

"그렇다면 너도 이곳에 머무는 것에 동의한다는 말이구나?"

"그렇지 않아도 한동안 한곳에 머물면서 해야 할 일이 있었어요."

송문악이 고개를 끄덕였다.

"무공을 익히겠단 말이겠지?"

송문악이 부인하지 않고 고개를 끄덕였다.

"하지만 본시 무공이란 것은 타인이 보지 않는 곳에서 익히는 법이란다. 넌 우리 두 사람을 완전히 믿고 있지 못한데 우리와 함께 지내며 무공을 익히는 것에 대해 걱정이 되지 않느냐?"

귀령파파가 물었다.

"이제 전 두 분을 믿어요."

송문악의 대답에 장사성과 귀령파파가 얼굴에 기쁜 기색을 드러내면서도 한편으로는 궁금한 듯 물었다.

"우린 지난 한 달 동안 그저 함께 여행을 한 것뿐인데 어떻게 우리를 믿게 된 거지?"

"사실은 처음부터 두 분을 믿지 않은 것은 아니었어요. 단지 전 조금 조심했을 뿐이지요. 장 할아버지가 장학사님을 찾아가라고 했으니 이미 두 분에 대한 믿음은 있었어요. 그래도 좀 더 확실한 믿음이 필요했기에 한 달 동안 여행을 하면서 두 분을 살펴보았던 거예요."

"그래, 지난 한 달간의 여행 동안 무엇이 너에게 우리에 대한 확신을 들게 하였느냐?"

"전 여행하면서 상당히 많은 시간 동안 잠을 잤지만 눈을 감고 있던 모든 시간을 잠들어 있었던 것은 아니에요."

"그 이야기는 네가 잠들어 있는 동안 우리가 하던 이야기를 모두 들었단 말이냐?"

"그래요."

송문악이 고개를 끄덕였다. 잠자는 것을 가장해 남의 이야기를 엿들었다는 것에 대한 조금의 부끄러움이 그의 얼굴에 나타났다. 하지만 장사성과 귀령파파는 그것을 탓하지 않았다.

"그래? 그것참 이상하구나. 나와 천학은 강호무림에서 적어도 백 명 안에 들 만한 무공을 가지고 있단다. 사람들은 우리 두 사람을 당금 무림의 십대괴객 중 한 명으로 인정하고 있지. 솔직히 말하자면 장 늙은이를 포함해 귀곡의 문도 중에서 우리 두 사람과 무공을 견줄 수 있는 사람은 죽은 방 곡주 정도라고 할 수 있다. 그런데 그런 우리를 속이고 네가 잠든 체했다는 것은 믿기 어렵구나. 우린 분명 네가 잠든 것을 확인하고 이야기를 나누었는데……?"

귀령파파 이설이 송문악의 말을 믿을 수 없다는 표정으로 말했다. 그러자 송문악이 약간 망설이다가 작은 목소리로 입을 열었다.

"전 누군가에게서 스스로 숨을 죽이는 방법을 배웠어요."

그러자 장사성과 귀령파파가 놀란 얼굴로 송문악을 바라봤다.

"귀식대법을 익혔다고?"

"귀식대법이요?"

"숨을 죽이는 방법을 무림에선 귀식대법이라고 부르지. 하지만 보통의 귀식대법으로는 우리 두 사람을 속일 수 없을 터인데……? 도대체 너에게 귀식대법을 전수한 사람이 누구냐? 장 형님이나 네 아버지가 가르쳐 주었느냐?"

"그렇지 않아요."

"그럼 누가 너에게 숨을 죽이는 방법을 가르쳐 주었느냐?"

장사성의 질문에 송문악이 잠시 망설이다가 결심을 한 듯 입을 열었다.

"어차피 두 분을 믿기로 했으니 숨길 것도 없지요. 전 도문의 무각이라는 사람에게서 숨을 죽이는 방법을 배웠어요."

"도문(盜門)의 무각(無脚)?"

귀령파파가 고개를 갸웃거렸다.

"도문의 무각이라면 도문 오군자의 전인이지요."

"무각 아저씨를 알고 계세요?"

송문악은 장사성이 무각의 이름을 알고 있자 반가운 듯 물었다.

"만난 적은 없다. 단지 그의 이름을 들어 알고 있을 뿐이지. 그런데 어떻게 그가 너에게 귀식대법을 가르쳐 주게 된 것이냐?"

"그 이야기를 하려면 결국 두 분이 듣고 싶어하시는 이야기를 모두 해야 돼요. 무척 긴 이야기이기도 하고요."

송문악이 말하자 장사성이 되물었다.

"이제 그 이야기들을 할 준비가 된 것이냐?"

"일단 배를 먼저 채우면요."

"이런, 그렇구나. 그만 시간 가는 것도 모르고 있었군. 알았다. 내가 곧 먹을 것을 준비하마. 일단 허기를 때운 후에 천천히 네 이야기를 들어보자꾸나."

장사성이 얼른 일어나 세 사람이 먹을 음식을 준비하기 시작했다.

장사성이 귀령파파와 송문악을 데리고 온 통나무 집에는 사람이 사는 데 필요한 물건들이 모두 갖추어져 있었다. 아마도 누군가 오랜 시간 이곳에서 지냈던 것이 분명해 보였다.

"이곳은 과거에 사부님을 모시고 나와 형님이 지냈던 곳이지요. 기의 흐름이 맑아 천비심천문을 익히는 데 더없이 좋은 장소라는 것이 사부님의 설명이셨지요. 이곳을 완전히 떠난 것은 삼십여 년 전 황산에 신기루가 나타났을 때였지요. 이후로는 한 번도 이곳에 와본 적이 없었는데 결국 오늘에서야 나 혼자 이곳에 오게 되었군요."

장사성이 급히 준비한 음식을 먹으며 귀령파파에게 이 통나무 집에 얽힌 과거사를 설명하는 과정에서 나온 말이었다.

"그 마차의 마부 아저씨는 어떤 사람이죠?"

"이런, 넌 정말 관찰력이 뛰어나구나. 그가 평범한 마부가 아니라는 것을 알고 있었다니……. 형님과 나의 사부셨던 유사록이란 어른은 나와 형님이 감히 올려다볼 수 없을 만큼 대단한 분이셨단다. 삼십여 년 전에 이미 신기루의 실체에 대한 조사를 하고 계셨지. 하지만 신기루를 조사하는 일은 혼자서 할 수 있는 것이 아니었다. 그래서 사부께서는 적지 않은 사람들을 모아 작은 단체를 하나 만드셨지. 바로 천비문이란 문파다."

"천비문?"

귀령파파조차도 천비문에 대해서는 모르는 일인 듯 장사성에게 되물었다.

"그렇습니다. 처음에는 모두 스무 명으로 만들어진 조직이었지요."

"그럼 그 마부 아저씨는 바로 천비문에 속한 사람이었겠군요?"

송문악이 물었다.

"그렇다. 그 사람은 이십여 년 전에 천비문에 든 사람이지."

"무척 단속을 잘한 모양이구려. 나조차도 눈치 채지 못했다니 말이오. 또한 문파의 비밀을 지금껏 지켜온 것으로 보아 천비문에 속한 문도들도 보통 인물들은 아니겠군."

귀령파파는 수십 년간 장사진과 장사성의 주변을 맴돌았다. 그런 귀령파파조차도 눈치 채지 못한 조직이라면 무척이나 엄격한 규율에 의해 통제되는 조직이 분명했다.

"무공이 뛰어난 사람들은 아닙니다. 하지만 각자 사연이 있어 사부의 그늘 아래로 모여든 사람들이라 목숨을 버릴지

언정 문에 대한 비밀을 지킬 인물들이지요. 더군다나 새로 입문을 받는 것도 무척 조심했기에 그동안 문도 수가 열두 명으로 줄어들었지요. 문악아, 내가 너에게 준 책자를 가지고 있지?"

장사성이 송문악에게 물었다.

"예, 이 서책 말이지요?"

송문악이 품속에서 장사성이 유행촌에서 건넨 책자를 꺼내 들었다. 장사성은 송문악이 꺼내 든 책자를 물끄러미 보다가 다시 입을 열었다.

"사부께서 돌아가신 이후 천비문은 형님과 나에 의해 움직였지요. 하지만 형님은 방 곡주와 의기투합되어 귀곡에 들었기에 결국 천비문의 대소사는 주로 제 일이 되었지요. 십칠년 전 귀곡을 떠나신 이후에는 다시 천비문을 본격적으로 움직이기 시작하셨지만 말입니다. 이 서책에는 그동안 천비문의 문도들이 죽음의 위험을 무릅쓰고 조사한 신기루에 대한 정보가 적혀 있지요. 형님은 운남으로 향하기 전 아마도 그동안의 조사를 바탕으로 어떤 결론을 내리셨던 것이 분명합니다. 그리고 그 결론을 확인하러 운남의 하구로 가셨던 거겠지요. 문악아! 이젠 네가 이야기를 할 차례구나. 도대체 운남에서 어떤 일들이 있었느냐?"

장사성이 송문악을 보며 물었다. 송문악은 장사성의 말을 들으며 아버지가 자신에게 전한 이야기들이 사실은 아주 오랫동안 장사진과 장사성에 의해, 아니, 그들의 사부인 유사록의 대에서부터 시작된 조사의 결과라는 것을 깨달았다.

그렇다면 어쩌면 자신이 들은 이야기들의 본래 주인은 자신이 아니라 장사성일 수도 있었다.

'할아버지가 장학사님을 찾아가 맡긴 것을 받으라고 했지만 사실은 나에게 운남 하구에서 일어난 일을 장학사님에게 전하라는 의도셨구나.'

송문악은 이제야 장사진의 본심을 알게 되었다. 그렇다면 장사진이 자신에게 맡긴 일을 소홀히 할 수 없었다. 송문악은 자세를 바로잡고 아주 천천히 자신과 장사진이 운남의 하구로 향하면서 겪은 일과 자신의 아버지 송무군으로부터 전해들은 이야기를 장사성과 귀령파파 이설에게 전하기 시작했다.

이야기는 밤이 깊을 때까지 계속되었다. 이야기를 듣고 있던 장사성과 귀령파파의 안색이 수시로 바뀌었다.

"……그렇게 해서 전 무각 아저씨와 헤어져 유행촌으로 돌아오게 된 것이에요."

송문악의 긴 이야기가 끝이 났다. 장사성도 귀령파파 이설도 송문악의 이야기가 끝났지만 쉽게 입을 열지 않았다. 그들은 노련한 강호인들이었으므로 송문악이 이야기한 사실들로부터 송문악이 미처 짐작하지 못하는 사실들까지 추론하고 있었다.

그렇게 한동안의 침묵이 이어졌다. 송문악은 식은 차를 오물거리며 마시고 있었다. 그러다 문득 장사성이 입을 열었다.

"그래서 넌 네 아버지와 나의 형님, 그리고 귀곡 문도들의 복수를 시도할 생각이냐?"

송문악이 갑작스런 장사성의 질문에 입에 가져갔던 찻잔을 내려놓으며 장사성의 눈을 바라봤다. 그리고 천천히, 그러나 단호하게 대답했다.

"그럴 생각이에요."

"가능한 일이라고 보느냐? 네가 말한 대로라면 구파일방의 당사자들조차 자신들이 신기루와 연관이 있다는 것을 모르고 있을 가능성이 크지만 그렇다고 해도 신기루는 곧 무림 전체라고도 할 수 있다."

"그래도 역시……!"

송문악이 굳은 결심을 눈빛으로 보이며 대답했다.

"아주 오랜 준비가 필요할 거다. 최소한 시도라도 하기 위해서는……."

그러자 송문악이 빙긋 웃었다.

"전 이곳이 마음에 들어요. 아주 오래 지내도 좋을 것 같아요."

第五章

육양공(六陽功)과 천비심천문(天秘深天門)

북방으로부터 차가운 한풍이 몰아쳤다. 눈은 여러 날 계속되고 있었다. 한 청년이 북쪽으로부터 치달아오는 눈바람을 맞으며 거대한 암봉(巖峰) 위에 가부좌를 틀고 앉아 있었다.

송문악이었다. 북방의 석산에 송문악과 장사성, 그리고 귀령파파 이설이 찾아든 지도 여러 해가 지났다. 송문악은 어느새 굴강한 청년으로 자라 있었다. 그에게선 더 이상 어린아이의 치기 같은 것은 찾아볼 수 없었다.

입고 있는 거친 마의는 북방으로부터 닥쳐오는 한기를 막아내기엔 턱없이 부족한 옷차림이었지만 송문악의 신형은 움직일 줄 몰랐다. 오히려 자세히 보면 그의 몸에서 뿌연 수증기가 피어오르고 있었다. 지난 수년간 수련한 육양공의 효능이었다.

육양의 공력을 쌓는다는 것은 거대한 불가마를 단전에 심어두는 일이다. 육양공을 수련하면서 송문악은 육절기인 무극산이 여섯 개의 기보를 만든 이유를, 방국진이 그 여섯 개의 기보를 한 명의 후계자에게 남기지 않고 여섯 명의 제자에게 나누어준 이유를 어렴풋이 짐작할 수 있었다.

각기 다른 방식으로 천하에 흐르는 양기를 축적하는 일은 몹시 위험한 일이다. 기는 그 발생의 근원으로부터 서로 다른 성질을 가지게 마련인데 그것은 같은 양(陽)의 성질을 가진 기(氣)라 하여도 마찬가지였다. 태양으로부터 오는 양기와 땅으로부터 솟아오르는 양기는 그 성질이 다를 뿐 아니라 기를 흡수하는 방법도 다르다.

육절기인 무극산은 천하만물로부터 서로 다른 성질의 양기를 얻을 수 있는 여섯 가지 방법을 귀곡육보에 남겨놓았다. 정해진 하나의 방법으로 다른 형태의 양기를 흡수하려 한다면 그 수련자는 곤란한 지경에 처하게 되고 만다. 이것이 육절기인 무극산이 여섯 개의 기보에 육양공을 나누어 남겨놓은 이유였다.

여섯 개의 서로 다른 성질의 양기가 체내에 축적된다 하여도 그 힘을 하나로 모아 쓰지 못하면 결국 하나의 양기만을 모은 것과 진배없는 결과가 된다. 하지만 성질이 다른 기를 함부로 합일시키려 하면 필연적으로 수련하는 자는 치명적인 위험에 빠지게 될 수밖에 없다. 이것이 방국진이 여섯 명의 제자에게 각기 하나씩의 기보를 나누어준 또 다른 이유였다.

귀곡육보 중 송무군이 가지고 있던 청명검은 다른 다섯 개의 보물에 비해 좀 더 중요한 보물로 여겨졌었다. 귀곡육절이 서로의 보물을 노리면서도 궁극적으로는 송무군의 손에 있는 청명검을 노린 이유다. 청명검은 방국진 스스로 귀곡 최고의 보물이라 말했었고, 결국 청명검을 얻는 자가 귀곡의 주인이 될 것이란 심중을 은연중에 드러내기도 했었다. 그것이 귀곡 육절의 대사형 곽이산이 방국진의 실종 이후 귀곡의 곡주가 되지 못한 이유이며 송무군의 손에서 청명검을 받아내려 그토록 노력했던 이유였다.

청명검이 다른 귀곡육보에 비해 그토록 중요한 이유는 무엇인가. 청명검에는 다른 육보와 달리 육양공의 비결 오십여 자가 더 적혀 있었다. 육양의 힘을 합일할 수 있는 방법을 적은 구절이었다. 결국 육절기인 무극산의 육양공은 청명검이 있어야만 완성할 수 있는 무공이었던 것이다.

"이것은 무척 위험한 비결이다."

그 오십여 자의 구절을 해석하지 못한 송문악이 천학이라

일컬어지는 뛰어난 두뇌의 소유자 장사성에게 도움을 청했을 때 그가 한 말이다.

"이 비결은 육양의 공력을 합일할 수 있는 방법을 적시하고 있으나 이 비결대로 수련하여 육양의 공력을 합일할 수 있는 자는 극히 드물 것이다. 뛰어난 재질과 인내심, 그리고 어떤 상황에서도 평정심을 유지할 수 있는 성정… 오! 그래서 방 곡주는 이 청명검을 네 아버지에게 준 것이군. 생각해 보건대 방 곡주 스스로도 육양공을 완성하지 못했던 것이 분명해. 어찌 보면 당연한 일이지. 방 곡주는 그 재능이 무척 뛰어난 사람이었지만 성정은 괴팍한 면이 있다고 형님께 들었다. 이 육양공은 무척 위험한 신공이다. 방 곡주가 청명검을 네 아버지에게 맡긴 것은 오히려 나머지 다섯 제자들을 걱정했기 때문이었을 것이다. 오직 자신의 제자 중 청명검 송무군만이 육양의 공력을 합일할 가능성이 있는 재목이라고 보았던 것이지. 하지만 그도 확신은 하지 못했다. 그래서 다른 제자들에게도 하나씩의 기보를 나누어준 것이고… 결국 제자들 걱정에 육양공의 완성은 하늘의 뜻에 맡겼던 것이군. 심약한 노인네 같으니라구……."

'아버지가 귀곡육보를 모두 물려받아 육양공 수련에 나섰다면 어찌 되었을까. 아버지는 과연 육양공을 완성할 수 있었을까? 그렇다면 적어도 운남에서 그렇게 비참한 모습으로 돌

아가시지는 않았을 텐데.'

어찌 생각하면 심약한 노인네라고 욕설을 퍼부운 장사성의 말이 옳을지도 몰랐다. 어찌 위험을 감수하지 않고 큰 성취를 이룰 것인가. 하지만 한편으로는 편협하면서도 제자를 아끼는 방국진의 마음을 탓할 수만은 없는 일이었다.

송문악은 방국진이 제자들이 겪을 것을 꺼려하던 위험을 받아들였다. 그는 육양공을 수련하기 시작했던 것이다.

육양공에 의해 체내에 일어난 기운들이 제멋대로 온몸을 돌아다니게 놓아두고 송문악은 위태롭게도 천비심천문의 진결을 되뇌고 있었다. 암봉을 타고 올라 그의 주위를 맴도는 매서운 칼바람은 육양공의 열기가 막아주고 있었다.

서로 다른 시작을 가진 여섯 갈래의 양기들은 대략 한 달여 전부터 서로를 받아들이기 시작했다. 한줄기 작은 개울에 지나지 않던 양기들은 서로 섞여들기 시작하자 이내 커다란 강을 이루었다.

석산 아래까지 찾아온 겨울 추위에도 아랑곳하지 않고 격하게 흘러내려 가는 황하의 탁류처럼 뒤섞인 여섯 갈래의 양기는 무섭게 송문악의 몸을 내달린다. 정신이 아득해지고 몸이 갑작스레 폭주하는 진기에 놀라 비정상적으로 움직이려 할 때 한줄기 차가운 이성이 들끓는 양기들을 제어했다.

천비심천문(天秘深天文)!

유사록의 신비한 진결로부터 송문악은 차가운 이성을 회복했다. 차가운 이성이 회복되자 육절기인 무극산이 청명검에 남긴 기의 융합에 관련된 오십여 자의 비결이 풀려 나가기 시작했다. 그것이 한 달 전 송문악에게 일어난 일이었다.

한 번 길이 열리자 송문악의 공력은 무섭게 불어나기 시작했다. 여섯 갈래의 길에서 밀려드는 양기는 일반적인 강호무림의 내공심법과는 차원이 다른 속도로 송문악의 공력을 높여주고 있었다.

이후 천비심천문은 항상 육양공과 함께 수련되었다. 천비심천문은 기묘한 방식으로 뇌를 자극하는 심법이다. 천비심천문을 외우면 안개가 걷히듯 머리가 맑아졌다. 육양공의 그 강렬한 진기의 흐름도 천비심천문에 의해 낱낱이 송문악의 머릿속에서 제어되었다. 송문악은 육양공과 천비심천문에 의해 완전히 다른 사람으로 변화하고 있었던 것이다.

"요 몇 달간 저 아이에게 무슨 일이 일어난 것일까?"

귀령파파 이설이 산 아래 통나무 집에서 송문악이 앉아 있는 암봉을 올려다보며 중얼거렸다. 그녀의 옆에는 장사성이 무언가 작은 쪽지들을 살펴보고 있었다.

"이보시오, 천학. 내 말을 듣고 있수?"

대답이 없자 이설이 장사성을 돌아보며 물었다.

"그 아이는 아마도 육절기인 무극산의 육양공을 자신의 것으로 만들었나 봅니다."

장사성이 여전히 종이 쪽지에서 눈을 떼지 않고 대답했다.

"이런 이런… 말을 할 때는 좀 상대를 보며 하시구려. 어찌 그리 형님과 닮았는지……. 쯧쯧!"

귀령파파 이설이 혀를 찼다. 그제야 장사성이 고개를 들어 이설을 보았다.

"제가 형님과 닮았다고요?"

이설이 고개를 끄덕였다.

"한 가지 일에 빠지면 다른 것은 돌아보지 않는 그 외골수 성격은 딱 장 늙은이의 모습이구려."

"하하! 그렇습니까? 우리 형제에게 그런 면이 있었군요."

"그런 성격이 타인에게는 무척 견디기 힘든 법이라오. 자자, 그건 그렇고! 저 아이가 정말 육절기인 무극산의 무공을 깨쳤다고 생각하시오? 그것은 과거의 방 곡주도 해내지 못했던 일인데……?"

"무공이란 참으로 불공평하지요. 반드시 노력만 한다고 성취되는 것은 아니니까요. 운과 재능, 그리고 노력이 모두 필요하지요."

"그 세 가지가 저 아이에게 주어졌다고 보는구려."

"십수 년간 한 사람에게 모이지 않은 귀곡육보가 저 아이 한 명에게 모였고, 내가 본 사람 중 손에 꼽을 만한 재능을 가지고 있으며, 갚아야 할 혈채로 인해 갖게 된 인내심까지 좋은 조건들입니다. 그리고 결과는 보시는 것과 같고요."

귀령파파의 시선이 다시 암봉 위의 송문악에게로 향했다. 그녀의 눈에 서서히 흩날리기 시작한 눈발 속에 돌부처처럼 앉아 있는 송문악의 모습이 아스라이 들어왔다.

"하긴 대단한 인내심이긴 하지. 아무리 육양공의 열기가 추위를 물리쳐 준다고 해도 저러고 두 시진을 앉아 있으니… 육절기인 무극산의 육양공이라… 간단치 않은 무공이지."

"그렇지요. 그는 신기루에 들었던 인물이니까요. 돌이켜 생각해 보면 그가 신기루의 전설을 얻지 못하고 돌아오지 않은 것은 신기루의 전설을 얻은 다섯 명의 구파일방 고수들보다 약했기 때문이라고 보기는 어렵지요. 신기루 자체가 구파일방과 뗄 수 없는 관계라면 당연히 신기루의 주재자들이 구파일방 이외의 고수가 신기루에서 살아나가는 것을 원치 않았을 테니까요."

장사성의 말에 귀령파파 이설이 고개를 끄덕였다.

"그 말이 옳은 듯하구려. 그래서 한편으로는 걱정이라우. 저 아이가 급격히 늘어난 무공에 자신이 생겨 홀로 신기루에 도전하지 않을까 하여……."

"그리 경솔한 아이는 아니지요."

"그래도 젊은 혈기라는 것은……."

"어려서부터 인내심이 적지 않은 아이였지요. 아마도 자신만의 방법을 생각해 낼 겁니다."

"그렇다면 다행이지만……."

귀령파파가 장사성의 말에도 안심이 되지 않는 듯 말꼬리를 흐렸다. 요 몇 년의 시간 동안 귀령파파 이설과 장사성은 송문악에 대해 무척이나 애틋한 마음을 가지게 되었다.

이 두 노고수들은 평생 홀로 강호를 떠도는 삶을 살아왔기에 자신도 모르는 사이에 외로움이 가슴 깊숙이 자리 잡고 있었다. 그러던 차에 어린 송문악과 함께 생활을 하다 보니 그 외로움이 송문악에 대한 깊은 애정으로 발전하게 되었던 것이다. 마치 손자가 자라는 모습을 보며 늙어가는 할머니, 할아버지와 같은 과정을 겪으면서…….

"그나저나 그것들은 다 뭐요?"

귀령파파 이설이 장사성의 손에 들린 몇 장의 기름종이를 보며 물었다.

"강호의 소식을 전해주는 것들이지요."

"천비문의 문도들이 보낸 것들인가 보구려."

귀령파파 이설의 말에 장사성이 고개를 끄덕였다. 장사성은 중원에서 멀리 떨어진 이 북방의 산속에서도 끊임없이 강호의 움직임을 살피고 있는 것이었다.

"그래, 뭐 특별한 소식이라도 있수?"

"별다른 일은 없군요. 삼 년 전 운남 하구에 신기루가 나타난 이후에는 특별한 일이 벌어지지 않았습니다."

"운남의 사정은 어찌 되었소?"

"그야말로 무주공산이 되어버렸지요. 점창과 월하장원 모두 공멸의 위기에 처했으니 말입니다. 그럼에도 불구하고 그 두 문파는 아직도 간간이 싸움을 벌이고 있는 모양입니다."

"허! 결국 그렇게 되었군. 그렇다면 사천의 종남은 더 이상 점창을 걱정할 필요가 없겠군. 역시 신기루가 한 번 나타나면 반드시 구파일방의 아성에 도전할 만한 문파 한둘은 여지없이 무너지는구려."

"그나마 육보산과 청상인 두 고수가 점창에 남아 있기에 명맥은 유지하는 것 같군요."

장사성의 말에 이설이 고개를 끄덕였다.

"그 두 사람이라면 멸문을 막을 수는 있겠지. 하지만 역시 남유교가 죽고 나서야 점창은 더 이상 구파일방의 자리를 노려볼 수는 없겠지."

"남유교의 죽음이 크죠. 더군다나 그를 벤 자가 종남의 한 교웅이니 종남과 점창의 거리는 하늘과 땅 차이로 벌어졌다고 할 수 있지요."

"끌끌, 구파일방의 아성이라… 쉽지 않은 일이야. 신기루도, 구파일방도……."

귀령파파 이설의 시선이 다시 송문악에게로 향했다. 그때 송문악은 드디어 몸을 일으키고 있었다.

온몸에 힘이 넘쳐흘렀다. 전신의 기경팔맥(奇經八脈)을 통해 육양공의 공력이 끊임없이 질주했다.

송문악은 자신의 두 손을 내려다보았다. 힘없던 여린 손이 삼 년여의 수련으로 그 무엇이라도 부숴 버릴 것 같은 자신감으로 충만해져 있었다.

'힘이 생기니 쓰고 싶은 것인가?'

송문악이 실소를 자아냈다. 온몸에 육양공의 공력이 넘쳐흐르자 자신이 의도하지 않았음에도 몸이 스스로 그 힘을 터뜨리고 싶어하는 것이었다.

"귀곡육보를 익힐 때가 되었나 보군."

송문악이 통나무 집 자신의 방 한쪽 구석에 처박아두었던 귀곡육보를 떠올렸다. 귀곡육보에서 육양공의 비결을 알아낸 이후 송문악은 귀곡육보를 꺼내보지 않았다.

"모든 무공의 시작은 공력이다. 공력의 단단함은 집을 지을 때 단단한 주춧돌을 놓는 것과 같다. 공력의 높고 낮음도 중요하고 그 공력을 자유롭게 진퇴시키는 것도 중요하다. 도검은 그 이후에 들어도 늦지 않다. 만약 네 뜻이 천하를 움직이는 자들에게 있다면 말이다."

본격적으로 무공을 익히려고 할 때 장사성이 송문악에게 한 말이었다. 송문악은 장사성의 말에 따라 도검을 익히는 것을 뒤로 미뤘다. 그리곤 육절기인 무극산이 남긴 육양공과 장사진으로부터 전수받은 천비심천문을 익히는 것에 주력했다.

그렇게 삼 년… 육양의 기운을 융합시킬 수 있게 되자 드디어 누가 말해주지 않아도 송문악의 몸 스스로가 병기를 들 때라고 말하고 있었다.

"좋아. 내일부터 귀곡육보를 익히도록 하자. 병기를 익히는 일은 아무래도 귀령파파 어른의 도움이 필요할 거야. 아무리 귀곡육보에 그것들을 다루는 비결이 적혀 있다고 해도……."

육양공과 천비심천문의 수련은 장사성의 도움이 컸다. 장사성의 무공에 대한 지식은 은근히 깊고 넓어 육양공과 천비심천문의 비결 중 송문악이 이해하기 어려운 부분은 언제나 장사성에 의해 해석되었다. 하지만 병기를 다루는 부분에 있어서는 장사성이 귀령파파 이설을 따라갈 수 없었다. 알고 있다는 것과 몸으로 익히는 것의 차이는 의외로 크다. 강호에서 두 사람 모두 십대괴객으로 불리고 있지만 두 사람이 십대괴객에 오른 이유는 각기 달랐다.

장사성은 그 특출난 지혜를 바탕으로 한 뛰어난 심계로 십대괴객의 한자리를 차지한 반면 귀령파파는 순수한 그녀만의 무공으로 십대괴객의 자리에 오른 고수였다. 당연히 무공에 있어서 장사성과 귀령파파는 제법 큰 차이가 있을 수밖에 없었다. 송문악이 병기를 익히기 위해 장사성보다 귀령파파의 도움을 필요로 하는 것은 당연한 일이었던 것이다.

"옛부터 병기를 두고 이런 말이 전해진다. 백일창(百日槍), 천일도(千日刀), 만일검(萬日劍)! 이것은 곧 각 병기를 익히는 난이도를 말하는 것이다. 하지만 분명히 말하건대 이 말은 오로지 공력이 변변치 않은 삼류무사들에게나 적용되는 말이다. 창, 도, 검을 상승무공으로 익히고자 한다면 장담컨대 어느 것 하나 쉬운 것이 없을 것이다. 너에겐 여섯 가지의 병기가 있다. 그중 봉황신침과 철궁, 그리고 옥적은 워낙 생소한 병기들이니 나 또한 너에게 조언을 해줄 수 없다. 반면 마창과 흑도, 그리고 청명검은 강호에서 가장 흔한 세 종류의 병기이므로 내가 너에게 도움을 줄 수 있을 것이다. 자, 넌 무엇부터 익히려느냐? 아니, 질문이 잘못되었군. 넌 이 세 가지 병기를 모두 익힐 생각이냐?"

귀령파파가 송문악을 보며 물었다. 본시 강호의 무인이란 자신에게 가장 적합한 한 가지 병기를 선택해 평생 수련하는 것이 정도(正道)였다. 이것저것 병기를 바꿔가며 수련한 사람 중 고수 소리를 듣는 자는 그야말로 손에 꼽을 정도로 적었다. 그러므로 귀령파파의 물음은 이제 막 병기를 익히려는 송문악에게는 가장 적절한 질문이었다.

"제가 가지고 있는 병기를 모두 익힐 생각입니다."

그러자 귀령파파 이설의 아미가 살짝 모아졌다.

"짐작하지 못한 답은 아니다. 하지만 난 네가 다시 생각해 보았으면 좋겠구나. 강호에서 도, 검, 창을 모두 익혀 고수 소리를 들은 자는 극히 드물다. 오히려 한 가지 병기를 극에 이르게 수련한 후 다른 병기들도 자유롭게 쓸 수 있는 지경에 이른 자를 찾는 것이 더 수월할 것이다."

"육절기인 무극산 조사께서는 여섯 병기를 모두 자유자재로 사용했다고 알고 있습니다만……."

송문악의 대답에 귀령파파가 고개를 저었다.

"물론 그렇다고 하더군. 난 육절기인 무극산이란 사람이 무공을 펼치는 것을 본 적이 없으니 그에 대한 평가는 할 수 없다. 하지만 네가 동시에 여섯 가지 병기를 익혀 나가는 것은 확실히 위험한 선택이란 것은 단언할 수 있다."

귀령파파의 말이 너무도 확고했으므로 송문악은 즉시 귀령파파의 말에 답을 할 수 없었다. 하지만 잠시 후 송문악은 낮은 목소리로 자신의 생각을 말했다.

"어르신의 말씀을 믿지 못하는 것은 아닙니다. 제가 생각해도 이 여섯 가지의 기보를 모두 익히고자 하는 것은 섣부른 욕심일 수도 있겠지요. 하지만… 전 이 여섯 개의 기보 중 어느 하나도 뒤로 미뤄둘 수가 없습니다."

"물론 네가 귀곡육절의 유품들에 대해 가지는 마음을 모르는 것은 아니다. 하지만 그들도 네가 여섯 개의 병기를 한 번에 익히려 한다는 것을 알면 널 말리려 들 것이다."

잠시 송문악의 침묵이 이어졌다. 그리곤 역시 처음과 같은 낮고 침착한 음성으로 대답했다.

"듣기로 아버지를 포함한 귀곡육절의 사형제 분들은 사이가 그리 좋은 것은 아니었다고 하더군요. 하지만 결국에는 아버지에게 자신들의 기보를 모두 넘겼지요. 전 신기루와의 싸움에서 귀곡육보가 하나도 빠짐없이 동일한 가치로 사용되길 원합니다. 보고 있다면 그 모습을 그분들에게 보여주고 싶습니다. 그리고… 이건 그저 제 생각입니다만, 이 육양이라는 신공은 아무래도 귀곡육보와 적지 않은 연관이 있을 것 같습니다. 애초에 육절기인 무극산 조사께서 여섯 개의 기보를 만든 이유를 되새겨 보자면 말입니다."

송문악의 말에 귀령파파 이설은 더 이상 송문악을 설득할 수 없다는 것을 깨달았다. 송문악은 그의 아비인 송무군을 닮아 무척 고집이 센 청년으로 성장했던 것이다.

'하긴 애초에 육양공을 익히는 것 자체도 모험이기는 했지.'

귀령파파 이설이 고개를 끄덕였다.

"좋다. 네가 그리 고집한다면 나도 더 이상 하나의 병기만 익힐 것을 권하지 않으마. 하지만 넌 여섯 개의 병기를 익히기 위해 아마 무척 고생을 해야 할 거야."

"잠을 좀 줄일 생각입니다."

"그야 당연한 일이지."

귀령파파가 웃음을 지어 보였다.

그날 이후 송문악과 귀곡육보의 싸움이 시작되었다. 한동안 송문악의 방 한구석에 처박혀 있던 귀곡육보는 그날 이후 송문악의 몸에서 단 한시도 떨어지지 않았다.

"병기를 수련하는 것의 가장 첫 번째 과정은 병기와 친숙해지는 것이다. 병기가 마치 자신의 몸과 같이 느껴질 때에야 그 병기를 휘두를 자격이 있다고 할 것이다."

귀령파파 이설은 새삼스런 정열을 불태웠다. 그녀의 우려와는 달리 육보를 동시에 수련해 내는 송문악의 재능이 나이가 들어감에 따라 사라져 가던 그녀의 가슴속 열정을 이끌어내고 있기 때문이었다. 좋은 재목을 가르치는 것은 스스로 무공의 성취를 이뤄갈 때와는 또 다른 만족감을 귀령파파 이설에게 제공했다.

'이래서 그렇게들 좋은 재목의 제자들을 찾아 헤매는구만!'

좋은 제자는 가르치는 자의 능력을 뛰어넘을 수도 있다. 청출어람(靑出於藍)이라고들 말한다.

귀령파파 이설은 송문악을 가르친 지 육 개월이 지나자 그리 오래지 않아 송문악이 자신의 경지를 뛰어넘을 것이란 것을 확신했다. 육양의 공력은 이미 수십 년 적공(積功)한 자신의 경지에 육박하고 있었고, 귀곡육보는 육 개월이 지나자 어느새 송문악의 몸의 일부가 되어 있었던 것이다.

송문악의 놀라운 성취가 무엇에 연유한 것인지는 몰랐다. 육양공의 효능 때문인지 아니면 천비심천문의 효능 때문인지, 어쩌면 마음속 깊은 곳에 도사리고 있는 절대적 존재들에 대한 복수심 때문일지도 몰랐다. 혹은 타고난 재질일 수도 있었다.

어쨌든 송문악은 무서운 속도로 귀곡육보를 익혀가고 있었다. 일 년이 지나자 송문악은 귀령파파의 도움 없이 스스로 귀곡육보에 적힌 무공들을 익히기 시작했다. 어느새 누군가의 가르침이 아니라 스스로의 노력에 의해서만 성취할 수 있는 단계에 접어들고 있었던 것이다. 그리하여 송문악은 다시 처음 육양공을 수련할 때처럼 홀로 지내는 시간이 점차 많아지기 시작했다.

*   *   *

몇 번의 계절이 다시 흘렀다. 매끄럽게 각진 송문악의 턱선이 한층 그를 호협한 청년으로 보이게 했다.

북방의 가을 하늘은 높았다. 석산 아래, 황하의 건너편 너른 초원은 누렇게 변해 있었다. 풍부한 영양분을 간직한 채 누렇게 말라가는 초원 위에 한 떼의 유목민들이 말을 몰아 와 얼마간 머물고 있었다.

황하의 격류와 너른 초원이 바라보이는 석산의 중턱, 적지 않은 나무들이 무성하게 숲을 이룬 곳에 널따란 공터가 자리 잡고 있었다. 공터의 한쪽에는 어른의 팔로 감싸기에는 모자란 두꺼운 아름드리나무를 횡으로 잘라, 물건을 올려놓도록 손질한 제법 넓은 탁자가 놓여 있었다. 탁자 위에는 한 자루의 검과 한 자루의 도, 그리고 팔뚝의 길이보다 작은 검은색 철궁이 올려져 있었다.

송문악은 낙엽이 바람에 날리는 공터의 중앙에 홀로 서 있었다. 그의 양손에 들린 것은 반으로 분리된 마창, 송문악은 그것을 마치 두 개의 봉처럼 들고 있었다. 그의 시선은 자신에게서 오 장여 떨어진 곳에 위치한 고목(古木)에 고정되어 있었다. 가을의 빛깔로 옷을 갈아입은 나무는 석산에서 보기 드문 참나무였다.

언뜻 보면 오래된 참나무를 바라보고 있는 송문악의 눈이 감긴 것인지 아니면 가늘게 뜨고 있는 것인지 구분이 가지 않았지만, 자세히 보면 가늘게 떠진 송문악의 눈에서 날카로운 안광이 새어 나와 바람에 흔들리는 참나무 잎들에게 쏘아지고 있다는 것을 알 수 있었다.

그러던 어느 순간 장내에 작은 변화가 일었다. 바람의 방향이 바뀐 것이다. 오른쪽에서 흘러내려 와 왼쪽 턱으로 하늘거리던 머리카락이 허공으로 붕 떠올랐다. 순간 송문악의 눈빛이 번쩍였다.

그의 발이 발끝 앞에 있던 낙엽을 지그시 밟는 듯하더니 어느새 그의 몸이 허공으로 치솟았다. 도약은 너무도 자연스러워 어떤 소리도 그의 움직임으로 인해 일어나지 않았다.

허공으로 치솟은 그의 몸이 하늘로부터 내려오는 가을 햇살을 가려 땅 위에 검은 그림자를 만들어냈다. 그 그림자의 두 손에는 어느새 하나로 결합된 마창이 들려 있었다.

"타앗!"

맑은 기합 소리가 터져 나왔다. 그의 신형은 어느새 참나무의 삼 장 안쪽으로 떨어져 내리고 있었다. 그 순간 손에 들린 검은색 마창이 마치 부챗살처럼 그의 몸을 휘감더니 이내 쏟아지는 장대비처럼 오래된 참나무를 향해 뻗어갔다.

마창은 수십 가닥의 그림자를 만들어내며 단번에 참나무의 한쪽 면을 휘저었다. 그 한 번의 공세에 누렇게 물들어 있던 참나무 잎들이 견디지 못하고 나무에서 떨어져 나와 하늘로 솟구쳤다.

송문악의 신형이 참나무 아래에 내려서는 듯하더니 이내 두 발로 땅을 찍어내며 다시 한 번 허공으로 도약했다. 그리곤 이번에는 신형을 뒤로 눕혀 허공에서 몸을 한 번 회전하더니 금세 본래 자신이 서 있던 공터의 중앙에 내려섰다.

송문악의 이 한 번의 움직임은 전혀 군더더기가 없는 동작으로 무공을 익힌 자가 보았다면 누구라도 감탄사를 자아낼 만큼 간결하고 부드러운 움직임이었다.

송문악이 본래 자신이 있던 자리에 내려서고 나서야 마창에 의해 하늘로 솟구쳤던 수백 개의 낙엽들이 이리저리 몸을 틀며 땅으로 내려앉기 시작했다.

봄바람에 흩날리는 꽃잎처럼 땅 위로 떨어져 내리던 낙엽의 숫자가 점점 줄어들어 겨우 수십 개의 낙엽만이 송문악의 머리 아래쪽에 남아 있을 때, 어느새 마창을 분리해 허리춤에 꽂아 넣은 송문악의 한 손이 번개처럼 움직였다.

파스스…….

그것은 마치 마른풀 사이를 은밀하게 움직이는 뱀이 만들어낸 소리와 같이 낮으면서도 섬뜩한 소리였다. 송문악의 오른손에 의해 만들어진 그 소리를 타고 가느다란 빛의 입자들이 사방으로 흩어져 날아갔다. 그리곤 어느 순간 그 빛의 입자들이 미처 땅 위에 떨어져 내리지 못한 낙엽들을 무서운 속도로 통과했다.

살랑거리며 중력에 이끌려 땅으로 내려오던 낙엽들이 불의의 공격을 받고 허공에서 요동쳤다. 순간 송문악의 오른손이 다시 한 번 휘저어졌다. 그러자 요동치던 낙엽들이 송문악의 가장 가까운 곳에 있는 것부터 줄줄이 송문악의 손을 향해 날아오기 시작했다.

그렇게 스무 개의 낙엽이 송문악의 손 위에 쌓였다. 송문악이 자신의 손 위에 내려앉은 낙엽을 응시했다. 낙엽들 사이로 무언가 햇빛에 반사된 물체들이 반짝거렸다. 송문악이 그중 하나를 다른 손으로 집어 들었다. 금빛으로 반짝이는 가느다란 침, 귀곡육절 중 백적경이 가지고 있던 봉황신침이었다.

송문악이 낙엽을 들고 있던 손을 뒤집었다. 그러자 봉황신침을 하나씩 꽂은 낙엽들이 땅으로 흘러내렸다. 그 낙엽 중 일부는 허공에 매달려 있었는데 낙엽에 꽂혀 있는 봉황신침이 사람들의 눈에 잘 띄지 않는 가늘고 투명한 줄로 그 끝부분이 이어져 있기 때문이었다.

송문악이 봉황신침을 연결한 끈을 끌어 올리기 시작했다. 그에 따라 낚시에 걸린 고기처럼 낙엽도 하나씩 끌어 올려졌다. 송문악은 봉황신침에 걸려 있는 낙엽들을 하나씩 떼어냈다. 곧 황금빛으로 빛나는 스무 개의 봉황신침이 그의 손에 모였다. 송문악은 품속에서 작은 함을 꺼내 뚜껑을 연 후 봉황신침들을 소중히 함 속에 넣었다.

"마창과 봉황신침은 이제 어느 정도 성취를 본 것 같군."

송문악이 무기들이 놓여진 통나무 탁자 쪽으로 걸음을 옮기며 중얼거렸다.

탁자 앞으로 다가온 송문악이 역시 꽤 두꺼운 나무를 잘라 만든 통나무 의자에 앉았다. 그는 허리춤에 꽂아 넣었던 두 자루의 봉으로 분리된 마창을 꺼내 탁자 위에 올려놨다.

청명검을 제외하면 모두 검은색 일색인 병기들이 탁자 위에 올려져 있었다. 송문악은 지난 몇 년간 이 병기들을 익혀 왔다. 강호에서 귀곡육보라 불리는 이 병기들에는 귀곡의 여섯 사형제의 체취가 배어 있었다. 송문악은 가끔 이 병기들을 수련하며 자신 이전에 이 병기들의 주인이었던 귀곡육절의 얼굴을 떠올리곤 했다.

그들 중 송문악과 가장 오래 지냈던 사람인 송무군조차 송문악과 함께한 시간이 채 일 년이 넘지 않았다. 하물며 신조를 제외한 다른 사람들은 운남 하구의 작은 야산에서 보았던 그 하룻밤의 만남이 전부였다. 그런데 우습게도 송문악은 그들 모두의 얼굴을 생생히 기억하고 있었다.

흑도를 휘두를 때는 유공무가, 마창을 휘두를 때는 곽이산이, 철궁의 시위를 당길 때는 황보령, 신침을 던져 낼 때는 백적경의 얼굴이 송문악의 눈앞에 떠오르곤 했다.

송문악이 가슴 한쪽으로 손을 가져갔다. 뭉툭한 물건의 느낌이 손끝에 전해졌다. 옥적의 느낌이다.

"옥적과 청명검이 가장 문제군."

송문악이 중얼거렸다.

그가 여섯 개의 기보를 익히며 가장 힘들어하는 병기는 바로 신조의 옥적과 송무군의 청명검이었다. 하지만 두 병기를 익히는 데 어려움을 겪는 이유는 달랐다.

옥적의 경우 옥적에서 흘러나오는 소리로 충(蟲)들을 자극해 그들을 시전자의 의도대로 움직이는 원리는 옥적에 깨알 같은 글씨로 적혀 있었다. 하지만 옥적에 적혀 있는 소리를 내는 것은 무척 어려운 일이었다.

"이것이야말로 반드시 스승의 지도가 필요한 물건이다."

송문악이 옥적을 불기 시작한 지 육 개월이 지났을 때 스스로에게 한 말이었다. 옥적을 부는 방법은 옥적에 적힌 비결로 알 수 있었지만 충들을 자신의 의도대로 움직이기 위한 정확한 음은 반드시 이전에 옥적을 다룰 줄 아는 사람의 지도가 있어야만 쉽게 터득할 수 있는 것이었다.

또한 옥적을 완벽하게 사용하기 위해서는 옥적을 부는 법을 익히는 것만으로는 부족했는데 세상에 존재하는 충들에 대한 풍부한 지식이 뒷받침되어야 했기 때문이다. 충들에 대한 지식이 풍부할수록 옥적의 주인이 부릴 수 있는 충은 많아졌다.

하지만 송문악에게는 충을 부릴 수 있는 음을 가르쳐 줄 스승도, 주변의 충들을 깊이 연구할 시간도 없었다. 귀령파파 이설과 장사성도 이 옥적을 다루는 방법에는 고개를 저었다. 결국 여러 가지 충을 다루는 음은 송문악 스스로 찾아낼 수밖에 없었다.

그래서 만약 전대 귀곡육보의 주인들과 같은 수준에 오르기 가장 어려운 병기를 꼽으라면 송문악은 당연히 옥적이라고 말할 것이다. 송문악의 옥적 다루는 솜씨가 신조에 버금가는 경지에 이르려면 아마도 지금부터 수십 년의 시간이 더 필요할 터였다.

송문악이 품속에서 옥적을 꺼내 들어 입으로 가져갔다. 잠시 후 옥적에서 희미한 소리가 흘러나오기 시작했다. 아름다운 선율도 아니고 딱히 신경을 거스르는 소리도 아니다. 조금은 무미건조한 옥적의 소리가 한참 동안 숲의 공터를 맴돌았다.

그렇게 얼마의 시간이 흘렀을까 불현듯 나무 탁자 위에 두 마리의 작은 곤충이 모습을 드러냈다. 향충(香蟲)이었다.

"향충을 만드는 기법이 적혀 있는 것은 정말 다행이었어. 그렇지 않았다면 난 이 옥적으로 아무런 일도 하지 못했을 거야."

송문악이 옥적 불기를 멈추고는 나무 탁자 위에 올라온 향충들을 향해 손을 내밀었다. 그러자 두 마리의 향충이 재빨리 송문악의 손 위로 올라왔다.

신조의 옥적에 적혀 있던 비결 중 하나는 바로 옥적을 이용해 향충을 만드는 방법이었다. 송문악은 세상에 존재하는 모든 벌레들을 통제하는 것이 현실적으로 어렵다는 것을 깨닫고는 향충을 만드는 것에 집중했다. 그리하여 요즈음 그의 손에 올라온 두 마리 향충을 만들 수 있었던 것이다.

"물론 이 향충들은 신 숙부가 만들어낸 향충들에 비하면 많이 부족하지만 그래도 무척 쓸모가 있을 거야."

송문악이 스스로 대견한지 손 위의 향충들을 한동안 바라보고 있다가 잠시 후 향충들을 자신의 허리춤에 올려놓자 이내 향충들이 송문악의 옷 사이로 사라졌다.

향충들이 사라지자 이번에는 송문악의 시선이 탁자 위의 청명검으로 향했다. 귀곡육보 중 가장 어려움을 겪고 있는 두 가지 물건 중 또 다른 하나는 청명검이었다. 하지만 그 이유는 옥적과 달랐다.

"아버지는 어떻게 청명검에 적혀 있는 검결의 경지를 뛰어넘은 것일까?"

송문악이 한 손으로 턱을 괴며 중얼거렸다.

검이 손에 익고 병기에 대한 기본적인 가르침을 귀령파파로부터 배운 후 드디어 청명검을 익히기 시작했을 때, 송문악은 먼저 불빛을 받으면 청명검의 표면에 드러나는 검결을 수련하기 시작했다.

청명검의 수련은 다른 육보의 수련과 비슷한 속도로 진행되었다. 처음에는 딱히 다른 병기들에 비해 어려울 것이 없는 수련이었다. 그리하여 다른 병기들에 적혀 있는 무공들과 같이 청명검에 적힌 검결도 어느 정도 경지에 이르렀다.

그렇게 청명검에 기록된 검결을 어느 수준까지 익힌 어느 날 송문악은 퍼뜩 운남의 원강을 따라 내려가며 송무군이 그에게 전한 검의 경지가 떠올랐다.

'그것은 이것과 달라.'

송무군이 전수한 검의 경지는 청명검에 기록된 검결과는 다른 것이었다. 청명검에 기록된 검결은 경지가 높아질수록 막대한 공력을 필요로 했다. 즉, 검의 성취가 곧 육양공의 성취와 맞물려 있는 검결이었다.

그것은 청명검에 적힌 검결의 문제만은 아니었다. 다른 육보에 적혀 있는 무결들도 하나같이 육양공의 연성을 바탕으로 그 경지를 높여가도록 되어 있는 무결들이었다.

어쩌면 그것은 당연한 일이었는지도 몰랐다. 애초에 육양공과 육보를 남긴 사람이 육절기인 무극산 한 사람이었으므로, 무극산이 육양공의 공력을 바탕으로 육보에 남겨진 무공을 만들어냈을 것은 당연한 이치였다.

귀곡의 여섯 사형제 귀곡육절이 기보인 귀곡육보를 가지고 절정의 고수로 성장하지 못했던 이유는 바로 그 기보에 적혀 있는 무공을 상승의 경지까지 익히기 위해서 반드시 필요한 이 육양공을 온전한 형태로 익히지 못했기 때문인 것이었다.

그런데 송무군이 원강을 따라 내려가면서 말했던 검의 경지는 육양공의 연공과는 그리 큰 관련이 없는 것이었다. 그것은 공력의 고하와 상관없이 오로지 검 그 자체의 힘에 의지해 상대를 제압해 나가는 형태의 무공이었다.

'아버지는 아마도 자신의 한계를 알고 계셨는지도 몰라. 여섯 개로 나뉘어져 있는 육양공으로는 성취할 수 있는 공력에 한계가 있다는 것을 알고 계셨겠지. 그래서 절정의 공력이 없어도 펼칠 수 있는 다른 형태의 검로가 필요하셨던 것이겠지. 그리고 결국 아버지는 자신의 검을 찾았던 것 같아.'

송문악은 자신이 청명검에 적혀 있는 검결을 익히는 것보다 송무군이 죽어가며 전한 검의 경지에 도달하는 것이 몇 배는 더 힘든 일이라는 것을 깨달았다.

청명검에 적혀 있는 검결은 정해진 검로에 따라 검을 익혀가면 되었지만, 그가 송무군으로부터 전해 들은 검의 요체는 글로써 설명될 수 없는 경지였기 때문이다.

"어느 날 나는 문득 이런 생각이 들었다. 나와 상대 사이를 가를 수 있는 가장 빠른 방법은 무엇일까? 빠른 발검(拔劍), 최단거리의 검로(劍路), 혹은 검끝에 자신의 온 기력을 모을 수 있는 발경(發勁)… 하지만 그 모든 것들을 수련해 보아도 난 항상 무언가 부족하다는 것을 느끼고 있었다. 무림에서 검을 쓰는 자들은 이런 말을 한다. 언젠가 자신의 검을 찾을 수 있다면 그를 검의 달인이라 말할 수 있다고……. 자신의 검이란 무엇일까. 그 추상적인 물음에 나는 오랫동안 답을 할 수 없었다. 누군가는 밤하늘에서 떨어지는 별을 보고 자신의 검을 얻었다고도 하고, 또 누군가는 폭풍 속에 떨어지는 벼락을 보고 자신의 검을 얻었다고도 하지만 난 그 어디에서도 나의 검을 찾을 수 없었다. 그러던 어느 날 널 장의숙에게 맡기고 운남 애뇌산의 육천문을 방문한 뒤 다시 강호를 헤맬 때였다. 어둑한 저녁 쉴 곳을 찾아 산속을 헤매는데 차가운 바람이 한줄기 불어오더구나. 그리고 우연인가, 난 내가 찾는 검은 곧 이 한줄기 바람과 같아야겠다는 생각이 들었다. 그것은 정말 뭐라 설명할 수 없는 순간이었다. 난 그날 그 어둠 속에서 몇 시진을 홀로 서 있었다. 차가운 밤바람을 온몸으로 느끼며 말이다. 그리곤 그 이후 난 내 검이 바람과 같이 전개되는 것을 느꼈다. 난 나만의 검을 찾았다는 것을 깨달았다. 그리고 내가 나만의 검을 얻기 이전과 얻은 후의 무위는 마치 하늘과 땅의 차이와 같았다. 이것이 가장 최근에 내가 오른 검의 경지이다."

송문악은 송무군이 깊은 밤 흔들리는 배 위에서 죽어가며 말했던 자신만의 검에 대한 이야기를 며칠 동안 되새겼다. 그리곤 깨달았다. 송무군이 상승의 검도(劍道)를 성취했었다는 사실을……

"역시 문제는 공력이었겠지. 듣기로 아버지는 쾌검을 익혔다고 하셨지. 공력이 정순하지 못한 아버지로선 쾌검이 유일한 대안이었을 거야. 그리고 아버지는 당시 쾌검의 정수를 얻었던 것이 분명해. 바람처럼 소리없이 상대에게 다가드는 검이야말로 최고의 쾌검이 아닐까. 하지만 역시 그것만으로는 신기루의 고수들을 상대할 순 없었던 거야. 공력을 사용하지 않는 상태에서라면 그 누구에게도 뒤질 것이 없는 검이었겠지만 역시 무림의 싸움이란 공력의 힘을 무시할 수가 없는 것이니까."

혼잣말로 중얼거리며 송문악이 청명검을 검집에서 뽑아 하늘로 들어올렸다. 그러자 숲에서 불어오는 바람을 맞아 청명검의 검신이 윙윙거리며 청아한 소리를 흘려냈다.

"좋은 검이야."

송문악이 감탄하듯 중얼거렸다. 그가 매일같이 보는 청명검이었지만 볼 때마다 청명검에 감탄하는 송문악이었다. 그 중에서도 바람을 받아 스스로 청아한 울음을 울어낼 때의 청명검이란 그 어떤 악사가 부는 피리 소리보다도 아름다웠다.

"청명검에 적혀 있는 검결도 그 근간은 쾌검… 아버지가 최후에 도달하신 경지도 쾌검의 정수… 그렇다면 나 역시 쾌검의 끝을 찾아가야겠지. 바람이라… 바람과 같은 검이라… 청명검은 바람에 잘 어울리지."

송문악이 자리에서 일어났다. 그리곤 청명검을 허리 아래로 늘어뜨리고 천천히 공터의 중앙을 향해 걸어나갔다. 검이 바람을 타고 좀 더 강한 울음소리를 울어냈다.

공터의 중앙에 도달한 송문악이 검을 들어 자신의 명치 앞에 수평으로 세웠다. 청명검에 적혀 있는 검결을 펼치기 위한 기본 자세였다. 송문악은 천천히 호흡을 가라앉혔다.

어느 정도의 시간이 흐르자 온몸의 근육들이 차분하게 가라앉았다. 나무 탁자로부터 공터의 중앙까지 걸어오는 동안 일어났던 작은 근육의 흥분조차 마치 잠든 듯 고요하게 가라앉았을 때 송문악의 검이 움직였다.

그리곤 한바탕 검무가 가을 숲에서 펼쳐졌다.

검은 하늘로 치솟기도 하고 무서운 속도로 송문악의 몸을 휘감아 돌기도 했다. 초식을 펼칠수록 송문악의 검은 점점 빨라지더니 어느 순간부터는 사람의 눈에 보이지 않을 정도의 빠른 속도로 움직이기 시작했다.

휘류룽!

무서운 속도로 움직이는 청명검에서 간혹 가다 공기와의 마찰로 생겨나는 청아한 마찰음이 흘러나왔다. 그렇게 얼마의 시간이 흘렀을까. 송문악의 검무에 의해 주변에 가라앉았던 몇 개의 낙엽이 허공으로 솟아올랐을 때 그의 입에서 한가닥 기합 소리가 터져 나왔다.

"핫!"

청명검이 종과 횡으로 교차하며 허공에 십(十)자를 그려냈다. 동시에 송문악의 신형이 뚝 멈추었다. 검은 다시 그의 가슴 앞에서 수평으로 뻗어 있었다. 그가 처음 검무를 시작할 때의 자세 그대로였다.

잠시 후 허공으로 치솟았던 낙엽 중 하나가 정확하게 사 등

분되어 그의 발아래로 천천히 떨어져 내렸다.

"언젠가는 나에게도 나만의 검이 찾아올 것이다."

송문악의 입에서 한줄기 음성이 흘러나왔다.

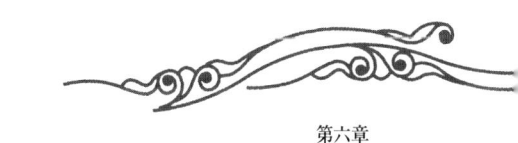

第六章

죽음을 보다

"전쟁이군."

귀령파파 이설이 무덤덤한 음색으로 말했다. 그녀에겐 익숙한 일인 듯 보였다. 하지만 송문악에게는 그렇지 않았다. 전쟁은 낯선 죽음의 향연이었다.

"어떤 자들이죠?"

"한쪽은 몽골 부족 같고, 또 다른 쪽은 회족(回族)인 듯하군."

장사성이 눈을 가늘게 뜨고 황하 건너 초원 지대를 살피며 송문악의 물음에 답했다.

"굉장하군요."

양편의 병사는 도합 삼, 사백 명. 마른 초원을 어지럽게 달리는 말발굽에 의해 거대한 먼지 덩이가 구름처럼 일어났다. 마치 천군만마가 접전하는 듯한 모습, 기마를 하고 전투를 벌이는 초원의 전쟁은 병사의 숫자를 실제보다 훨씬 많아 보이게 만든다.

"가볼까?"

갑작스런 귀령파파의 제안에 송문악이 뜨악한 표정으로 그녀를 바라봤다.

"저길요?"

귀령파파가 고개를 끄덕였다. 마치 건넛마을에 흥겨운 잔치가 벌어졌으니 구경 가자는 듯한 그녀의 표정이었다. 송문악은 귀령파파에게서 얻어내지 못한 답을 장사성에게서 구하기 위해 그에게로 시선을 돌렸다.

"보아두는 것도 나쁘진 않겠지."

기대와 달리 장사성도 뜻 모를 말을 입에 올렸다.

"함께 가실라우?"

귀령파파 이설이 그런 장사성을 보며 묻자 장사성이 천천히 고개를 저었다.

"나야 뭐, 본시 저런 마구잡이 싸움은 별로 좋아하지 않는 사람이라서… 다녀오시지요."

"나도 싸움 구경 좋아서 가는 것은 아니라오. 가자!"

귀령파파가 송문악을 보고 짧게 한마디를 던져 내더니 대답도 듣지 않고 훌쩍 몸을 날려 석산 아래로 달려 내려가기 시작했다. 송문악은 여전히 귀령파파의 의도를 알아차리지 못하고 다시 장사성을 바라봤다.

"가보거라. 어차피 무림에 든 것, 좋은 경험이 될 것이다."

"무엇을 봐야 하는 겁니까?"

"전쟁에서 볼 게 뭐가 있겠느냐. 오직 사람 죽는 것밖에!"

장사성이 짧게 대답하고는 더 이상 할 말 없다는 듯 몸을 돌려 통나무 집 쪽으로 걸어갔다. 송문악이 그런 장사성의 뒷모습을 보며 고개를 갸웃거렸다.

"죽음? 난 사람 죽는 모습을 제법 많이 본 편인데?"

죽음이라면 송문악의 경험도 적지 않았다. 운남의 하구에서 질릴 정도로 많이 구경한 것이 사람 죽은 모습이 아니던가. 하지만 이미 귀령파파의 모습이 산 아래 숲으로 사라졌으므로 송문악도 급히 산 아래로 몸을 날렸다.

배는 가끔 산 아래에 내려와 격류에서 고기를 낚을 때 쓰기 위해 만든 것이었다. 장정 몸통의 두 배는 됨직한 통나무를 길게 잘라 가운데를 파내어 만든 조악한 배였지만 오히려 황하의 격류를 타기에는 적합한 모양을 갖추고 있었다.

귀령파파는 이미 그 통나무 배 위에 앉아 있었다. 송문악은 강변에 도착하자 급히 몸을 솟구쳐 통나무 배 위에 내려앉았다.

"늙은이를 시키지는 않겠지?"

귀령파파가 배 안쪽에 있는 노를 가리켰다.

"당연한 일이지요."

송문악이 죽음을 구경하러 가는 사람답지 않은 밝은 얼굴로 대답하고는 두 손으로 노를 집어 들었다. 굵은 팔뚝의 근육이 꿈틀거리자 배가 황하의 격류로 파고들었다. 황하의 격류는 금세라도 배를 뒤집어 버릴 것처럼 거칠었지만 송문악은 노련하게 노를 저어 배의 균형을 유지하며 반대편 기슭을 향해 나아가기 시작했다. 반면에 귀령파파는 처음부터 강 건너 전장을 주시하고 있었다.

격류를 뚫고 배가 북쪽 강변에 닿자 송문악과 귀령파파가 동시에 배에서 날아올라 강변에 내려섰다. 송문악은 급히 뱃머리를 잡아끌어 배를 뭍으로 올려놓은 후 이미 성큼성큼 초원을 향해 걸어가고 있는 귀령파파의 뒤로 따라붙었다.

두두두두……!

"와아아아!"

지축을 뒤흔드는 말발굽 소리, 끊임없이 이어지는 병사들의 함성 소리. 전장으로부터 백여 장 떨어진 곳에 이르렀을 때 두 사람은 걸음을 멈췄다.

"엄청나군요."

송문악이 새삼스레 감탄했다. 약 삼백여 필의 말이 끊임없이 원을 그리며 회전하고 있었고 그 위에 이국적인 모습의 옷

차림과 투구를 쓴 병사들이 쉬지 않고 활시위를 당기거나 초승달 모양으로 휘어진 환도를 휘둘러 상대의 머리를 베거나 혹은 상대가 타고 있는 말을 베어내고 있었다.

수백 명의 병사가 한데 엉킨 전장에서 사람의 목숨은 동전 한 닢의 가치도 지니지 못한 듯 보였다. 동료의 죽음을 슬퍼하는 것은 싸움이 끝난 후로 미룬 것일까. 동료의 죽음은 같은 편의 병사들을 위축시키기보다 오히려 더욱 강렬한 살기를 일으키며 적을 향해 돌진하는 원동력이 되고 있었다.

"좀 가까이 가볼까?"

귀령파파가 다시 걸음을 옮겼다. 싸움 구경을 하는 것이라면 백여 장 거리에서도 충분한 두 사람이었지만, 귀령파파가 단순히 송문악에게 이민족들의 싸움을 보여주려고 산을 내려온 것은 아니었다.

후훅!

전장에서 삼십여 장 안쪽으로 다가서자 싸우는 자들의 숨소리까지 들려오기 시작했다. 그리고 송문악은 왜 귀령파파가 자신을 이곳까지 데려왔는지 깨달았다. 그는 그가 지금껏 보았던 죽음과는 전혀 다른 형태의 죽음을 눈앞에 두고 있었다.

그것은 송문악이 지금껏 보아왔던 것 중 가장 처절한 죽음이었다. 화옥청, 송무군, 그리고 원강 하구에서의 수많은 무림인들의 죽음들… 송문악은 지금껏 수많은 죽음을 경험했다. 하지만 단연코 그 모든 죽음들과 지금 자신의 눈앞에서 펼쳐지는 죽음은 달랐다. 이 이민족들의 전투에 의해 일어나는 죽음은 그 어떤 죽음보다도 처절했다.

이유는 송문악도 알 수 없었다. 그들이 쏘는 화살, 그들이 쳐내는 칼… 모두 무림에서도 사용되어지는 병기들이었다. 다른 것이 있다면 무림의 인물들은 단전에 쌓인 진기의 힘을 빌어 도검을 휘두르고 이 이민족들은 어릴 때부터 단련된 근육의 힘을 빌어 도검을 휘두른다는 차이뿐. 하지만 검에 목이 잘리고, 가슴이 갈리고, 팔이 떨어져 나가 죽음을 맞는 것은 같았다.

송문악이 시선을 다른 쪽으로 돌렸다. 더 이상 처절한 살육의 현장을 지켜보고 있기 힘들었기 때문이다.

"돌아갈까?"

귀령파파가 송문악을 보며 물었다. 그녀는 마치 자신이 송문악에게 보여주고자 했던 것을 모두 보여준 사람처럼 말했다. 그녀는 처절한 죽음의 전장에서도 여전히 담담했다. 귀령파파의 물음에도 입을 다물고 있던 송문악이 잠시 후 고개를 저었다.

"좀 더 보지요."

그리곤 다시 전장으로 시선을 돌렸다.

"그러든지."

귀령파파가 무덤덤한 말투로 대답했다.

송문악은 여전히 처절한 죽음이 일어나고 있는 전장으로 다시 시선을 돌렸다. 그리고 이번에는 꽤 오랫동안 고개를 돌리지 않고 전장을 응시했다. 죽어가는 자들 하나하나의 얼굴과 죽이는 자들 하나하나의 얼굴을 마치 영원히 잊지 않으려는 듯 뚫어져라 응시하는 송문악이었다.

어느덧 싸움의 승패가 갈리고 있었다. 머리에 은빛 투구를 쓴 기병들이 이제는 채 이십여 명밖에 남지 않은 적을 한곳으로 몰아넣고 마지막 공격을 가하고 있었다.

죽음의 성격이 변했다. 처절함이 사라지고 잔인함이 드러났다. 남은 이십 명을 공격하는 은빛 투구를 쓴 자들은 승리의 환희에 취해 궁지에 몰린 적의 목숨을 자신들의 여흥거리로 삼고 있었다.

"회족의 승리군."

귀령파파가 중얼거렸다. 머리에 은빛 투구를 쓴 자들이 회족인 모양이었다. 회족 무사들의 칼끝 아래 살아남은 몽골 무사들이 말에서 내려 무릎을 꿇고 손에 들고 있던 도를 내려놓았다. 항복이었다. 항복으로 목숨을 구했지만 살아남은 몽골 무사들에겐 죽음보다 더한 치욕이 기다리고 있었다.

"저따위 짓이라니……."

송문악의 목소리가 분노로 흔들렸다.

"그것이 죽은 자신들의 동료들에 대한 보답이라고 생각하나 보지."

귀령파파가 여전히 아무렇지도 않은 듯 대답했다.

여전히 말을 타고 있는 회족 무사들이 차례로 무릎을 꿇은 이십여 명의 몽골 무사들에게 다가와 침을 뱉었다. 모욕하는 자나 모욕당하는 자나 그것이 당연한 일인 듯 받아들이고 있었다. 항복한 몽골족 중 회족의 행동에 반발하는 자는 한 명도 없었다.

"저들은 어떻게 되죠?"

"죽거나 혹은 노예로 팔려가거나……."

"왜 싸우는 거죠?"

"초원을 얻기 위해!"

"초원을 얻기 위해 싸운다고요?"

"맞아. 그들은 초원을 위해 싸우지. 초원은 유목민들에겐 생명과 같은 것이지. 그래서 그들은 죽음을 무릅쓰고 싸우는 것이다. 또한 그래서 그들의 싸움은 처절하다. 부족의 운명을 건 싸움이니까. 오로지 생존을 위한 원초적인 싸움이랄까?"

"하지만 잔인하군요."

"잔인? 넌 혹시 과거 운남에서 보았던 죽음보다 저들의 죽음이 훨씬 잔인하다고 느끼는 것이냐?"

귀령파파의 물음에 송문악이 고개를 끄덕였다. 운남에서 송문악은 많은 사람들의 죽음을 봤지만 시선을 돌리지 않았다.

"난 그렇게 생각하지 않는다. 적어도 저들의 죽음은 가치가 있는 죽음이지. 죽이는 사람도 그렇고 죽는 사람도 그렇고 모두 부족의 생존이라는 절실한 이유에 의해 이 전장에 나선 사람들인 것이다. 그래서… 생존을 위해 싸우는 자들의 죽음 이라서 더 처절하게 느껴질 수도 있다. 하지만 잔인한 것은 아니다. 잔인한 것으로 따지자면 무림의 죽음이 훨씬 잔인하 다고 할 수 있지. 무림에서 벌어지는 대부분의 죽음은 생존을 위한 죽음이 아니거든! 무림인들은 욕망을 위해 상대를 죽이 고 자신도 죽어가지. 어떤 자들은 오로지 쾌락만을 위해 상대 를 죽이기도 하고……. 어떤 것이 더 잔인하다고 생각하느 냐?"

틀린 말이 아니었다. 무림인들이란 대부분 욕망을 위해 목 숨을 거는 존재들이었다. 하지만 설명되어지는 죽음과 느끼 는 죽음은 다르다. 송문악은 여전히 눈앞에서 벌어지는 죽음 이 더 잔인하다고 느끼고 있었다. 그렇다고 귀령파파의 말이 틀렸다고 말하지는 않았다. 그도 귀령파파의 말이 옳다는 것 을 알고 있었기 때문이다.

"하지만 적어도 저것은 생존을 위한 죽음은 아니군요. 승 자의 잔인한 유희랄까?"

"유사 이래 전쟁의 패자가 겪어야 될 일들이지."

회족의 무사 한 명이 항복한 몽골의 무사 한 명을 자신의 말 앞으로 끌어냈다. 그리고는 그의 팔목을 굵은 줄로 동여매 더니 그 줄의 다른 한 끝을 자신의 말안장에 동여맸다. 회족 무사가 말 위에 올랐다. 그리고 무서운 속도로 초원을 달렸다. 승자의 잔인한 유희가 벌어지고 있었다.

"저자는 아마도 몽골 부족의 우두머리인 듯하군."

귀령파파가 눈살을 찌푸리며 말했다. 전쟁에 패한 우두머리에겐 좀 더 잔인한 형벌이 기다리고 있었던 것이다. 초원에 큰 원을 그리며 서너 바퀴를 돈 회족 무사가 자신의 동료들이 있는 곳에서 말을 멈추고는 몽골 무사의 손을 묶었던 줄을 풀어냈다. 형벌은 끝났지만 몽골 무사는 일어서지 못했다.

"돌아가죠."

송문악이 말했다. 기분 나쁜 구경이었다. 그의 말끝에 불쾌한 기운이 묻어났다.

"그러지."

송문악의 기분이야 좋든 말든 귀령파파의 대답은 여전히 덤덤하다. 그런데 두 사람이 막 신형을 돌려 강 쪽으로 돌아오려던 찰나 부족 간의 싸움에서 승리를 거둔 회족의 무사들이 웅성거리기 시작했다. 그러더니 그중 대여섯 명이 말을 몰아 두 사람이 있는 곳으로 다가오기 시작했다.

"이제야 우릴 발견한 모양이군."

귀령파파가 다가오는 회족 무사들을 보며 중얼거렸다. 허리춤에 이르는 초원의 풀 때문에, 그리고 목숨을 건 싸움 때문에 두 사람을 뒤늦게 발견했음이 분명해 보였다.

"가죠. 서로 볼일이 없는 사이니."

송문악이 번거로운 일이 생길 것을 꺼려하며 말했다.

"그러자구. 괜히 말을 섞어봐야 귀찮은 일이나 생기지."

귀령파파도 송문악의 생각에 동의했는지 고개를 끄덕이고는 앞서서 무성하게 자란 풀을 헤치며 강 쪽으로 걸어가기 시작했다.

두두두두!

순간 갑자기 급격한 말발굽 소리가 땅을 울렸다.

"저것들이?"

순간 귀령파파의 눈이 가늘어졌다. 두 사람을 향해 다가오던 회족의 무사들이 두 사람이 강 쪽을 향해 걸음을 옮기자 무어라 거친 소리를 질러대며 두 사람을 향해 무서운 속도로 말을 몰기 시작했던 것이다. 더군다나 고삐를 잡지 않은 한쪽 손을 허공으로 높이 쳐들고 있었는데 그 손에는 몽골 무사들의 목을 베던 환도가 번쩍이며 들려 있었다.

"아마도 전쟁에서 승리한 기분을 더 내보고 싶은 모양입니다."

송문악이 피식 웃었다.

"귀찮게 되었군. 여기서 드잡이질을 해야 하나?"

귀령파파 이설이 난감한 표정을 지었다.

"제가 맡죠."

송문악이 허리춤에서 작은 철궁을 꺼내 들며 말했다.

"어디 솜씨 좀 볼까?"

귀령파파가 고개를 끄덕이고는 훌쩍 몸을 날려 뒤쪽으로 물러났다. 그녀의 눈은 송문악의 손에 들린 작은 철궁에 고정되어 있었는데 송문악이 선보일 궁술에 적지 않은 기대를 하고 있는 눈치였다.

송문악이 허리에 매달려 있던 전통에서 화살 네 개를 꺼내들더니 시위를 당기는 손의 다섯 손가락 사이에 하나씩의 화살을 끼워 잡았다. 그리곤 그중 하나를 활시위에 걸고 죽 시위를 당겼다. 철궁이 마치 연약한 갈대처럼 휘어졌다.

"언제 봐도 좋은 활이야."

무리이다 싶을 정도로 휘어지는 철궁을 보며 귀령파파가 감탄사를 흘려냈다.

"우선 너부터!"

송문악이 시위에 건 활 끝을 가장 앞서서 두 사람을 향해 달려오는 회족 무사를 향해 겨누었다. 사내의 모습이 눈에 익었다. 패배한 몽골 부족의 우두머리를 말에 매달고 초원을 달리던 사내였다. 호기롭게 환도를 휘두르며 말을 달리는 사내의 표정은 한껏 자신감에 차 있었다.

퉁!

회족 무사들과 송문악의 사이가 이십여 장으로 좁혀졌을 때 미세한 파공음과 함께 첫 번째 화살이 시위를 떠났다.

슈아악!

일단 시위를 떠난 화살은 무서운 속도로 가장 앞서 달려오는 회족 무사를 향해 날아갔다.

퉁!

그런데 가장 먼저 발사된 화살이 미처 회족 무사에게 도달하기도 전에 또다시 활시위가 튕겨지는 소리가 들려왔다. 어느새 또 다른 화살이 시위를 떠나고 있었던 것이다.

퉁! 퉁!

연이어 두 개의 소성이 터져 나오고 다시 두 대의 화살이 거의 동시에 앞서 간 두 개의 화살을 쫓아 허공을 날아가기 시작했다.

퍽!

히히힝!

다음 순간 가장 앞서 달리던 자의 말이 앞으로 고꾸라졌다. 덕분에 그 말을 타고 무서운 속도로 질주하던 회족 무사 역시 달리던 속도를 이기지 못하고 말에서 떨어져 말의 앞쪽에 꼬꾸라졌다.

그리고 이 급작스런 상황은 송문악을 향해 달려오던 회족 무사 세 명에게도 거의 동시에 일어났다. 첫 번째 화살의 뒤를 쫓아 날아간 세 대의 화살이 정확히 말의 앞다리를 관통했던 것이다.

히히힝!

너른 초원 위에 다시금 다급한 말 울음소리가 터져 나왔다. 송문악과 귀령파파를 향해 달려오던 다섯 명의 회족 무사 중 송문악의 화살 공격을 모면한 사내가 급히 말고삐를 당겨 만들어진 소리였다.

공격은 중지됐다. 단번에 네 필의 말을 고꾸라뜨린 송문악의 궁술은 회족 무사들의 발을 묶기에 충분했다. 송문악이 철궁을 든 손을 높이 들어 성한 말 위에 유일하게 몸을 싣고 있는 사내를 향해 물러가란 손짓을 했다. 그사이 말의 전복으로 땅을 뒹굴었던 회족 무사들이 하나둘 몸을 일으키고 있었다.

송문악의 화살은 그들의 목숨을 노리지는 않았다. 송문악은 그저 전쟁의 승리에 취해 있는 그들의 발을 묶어놓기를 원했을 뿐이었다. 그리고 일은 그의 의도대로 진행됐다. 네 필의 말을 잃은 회족 무사들은 서로 무엇인가 말을 주고받더니 이내 방향을 틀어 자신의 동료들이 있는 곳으로 돌아갔던 것이다.

"가시죠."

송문악이 뒤에 서 있던 귀령파파 이설을 보며 말했다.

"대단하군. 작다고 우습게보았더니……."

귀령파파가 송문악의 손에 들린 철궁을 보며 말했다.

"적어도 귀곡육보 중 하나이니까요."

"그렇지, 귀곡육보의 하나지. 그나저나 너는 어느새 궁술을 그렇게 익힌 것이냐. 난 그동안 네가 그 철궁을 손에 드는 것을 거의 보지 못했는데?"

"그저 틈틈이 시위를 걸고 당겨본 정도지요."

송문악이 회족 무사들이 모두 돌아가는 것을 확인하고는 철궁의 한쪽에서 시위를 벗겨내며 말했다. 시위를 벗겨내자 철궁은 한 자루 철봉으로 변했는데 그래 봐야 그 길이가 어른 팔 길이보다 작았다. 철궁을 사용한 후에는 항상 시위를 풀어두는 것이 철궁의 상태를 최적으로 유지하는 방법이란 것은 능숙한 궁사들이나 아는 일인데 그 방법을 터득하고 있는 송문악이었으므로 그저 틈틈이 철궁을 익혔다는 말은 사실이 아닐지도 몰랐다.

"넌 재능이 뛰어난 아이야."

"칭찬이죠?"

"그럼 칭찬이지. 하지만 너의 그 재능보다도 네 노력이 지금의 성취를 이루게 한 것이겠지. 넌 내가 본 사람 중 끈기가 가장 강한 사람 중 하나야."

"그건 칭찬인가요? 혹 고집이 세다고 흉을 보시는 게 아닌지……?"

"끌끌, 머리도 좋아. 그것까지도 알아채다니."

귀령파파 이설이 낮은 웃음을 흘려냈다.

"어서 가시죠. 산에 오르면 날이 저물겠습니다."

송문악이 앞서서 걷기 시작했다. 세 사람이 머물고 있는 산의 동쪽은 이미 산 그림자로 어두워져 있었다. 초원의 서쪽은 핏빛처럼 붉게 물들어 있었다. 귀령파파가 그 석양을 흘낏 바라보고는 송문악의 뒤를 따라 걸음을 옮겼다.

통나무배에 부딪치는 강물이 건너올 때보다 한결 차게 느껴졌다. 노를 젓고 있는 송문악은 그 차가운 물이 튕겨 올라 자신의 손을 적실 때마다 흠칫흠칫 놀랐다. 평소엔 아무렇지도 않았던 강물의 차가움에 놀라는 것은 극히 원초적인, 그래서 너무도 처절한 죽음을 목격한 후 송문악의 마음 한쪽이 텅 비어 있었기 때문인지도 몰랐다.

통나무배가 다시 석산 아래쪽 강변에 닿자 송문악은 배를 땅 위로 끌어 올려 사람들의 눈에 띄지 않는 곳에 숨기고는 이미 석산 하단에 형성된 숲으로 발걸음을 옮기고 있는 귀령파파를 빠른 속도로 따라붙었다. 숲은 이미 어두웠다. 초원 쪽은 마지막 석양이 벌겋게 피를 토하고 있었다.

"왜 저에게 두 부족의 싸움을 보여주시려 한 겁니까?"

문득 아무 말 없이 귀령파파 이설의 뒤에 따라붙었던 송문악이 물었다. 하지만 귀령파파는 한동안 대답이 없었다. 그녀는 그저 급히 산을 오를 뿐이었다. 그러다 숲이 끝나고 우악스런 바위들이 산을 점령하고 있는 곳에 이르자 그녀가 문득 입을 열었다.

"강호의 싸움은 여러 형태가 있다. 명예를 위해서 싸우기도 하고, 원한에 의해 싸우기도 하고, 정염에 불타 검을 뽑기도 하고, 순전히 죽음의 쾌락을 즐기기 위해 거리낌없이 칼을 휘두르기도 한다. 이제 너도 그런 싸움의 한가운데로 뛰어들게 되겠지. 너를 죽이려는 자들도 있을 것이고 네 검에 죽어가는 자들도 있을 것이다. 넌 수많은 형태의 죽음을 대하게 될 테지. 오늘 난 그중 한 형태의 죽음을 너에게 보여주려 한 것뿐이다. 모든 형태의 죽음에 익숙해지는 것, 그것이 바로 강호무림인들이 지녀야 할 기본적인 조건이니까. 참 더러운 조건이라 할 수 있지."

귀령파파가 잠시 말을 끊었다. 송문악의 표정은 몹시 어두웠다. 모든 형태의 죽음에 익숙해지는 것이 강호무림인의 첫 번째 조건이라는 귀령파파의 말에 불현듯 자신이 그 죽음의 세계로 들어가야 할 날이 머지않았다는 것을 깨달은 것이다.

"그리고 난 네가 오늘 본 생존을 위한 이 원초적인 죽음을 항상 기억하기를 바란다. 저들 두 부족의 용사들에게 주어지는 죽음이야말로 가장 죽음다운 죽음이라 할 수 있을 것이다. 부족의 생존을 위한 죽음이니까. 저들의 그 비장함과 처절함을 네가 기억하기를 바라는 것이다. 네 적들은 아닐지 몰라도 적어도 너는 저들과 같은 마음… 즉, 생존을 위한 처절함으로 그들과 싸워야 할 것이다. 네가 그들을 죽이지 않으면 네가 죽을 것이니까. 그리고 본시 생존을 위해 싸울 때 사람은 제일 강해지는 법이지……."

귀령파파가 자기가 할 말은 다 했다는 듯 좀 더 속도를 높여 석산을 날아오르기 시작했다. 송문악은 여전히 천천히 같은 속도로 걸음을 옮겼다. 아니, 오히려 좀 더 느려진 모습이었다. 금세 귀령파파 이설과 송문악의 거리가 벌어졌다.

고개를 돌리자 한바탕 살겁이 벌어졌던 초원에 어둠이 깔려 있었다. 핏빛 노을은 어느새 사라지고 없었다. 송문악이 잠시 그 자리에 서서 한나절 동안 생존을 위한 싸움이 벌어졌던, 그리고 지금은 어둠에 잠긴 초원을 응시했다. 그리고 얼마 후 스스로에게 중얼거렸다.

"저곳이 곧 강호다. 난 곧 저 어둠 속으로 들어가겠지. 많은 죽음을 맞이해야 할 거야. 내 손으로 만들어지는 죽음들이 날 기다리고 있을 것이다. 난… 그 죽음에 익숙해질 수 있을까?"

송문악이 깊은 생각에 잠겼다. 죽음에 익숙해지지 못한다면 그는 아마도 자신의 존재를 신기루의 주재자들에게 드러내는 순간 그들의 마수를 피할 수 없을 것이다. 그것은 무공의 고하와는 무관한 것이다. 그는 갓 살검을 잡은 초보자이고 상대는 수백 년 동안 죽음을 만들어온 절대자들이었다. 죽음에 익숙해져야 했고, 또 일반적인 무림의 싸움과는 전혀 다른 형태의 접근이 필요했다.

"다른 형태의 죽음이라……."

혼잣말을 중얼거리던 송문악의 눈이 한순간 반짝였다.

"그래, 그분을 만나봐야겠어!"

송문악이 어둠에 싸인 초원으로부터 몸을 돌렸다. 그의 신형이 빠르게 석산을 타고 올라 이내 어둠 속으로 사라졌다.

"살황?"

장사성이 뜬금없는 송문악의 물음에 들었던 찻잔을 내려놓으며 되물었다.

"예."

"그는 왜?"

"그분을 만나고 싶어서요."

그러자 옆에 앉아 있던 귀령파파 이설이 대화에 끼어들었다.

"왜 갑자기 살황을 만나고 싶어진 거지?"

"그분에게 죽음을 배우고 싶습니다."

"그게 네가 어제 초원의 두 부족 간의 전쟁을 보고 내린 결론이냐?"

귀령파파 이설의 물음에 송문악이 고개를 끄덕였다.

"난 그저 네게 많은 형태의 죽음 중 하나를 보여주려고 했을 뿐이었는데……."

"전 그들을 상대하기 전에 좀 더 강호의 죽음에 익숙해질 필요가 있다고 느꼈습니다. 그리고 제가 지금까지 보아왔던 사람들 중 죽음에 관한 한 가장 익숙하다고 느꼈던 인물이 떠올랐죠."

"그게 바로 살황이란 말이지?"

송문악이 고개를 끄덕였다.

"맞는 말이긴 하다만……."

장사성이 말꼬리를 흐렸다.

송문악이 유행촌에서 신기루의 고수들에게 쫓길 때 잠시
얼굴을 보았던 살황 고산앙은 당금 강호무림의 십대괴객 중
한자리를 차지하고 있는 사람이었다. 십대괴객은 무공이 구
대문파의 고수들과 겨루어도 밀리지 않을 정도로 뛰어날뿐더
러 저마다 특출난 재주를 지닌 열 명의 강호고수를 일컫는 말
이었다.

애초에 십대괴객이란 말은 특정인을 지정해서 나온 말이
아니라 강호의 호사가들이 오래전부터 특출난 재주를 가진
사람 열 명을 지칭하는 말로 이어져 온 것이었다.

그래서 세월이 흐르고 시대가 변하면 십대괴객으로 꼽히
는 인물들도 달라지게 마련이었다. 어느 때는 말하는 사람에
따라 십대괴객으로 꼽는 인물이 서로 다르기도 했다. 하지만
어쨌든 강호에서 십대괴객의 한 명으로 꼽힌다는 것은 그만
큼 그의 무공이 절정의 수준에 올랐다는 것을 의미하는 것이
라고 할 수 있었다.

살황 고산앙은 그 십대괴객 중 강호무림에 가장 무서운 두
려움을 주는 존재 중 하나였다. 그는 살수의 제왕이었던 것이
다.

"그는 무척 폐쇄적인 인물이야. 십대괴객 중 가장 얼굴이
알려지지 않은 사람이지. 천하에서 오직 세 사람만이 그의 얼

굴을 알고 있지. 하긴 그러니 살수 노릇을 하고 있긴 하겠지만……."

"하지만 오 년 전 유행촌에서는 자신의 얼굴을 우리에게 보여주었잖아요."

"그건 나와 천학이 그의 얼굴을 알고 있는 세 사람에 속하기 때문에 굳이 숨길 필요가 없었던 거지."

"그러고 보니 두 분은 살황이란 분과 친분이 있던 것 같았습니다만."

"끌끌, 친분이랄 것까지야 없지. 본시 십대괴객이란 것은 강호에서 말하기 좋아하는 사람들이 만들어낸 것이라 동시대의 십대괴객이라 해도 서로 친분을 가지고 있는 것은 아니야. 그중에는 평생 서로 얼굴을 보지 못하고 지내는 사람들도 있지. 당금의 십대괴객으로 꼽히는 사람들 중 살황과 그나마 이야기를 나눌 수 있는 사람에 나와 천학이 포함되지만 우리가 뭐 아주 친하거나 그런 것은 아니야. 유행촌에서 그가 우리 일을 도왔던 것은 천학이 그에게 청부를 했기 때문에 가능했던 일이지."

"당시에 장학사님이 그에게 전표를 주시는 것은 저도 보았지요."

"그렇군. 너도 그곳에 있었으니. 어? 그러고 보니 이제 무림에서 그의 얼굴을 알고 있는 사람이 한 명 더 늘어난 것이군. 너도 그의 얼굴을 기억하고 있겠지?"

"그게 참 이상해요. 이상하게 그분의 얼굴이 기억에 남아 있지가 않아요. 떠오를 듯하면서도 말이죠. 단지, 전 그분의 목소리만을 기억할 뿐이에요. 그리고 그 목소리 때문에 전 아직도 그분이 살수의 제왕이라고는 믿겨지지 않아요."

"하하하, 그렇지? 그는 자신의 얼굴을 묘하게 감추는 능력을 가지고 있지. 그를 본 사람도 그를 기억하지 못하게 하는 기술 말이야. 그리고 그의 목소리… 너무도 수더분하지. 정말 그와 같은 사람이 살수라는 것을 믿을 수 없게 말이야. 그리고 그의 심성 또한 무척 순한 편이지. 마음도 여리고……."

"마음이 여리다고요? 그런데 어떻게 그런 분이 살황이 될 수 있었던 거죠?"

어떤 형태의 살인이든 사람의 몸에 칼을 꽂아 넣는 사람의 마음은 독해야 한다. 독하지 않은 사람은 절대 사람을 죽일 수 없다. 그런데 천하에서 가장 사람을 매끄럽게 죽이는 인물로 알려진 살황이 마음이 여리다니, 송문악으로서는 믿기 어려운 이야기였다. 대답은 장사성으로부터 흘러나왔다.

"그는 마음이 여리기 때문에 최고의 살수가 될 수 있었던 거다."

"그게 무슨……?"

"전해지는 말에 의하면 그는 소를 잡는 백정의 아들이었다고 하더구나. 그러니 태어나면서부터 죽음과 함께 자랐다고 할 수 있었지. 그래서 그는 살수가 되기 이전부터 죽음에 아주 익숙한 사람이었다고 한다. 죽음이란 사람이나 동물이나 모두 동일한 의미니까. 수천 마리의 소가 그의 아버지 손에 의해 죽어가는 것을 보고 자란 그에게 죽음은 일상생활이 된 것이지. 그는 죽어가는 수천 마리의 소를 보며 무척 가슴이 아팠다고 하더군. 하지만 결국 그도 소를 잡는 백정의 길로 들어설 수밖에 없었다. 본시 백정의 아들이 할 수 있는 일이라고는 백정질밖에 없었으니까. 그의 아비가 죽은 이후 그는 아비의 직업을 이어받았지. 그에게는 봉양해야 할 노모와 누이가 있었으니까. 생존을 위해 살육을 하는 것을 너도 어제 보았지?'

송문악이 고개를 끄덕였다. 초원에서 벌어진 두 부족의 싸움도 원인은 바로 생존에 있었다. 유목민에게 초지를 차지하는 것은 곧 삶이고 초지를 잃는 것은 죽음이었다.

"그렇게 그는 도살의 길로 들어섰다. 하지만 그는 몹시 마음이 약했지. 그는 도살을 하면서도 죽어가는 소에 대한 연민이 대단했다고 하더군. 그래서 그는 고통없이 소를 죽일 수 있는 방법들을 스스로 익혀 나가게 된 것이다. 그의 아비로부터 배운 소 잡는 법에 더해 그 스스로 수천 마리의 소를 죽여가며 그는 드디어 소를 전혀 고통없이, 아주 편안한 상태로 죽일 수 있는 살법을 터득했던 것이다. 그는 최고의 백정이 된 것이지."

"그런 분이 어쩌다 살수가 되었죠?"

"정확한 사정은 나도 모르겠다. 이 이야기도 그에게 직접 들은 것이 아니라 그를 알고 있는 또 다른 한 사람으로부터 들은 것이니까."

"그를 알고 있는 다른 한 사람은 대체 누구죠?"

"한천녀(恨天女) 옥소화(玉昭華)가 그를 알고 있는 또 한 사람이다."

"한천녀 옥소화?"

송문악이 고개를 갸웃거렸다. 들어본 듯한 이름이다. 별호와 이름이 너무 어울리지 않는 이 느낌을 언젠가 한 번 느꼈던 적이 있었던 것 같았다.

"역시 십대괴객 중 일인이지."

귀령파파가 송문악의 궁금증을 풀어주었다.

"아! 바로 그녀였군요. 강호 최대의 기루를 운영한다는……."

그제야 송문악의 머릿속에 한천녀 옥소화에 대한 기억이 떠올랐다. 간혹 장사성은 송문악에게 무림의 주요 고수들에 대한 이야기를 들려주곤 했는데 그 사람들 중에 그녀의 이름이 들어 있었던 것이다.

한천녀 옥소화는 천하에 열 개의 기루를 가지고 있었다. 그중 동정호 변에 있는 그녀의 기루는 강호에서 가장 큰 기루로 알려져 있었다. 하지만 아무리 큰 기루라 해도 일개 기루의 주인이 무림의 십대괴객에 꼽히기는 힘들었다. 당연히 그녀는 일개 기루의 주인은 아니었다.

그녀는 천하에서 가장 빠른 발을 가진 무림인 중 하나였으며 일백 개의 연꽃을 만들어내는 그녀의 수공(手功)은 강호십대수공 중 하나로 알려져 있었다. 또한 그녀는 천하에서 가장 많은 정보를 가지고 있는 사람 중 하나였는데 그녀가 운영하는 기루는 그녀가 천하의 정보를 얻는 근거지가 되고 있었다.

"그녀가 어떻게 살황을 알고 있죠?"

"왜냐하면 그녀가 그의 청부를 받아주니까."

"아! 그렇군요. 그렇다면 둘은 동업자였군요."

"글쎄. 그렇다고 할 수도 있고 그렇지 않다고 할 수도 있지. 그가 그녀를 통해 대부분의 청부를 받고는 있지만, 그 둘이 어떤 특별한 관계나 유대를 가지고 있는 사람들은 아니지. 그리고 살황 고산앙은 그녀 말고도 다른 여러 경로로 청부를 받기도 하지. 그러니까 그녀가 살황에게 청부할 수 있는 유일한 통로는 아니라는 거야."

"그렇군요. 하지만 어쨌든 그녀를 찾아가면 그분을 만날 수 있겠군요."

"그게 쉬운 일이 아니란 거지. 먼저 한천녀 옥소화를 만나는 것부터가 어려운 일이야. 그녀는 천하에 흩어져 있는 자신의 열 개 기루를 쉬지 않고 돌고 있기 때문에 그녀가 어디에 있는지 알기도 어려울뿐더러, 설혹 그녀가 있는 기루를 안다고 해도 그녀는 좀처럼 타인을 만나지 않거든. 그리고 그녀를 만났다고 쳐도 그녀가 살황이 있는 곳을 알고 있다고도 장담할 수가 없고……."

"그녀가 그 어른이 있는 곳을 모른다는 건가요?"

"당연히 모르지. 누가 살황의 거처를 안다면 그날로 살황을 쫓는 사람들 수천이 그녀에게 몰려들걸? 그래서 한천녀는 살황이 어디에 머물고 있는지 알려고 하지 않고, 알고 싶지도 않을 거야."

"그럼 청부는 어떻게 전하죠?"

"그야 자신들만의 연락 방법이 있겠지. 그리고 살황은 청부를 그리 많이 받는 사람이 아니야. 어떤 때는 일 년에 단 한 번의 청부도 받지 않을 때도 있지. 그에게 청부를 하려면 보통 까다로운 조건을 통과하지 않으면 안 되니까."

"어떤 조건들이 있지요?"

"먼저 그는 몹시 비싸다."

당연한 말이었다. 천하에게 가장 뛰어난 살수를 고용하는 비용이 적을 리 없었다.

"두 번째는 죽을 만한 인물을 청부해야 한다."

"죽을 만한 인물이요?"

"그렇지. 살황 스스로의 기준에 이자는 정말 죽어 마땅한 인물이라는 판단이 서야 살행에 나선다는 것이지. 해서 그에게 들어오는 청부 중 그가 청부를 승낙하는 것은 열 중 한둘에 지나지 않는다. 더불어 여자와 아이는 아예 청부 대상에서 제외지."

"정말 까다로운 조건이군요. 하지만 역시 특이한 사람인 것은 분명하군요. 특별한 일이 없어도 꼭 한 번 만나고 싶다는 생각이 들 정도로요."

"이런… 그를 만나기가 어렵다는 말을 하려던 것이 오히려 그에 대한 호기심만 키운 꼴이 되었군. 어쨌든 네가 그를 만나려 한다면 말리지는 않겠다. 하지만 그를 만나는 것은 몹시 어려운 일이란 것을 알아야 한다. 그리고 그를 만나도 그에게서 살법을 배우는 일은 더더욱 어려운 일이라고 할 수 있지."

"두 분의 친분으로도 안 되나요?"

이번 질문에는 귀령파파 이설이 대답했다.

"그는 친분으로 일을 맡는 사람이 아니야. 그는 오로지 거래에 의해 일을 맡는 사람이다. 그리고 그런 식의 행보가 그를 천하에서 가장 무서운 살수로 성장시킨 것이지. 그래도 그를 찾아보겠느냐?"

송문악이 망설이지 않고 고개를 끄덕였다. 순간 귀령파파 이설의 눈에 아쉬운 기색이 스쳤다.

"이렇게 이곳 생활도 끝이군."

"지루할 때도 되었죠."

장사성이 귀령파파의 아쉬움을 눈치 채고 위로하듯 대답했다.

"글쎄. 지루하다기보다 즐거움이 많았던 시간이었던 것 같

수. 아마도 죽을 때까지 이곳에서 보낸 오 년의 시간을 잊지 못할 거외다. 늘그막에 좋은 추억거리를 가지게 되었어."

귀령파파가 자리에서 일어나 자신의 방으로 들어갔다. 아마도 그녀는 이 석산에서의 생활을 정리한다는 것이 못내 서운했던 모양이었다.

"저 양반은 너를 무척 아낀단다."

장사성이 송문악을 돌아보며 말했다.

"알고 있습니다."

"나도 너를 아낀다."

"역시 알고 있습니다."

송문악이 연신 고개를 끄덕였다.

"그래서 오 년이 지난 지금 우리 두 사람의 가슴 한편에는 네가 하고자 하는 일을 하지 않기를 바라는 마음이 자리 잡고 있다. 그것도 알고 있느냐?"

송문악이 다시 한 번 고개를 끄덕였다.

"그래도 넌 여전히 살황을 만나러 갈 것이고, 또 네가 하고자 하는 일을 시작하겠지?"

"누구든 살면서 반드시 해야 할 일들이 있게 마련이니까요."

"껄껄껄, 올해 네 나이가?"

"올겨울이 지나면 스물이지요."

"중원에 도착하면 스물이 되겠군. 하지만 역시 어려……"

"일을 시작하기 전에 좀 더 시간을 갖도록 하겠습니다."

"잘 생각했다. 일단 경험이 중요해. 살황을 만나는 것을 굳이 반대하지 않는 이유도 경험을 쌓는다는 면에서 보면 살황의 곁에 있는 것도 좋은 경험이 될 듯해서이다. 적어도 그는 무림의 가장 어두운 부분을 살아가는 사람이니까. 좋은 경험이 될 거야. 배를 만들어야겠다."

갑작스런 배 이야기에 송문악이 장사성을 바라봤다.

"배라뇨?"

"배가 배지 뭐겠느냐?"

"배를 왜?"

"강이 얼기 전에 이곳에서 배를 띄울 수 있다면 쉽게 중원에 도달할 수 있을 것이다. 그즈음 되면 한천녀 옥소화가 어디에 머물고 있는지 알게 되겠지."

"그렇겠군요. 전 이곳에 올 때와 같이 육로로 이동할 생각을 했었는데 확실히 배가 편하고 좋지요. 우리 세 사람을 태우고 강을 따라 내려가려면 제법 큰 배가 필요하겠는데요? 내일부터 조금 바빠지겠어요."

"물론 배를 만드는 일은 네 몫이니까. 그나저나 너의 무공은 어떠냐? 강호에 나설 자신이 있는 것이냐?"

"육양공(六陽功)은 자유롭고 육보(六寶)는 손에 익었습니다."

"좋아. 경험이 필요한 시기야. 떠나야 할 때인 것이 맞다.

쉬거라. 준비는 내일부터 하고…….”

　다음날부터 송문악은 석산 아래 숲으로 내려와 아름드리
나무들을 베어 뗏목을 만들기 시작했다. 북방의 침엽수는 오
랜 시간 추위를 견디며 자랐기에 단단하기가 쇠와 같았으나
육양공을 통해 공력이 일취월장한 송문악의 힘을 당해낼 수
는 없었다. 송문악의 손에서 흑도가 한번 휘둘러질 때마다 아
름드리나무의 기둥이 움퍽움퍽 패어나갔고, 서너 번의 움직
임만으로 나무들이 비명을 지르며 쓰러져 나갔다. 송문악은
쓰러진 나무들을 다듬은 후 같은 길이로 잘라냈다. 그렇게 어
른 허리 굵기의 통나무들 이십여 개가 모이자 단단한 밧줄로
그것들을 동여매 뗏목을 만들기 시작하는 송문악이었다.

　그렇게 송문악이 석산 아래 송림에 머물기 시작한 지 삼 일
만에 뗏목이 완성됐다.

　“좋구나.”

　삼 일 동안 송문악이 만들어놓은 뗏목을 보며 장사성이 고
개를 끄덕였다. 뗏목은 넓이가 이 장, 길이가 오 장 정도 되는
제법 큰 크기로 만들어져 있었다. 뗏목 위에는 세 사람이 한
번에 들어가도 넉넉할 정도의 공간을 가진 통나무 집이 올려
져 있었는데. 워낙 꼼꼼히 만들어져 비바람을 능히 피할 만했
다.

　“언제 떠날 생각이오?”

귀령파파가 장사성을 보며 물었다.

"오늘은 늦었고, 내일 바로 떠나기로 하시죠."

귀령파파의 얼굴에 살짝 아쉬움이 깃드는가 싶다가 이내 그녀의 얼굴이 펴졌다.

"하긴 떠날 거면 추워지기 전에 얼른 떠나는 것이 좋겠지. 알겠수. 오늘 밤 짐을 챙겨놔야겠군."

그날 밤 송문악은 뗏목을 만들며 준비한 몇 개의 소나무 판자로 넓이 한 자, 길이 석 자 정도의 목함을 만들었다. 그리고 그 안에 마창, 철궁, 흑도, 그리고 청명검을 깨끗한 천에 싸 소중하게 넣은 후 뚜껑을 덮었다. 그런 후 다시 회색 천으로 그 목함을 둘둘 만 뒤에 그것을 등에 걸어 맬 수 있게 양쪽 끝을 이었다.

"좋아, 준비가 끝났군. 이제 떠날 일만 남았어."

송문악이 천천히 자신의 방을 둘러보았다. 눈에 익은 벽과 천장, 그리고 사소한 물건들이 정겹게 느껴졌다.

"떠날 때가 있는 법이지."

송문악이 중얼거렸다.

다음날 해가 뜨자 세 사람은 석산의 통나무 집에서 내려와 뗏목을 강물에 띄웠다. 뗏목은 세 사람을 태운 채 황하의 격류에 올라서자 무서운 속도로 산과 산 사이를 뚫고 흘러내려가기 시작했다. 일단 뗏목이 움직이기 시작하자 세 사람의 아쉬움과는 상관없이 순식간에 그들이 살았던 석산의 모습이 다른 산에 가려 시야에서 사라졌다.

"이별의 순간은 이렇게 짧은 것이야."

귀령파파가 시야에서 사라져 버린 석산 쪽에서 고개를 돌리며 중얼거렸다.

第七章

삼문(三門) 지키는 신선(神仙)

강폭이 급격하게 줄어들었다. 뗏목의 속도가 몰라보게 빨라졌다. 멀리 강 옆으로 끝없이 펼쳐진 험준한 단애가 눈에 들어왔다. 황하 하류로 들어서는 관문 삼문협이 시작되고 있었다.

"그만 뭍으로 나가는 것이 좋지 않겠수?"

귀령파파 이설이 장사성에게 물었다.

"물살이 빠르지만 지나가지 못할 것은 아니지요."

장사성이 귀령파파와 생각이 다른지 그대로 삼문협의 격류를 통과하자는 속내를 내비쳤다.

"물론 그렇긴 하오만⋯⋯."

"무슨 다른 문제라도……?"

"그를 만날지도 모르는지라……."

그제야 장사성이 무엇인가를 깨달은 듯 한 손으로 자신의 이마를 쳤다.

"이런, 정말 내가 늙었나? 그 일을 생각조차 못하다니……. 죄송합니다. 이 장모가 실수를 했습니다."

"이제야 생각이 나신 모양이구려. 천학도 정말 늙은 모양이야. 그 술귀신을 잊고 있었다니."

"그가 아직 삼문을 지키고 있을까요?"

장사성이 물었다.

"그는 삼문협에서 태어났고, 삼문협에서 자랐으며, 삼문협에서 무공과 명성을 얻었으니 그가 삼문협을 떠난다는 것은 생각하기 어려운 일이 아니겠소?"

"흠… 한 번 만나보시는 것도……."

"쓸데없는 짓. 그가 술귀신이 된 것은 물론 자업자득이지만 나 또한 일말의 책임이 없다 할 수 없고, 그가 아직 술독에서 헤어 나오지 못했다면 우린 만날 때가 된 것이 아니겠지. 그를 피해갑시다."

"생각이 그러시다면 그렇게 하지요. 하지만 육로를 택한다 해도 역시 그의 영역을 지나야 할 터인데?"

"그렇긴 하지만 수로는 그의 거처에서 바로 내려다보이고, 육로는 그의 거처에서 멀리 떨어져 있으니 역시 육로가 좋지 않겠소?"

"알겠습니다. 파파의 의견을 따르지요."

장사성이 더 이상 자신의 의견을 고집하지 않고 뗏목 뒤에서 노를 잡고 있는 송문악을 돌아봤다.

"뭍으로 뗏목을 대거라. 이곳에서부터는 육로로 가자."

송문악은 이미 두 사람의 대화를 듣고 있었으므로 장사성의 말에 따라 뗏목을 남쪽 강변으로 몰아갔다. 세 사람은 뗏목이 강변에 닿자 간단한 짐만을 챙겨 메고는 뗏목을 벗어나 뭍으로 올랐다.

"그냥 흘려보내거라. 더 쓸 일이 없을 테니."

막 땅 위로 뗏목을 끌어 올리려던 송문악이 장사성의 말을 듣고는 그대로 뗏목을 강물 위로 밀어 넣었다. 그러자 잠시 강물의 흐름에 섞여들지 못하던 뗏목이 결국 강의 중심으로 흘러들어 가더니 이내 삼문협의 빠른 격류에 휩쓸려 천애절벽이 자리 잡은 계곡을 향해 무서운 속도로 떠내려가는 것이었다.

세 사람이 한동안 자신들의 생활의 공간이었던 뗏목이 사라져 가는 것을 아쉬운 듯 바라봤다. 그들은 이제야 석산의 생활이 완전히 끝났다는 것을 느끼고 있었다. 그동안 그들이 타고 내려온 석산에서 벤 나무로 만든 뗏목에서는 여전히 석산의 향기가 풍기고 있었던 것이다.

"갑시다."

귀령파파가 짤막하게 말하곤 뗏목에서 시선을 거두고 강 아래 남쪽으로 이어진 길을 향해 강변의 풀밭을 걷기 시작했다. 송문악과 장사성도 뗏목을 금세 집어삼킨 삼문협의 협곡에서 눈을 떼고 귀령파파의 뒤를 따르기 시작했다.

세 사람이 땅 위를 걷기 시작한 지 이각여가 지나자 사람들이 만들어놓은 길 위에 도착했다. 길은 동남쪽으로 이어져 있었다.

"이 길은 낙양에 닿아 있지요. 한천녀 옥소화는 지금 낙양에 머물고 있답니다."

장사성이 멀리 험준한 산속으로 이어진 길을 보며 말했다. 뗏목을 타고 황하를 따라 내려오는 동안 장사성은 천비문의 문도들을 움직여 한천녀 옥소화의 행방을 확인했던 것이다.

"낙양까지는 열흘이 걸리지 않는 거리군."

"그렇지요. 급하게 가자면 사나흘 안에도 갈 수 있지요."

"그렇게 서두를 것까지야… 오랜만의 중원 나들이인데 경공까지 쓰며 뛰어다닐 필요는 없지. 천천히 갑시다."

귀령파파의 말에 송문악과 장사성도 고개를 끄덕였다. 세 사람의 공력이라면 일반인이 움직이는 것보다 수배는 빠르게 낙양에 도착할 수 있었지만 낙양에 가서 한천녀 옥소화를 만나는 일이 경공을 펼쳐 움직일 정도로 다급한 것은 아니었다.

세 사람은 의견이 모아지자 천하를 유람하는 사람들 마냥 천천히 남쪽으로 난 길을 따라 걸음을 옮기기 시작했다.

                    *   *   *

"인문(人門)에 들겠느냐? 선문(禪門)에 들겠느냐? 그것도
아니면 귀문(鬼門)으로 들겠느냐? 삼문의 신선께서 너희들에
게 답을 들어오라 하셨느니라."

회색 무복을 걸친 중년 사내 둘이 삼문협 인근의 산길을 막
고 일단의 상인들을 겁박하고 있었다. 그들 앞에는 커다란 은
쟁반이 놓여 있었는데 이미 그곳에는 적지 않은 은전(銀錢)과
지전(紙錢)이 담겨 있었다.

두 사내에게 길을 가로막힌 상인들이 잠시 저희들끼리 말
을 주고받더니 이내 서로의 품속에서 전낭을 하나씩 꺼내 들
어 한 사람에게 맡겼다. 전낭을 받아 든 초로의 노인이 사내
들 앞에 놓인 은쟁반 앞으로 다가가 상인들로부터 걷은 전낭
들을 그 위에 공손히 올려놓으며 입을 열었다.

"저희 같은 족속들이 어찌 신선의 고매한 뜻을 헤아릴 수
있겠습니까? 그저 삼문을 지키는 신선께서 아량을 베풀어주
시기를 바랄 뿐입니다."

은쟁반에 전낭을 내려놓은 노인이 두 중년 사내에게 공손
한 태도로 말을 하며 허리를 굽실거리자 길을 막고 있던 두
사내가 흡족한 미소를 지으며 쟁반을 들어올려 전낭에 든 은
자들을 확인한 후 마치 큰 선심이라도 쓰는 듯한 목소리로 입

을 열었다.

"너희들의 정성이 제법 갸륵하다. 하지만 선문에 들 정도는 아니니 인문에 들 것을 허락한다."

두 사내가 상인들을 대표해 앞에 나선 노인에게 황색 첩지를 건넸다.

"신선님의 관대한 처분에 감사드립니다."

노인이 마치 황제로부터 칙서를 받는 벼슬아치인 양 땅 위에 무릎을 꿇고 사내가 건네는 황색 첩지를 공손히 받아 들었다.

"자, 신선께서 길을 허락하셨으니 어서 가십시다."

첩지를 받아 든 노인이 뒤에서 자신과 두 사내의 모습을 걱정스런 눈으로 바라보고 있던 동료 상인들에게 말을 건네자 상인들이 제각기 다행이라는 듯 한숨을 내쉬며 땅에 내려놓았던 짐들을 들쳐 메고 급히 두 사내의 옆을 지나 숲 속으로 이어진 길을 따라 걸음을 서두르는 것이었다.

"오늘은 제법 성과가 좋군."

상인들이 산과 산 사이로 사라지는 것을 보고 있던 두 사내 중 한 명이 입을 열었다.

"휴, 언제까지 이렇게 지내야 하는 것인지……."

그러자 다른 사내가 한숨을 내쉬며 투덜거렸다.

"사부께서는 절대 삼문협을 떠나지 않겠다고 하셨으니 어쩌겠나. 할 수 없는 일이지."

"낸들 그것을 모르는 것은 아닙니다. 단지 각고의 고련으로 익힌 우리의 무공과 흘러가는 시간이 아까워서 하는 소리지요."

"그것이야 애초에 사부의 제자로 들어갈 때부터 작심했던 일이 아닌가? 사부께선 삼문협에서 태어나셔서 삼문협을 근거로 명성을 얻으신 분일세. 그분 스스로는 물론이고 자신의 제자들까지 삼문협 인근에서 백 리를 벗어나는 것을 허락하지 않는다는 것은 이미 오래전부터 알려진 이야기가 아닌가. 우린 그 사실을 알고도 그분의 제자가 된 것이고……."

"물론 사형의 말이 옳지요. 덕분에 우린 제법 괜찮은 무공을 익힐 수 있었지요. 우리 같은 처지에 어디에 가서 사부님과 같은 고수로부터 무공을 전수받을 수 있겠습니까? 하지만 사람의 마음이란 간사해서 무공이 높아지니 강호를 주유하고 싶어지는군요."

그러자 사형이라 불린 사내가 걱정스런 표정을 지어 보이며 정색하여 말을 건넸다.

"자네… 행여 다른 생각 말게. 사부의 명을 어기고 삼문을 벗어난 제자치고 살아 있는 자가 없다는 것은 잘 알고 있겠지? 사부께서는 자신을 찾아오는 자를 거부하지 않아 지금까지 들이신 제자가 모두 백여 명이나 되지만 그중 살아 있는 제자가 겨우 삼십여 명밖에 안 되는 것을 잊어서는 안 되네."

"난들 어찌 그것을 모르겠습니까? 그저 답답해서 하는 소리지요. 이제 그만 돌아가시죠. 이만하면 사부께 족히 한 달은 맛 좋은 명주를 사드릴 수 있는 금액이니……."

"그러세. 하긴 나도 전혀 불만이 없는 것은 아닐세. 이거야 원, 천하의 십대괴객 주마왕(酒魔王) 풍석동(風碩童)의 제자들이 녹림도 노릇이나 할 줄이야 누가 상상이나 했겠는가?"

"가시죠. 말하면 마음만 상하니……."

두 사내가 은쟁반에 든 은전과 지전을 자루 하나에 쓸어 담고 막 길에서 벗어나려 할 때였다. 갑자기 날카로운 목소리가 두 사람의 발걸음을 막았다.

"거기 잠시 서보아라."

들려온 소리가 안하무인이었으므로 두 사내가 눈을 치뜨고 자신들을 부르는 소리가 들려온 곳으로 고개를 돌렸다. 그러자 그들이 지키고 서 있던 길목, 그러니까 삼문협 남쪽을 둘러싸고 있는 험산을 통과하는 산길이 시작되는 곳에 세 명의 젊은이가 모습을 드러내고 있었다.

"허! 이거야 원… 저런 애송이들이라니."

두 사내가 어이없는 표정을 지으며 중얼거렸다.

"지금 너희들이 우릴 불러 세운 것이냐?"

두 사내 중 사형이라 불린 자가 세 젊은이를 보며 물었다.

"그렇다."

세 젊은이 중 하나가 두 사내 쪽으로 걸어오며 냉막한 목소리로 대답했다. 세 명의 젊은이는 한눈에 보아도 귀한 신분을 지니고 있다는 것을 알 수 있을 만큼 뛰어난 용모를 지니고 있었다. 그들은 모두 질 좋은 천으로 만든 청색장삼을 몸에 걸치고 있었는데 그 장삼 안쪽으로 순백색의 무복이 언뜻언뜻 드러나는 것이 보통 가문의 자제들이 아닌 것이 분명했다.

"흐흠, 이거야 원. 막 장사를 접으려는데 새로운 손님이 찾아오다니. 더군다나 이번 손님은 무척 귀해 보이는군. 이보게, 주 사제. 우린 잠시 영업을 더 해야 할 것 같군."

"사형, 오늘은 이미 충분히 이득을 보았으니 저들은 그냥 보내주도록 합시다. 보아하니 강호에 갓 나온 애송이들인 모양인데……."

"하긴, 굳이 저런 애송이들과 실랑이를 벌일 만큼 한가하지는 않지."

사형이란 자가 고개를 끄덕이더니 이미 삼 장 안으로 들어온 세 젊은이를 보며 타이르듯 말했다.

"이것 봐라. 보아하니 강호초행들인 것 같으니 이번 한 번 무례를 눈감아주겠다. 그러니 어서 눈앞에서 사라지거라. 그렇지 않다면 강호존장을 몰라본 죄를 따끔하게 물을 것이니……."

"흥! 겨우 지나가는 사람들을 겁박해 금전이나 뜯어내는 산적 주제에 강호존장이라니… 지나가던 개가 웃을 일이로군."

삼 인의 젊은이 중 한 명이 비웃음 섞인 말을 내뱉으며 두 사내를 경멸 어린 시선으로 바라봤다.

"산적이라… 크큭, 맞아. 그 말이 틀린 것은 아니야. 이보게, 사제. 우린 확실히 산적질을 하고 있으니 저 버릇없는 녀석의 말이 틀리다고 할 수는 없겠는걸?"

두 사내 중 사형이란 자가 주 사제라 불린 인물을 보며 말했다. 하지만 그의 사제는 그의 반응과는 달리 살기 어린 시선으로 세 젊은이를 쏘아보고 있었다.

"물론, 우리가 산적질을 하고 있다는 말이 틀린 것은 아니지요. 사형! 명색이 산적이니 아무래도 손님을 그냥 보내려던 생각은 잘못된 것이었나 봅니다. 저들도 이미 우리의 정체를 알고 있으니 아마도 두둑한 통행료를 준비했겠지요."

"껄껄! 맞는 말이야. 저들이 어디서 우리 삼문신선의 통행첩에 대한 소문을 들은 모양이군. 좋아. 너희들! 보아하니 우리들에게서 삼문협을 수월하게 통과할 통행첩을 원하는 모양이구나. 자, 여기 세 개의 통행첩이 있다. 하나는 삼문협을 통과하는 동안 다른 어떤 자들에게도 방해를 받지 않고 길을 갈 수 있는 선문첩, 또 다른 하나는 길목을 지키는 녹림의 형제들에게 적당한 예의를 지켜야 길을 갈 수 있는 인문첩, 다른 하나는 결코 지옥의 고통을 겪지 않으면 삼문협을 벗어날 수 없는 귀문첩! 자, 너희들은 어떤 길을 택하겠느냐? 삼문의 신선께 성의를 보여라!"

말이 끝남과 동시에 그가 손에 들고 있던 은쟁반을 세 젊은

이의 발아래로 던져 냈다. 그러자 세 젊은이 중 처음 나서 말을 꺼냈던 이십대 중반의 사내가 한 걸음 앞으로 나서며 냉막한 음성으로 중얼거렸다.

"삼문의 길을 선택하라고? 홍! 너희들이야말로 오늘 두 개의 문 중 하나를 선택해야 할 것이다."

그러자 삼문에 대해 길게 설명했던 사내가 궁금한 듯 되물었다.

"두 개의 문? 그래, 우리가 선택해야 하는 두 개의 문이란 어떤 문을 말하는 것이냐?"

"생문(生門)과 사문(死門)이 그것이다. 너희들이 지난날의 과오를 참회하고 도적질에서 손을 씻겠다면 무공을 폐하는 것으로 그 죄를 용서해 주겠지만, 잘못을 참회하지 않고 계속 도적질을 하겠다면 오늘 너희들은 목숨을 보전할 수 없을 것이다."

젊은 사내의 말이 워낙 추상과 같아 길을 지키고 있던 두 사내는 잠시 대응하는 것을 잊은 채 멍하니 말을 던져 낸 사내를 바라볼 뿐이었다. 그러다가 잠시 후 제정신을 차린 두 사내가 지금까지와는 다른 차가운 살기를 뿜어내며 차갑게 말을 내뱉었다.

"애송이들! 과연 강호의 무서움을 모르는구나. 너희들 눈에는 우리가 그저 단순한 산적으로만 보이느냐?"

"홍! 물론 네놈들이 단순한 산적이 아니란 것은 익히 알고 있다. 너희들의 사부가 바로 주마왕 풍석동이겠지?"

"이런! 보통 놈들이 아니구나. 사부님의 존함을 알고 있으면서도 감히 우리들을 도발하다니. 도대체 네놈들은 누구기에 사부님의 존함을 알면서도 이토록 방자한 것이냐?"

"우리 신분을 굳이 알 필요는 없소. 우린 오늘 이 삼문협의 주인을 자처하며 삼문의 뱃길과 산길을 가로막고 도적 짓을 행하고 있는 주마왕 풍석동을 단죄하기 위해 이곳에 온 것이오. 그러니 당신들은 과거의 잘못을 빌고 목숨이나마 살려 나가시기 바라오."

지금껏 말이 없던 세 명의 젊은이 중 가장 나이가 많아 보이는 삼십대 초반의 인물이 위엄있는 목소리로 두 사내에게 말했다. 주마왕 풍석동의 제자라는 두 명의 사내는 새롭게 앞으로 나선 젊은이를 대하고는 흠칫 몸을 떨며 한 걸음 뒤로 물러났다. 말을 하는 사내의 기세와 그의 말에 실린 진기가 범상치 않았기 때문이다.

"도대체 네놈들은 누구지? 정체가 무엇이기에 감히 십대괴객의 일인이신 사부님과 우리 수십 명 제자들을 단 셋이서 상대하겠다고 나서는 것이냐?"

"글쎄. 그건 당신들이 알 필요가 없는 일이라지 않소. 당신들은 그저 선택을 하면 되는 것이오. 생문이냐 사문이냐를 말이오!"

앞으로 나선 사내의 눈에서 기광이 번쩍였다. 감추어져 있던 사내의 본색이 드러나는 순간이었다.

"대단하군. 과연 사부님을 찾아올 만한 기세야. 하지만 아무리 대단하다고 해도 너희들은 결코 사부님을 뵐 수 없을 것이다. 사부님을 뵐 수 있는 자는 천하에 백을 넘지 못한다."

"그 백 중 하나가 바로 나일 수도 있지."

사내가 허리춤에 매달린 검으로 손을 가져갔다.

"광오하구나. 스스로 천하백인고수의 인물을 자처하다니. 역시 애송이인 것인가?"

그렇게 말하면서도 주마왕 풍석동의 제자라는 자가 어느새 입을 모으고 새소리를 만들어냈다.

삐리리리…….

그의 입에서 만들어진 새소리가 산중 곳곳으로 퍼져 나갔다.

"좋은 생각이야. 너희들만으로는 부족하지."

그러자 세 젊은이 중 처음 말을 꺼냈던 자가 검을 뽑아 들며 성큼 앞으로 나섰다.

"여 사제!"

가장 연장자로 보이는 젊은이가 검을 뽑아 들고 나서는 젊은이를 제지하듯 불렀으나 그의 사제는 앞으로 나서는 걸음을 멈추지 않았다.

"걱정 마세요, 유 사형. 이자들 정도는 저 혼자서도 상대할 수 있습니다."

"여 사제, 그들은 주마왕의 제자들이야."

"잘 알고 있습니다, 사형! 하지만 역시 일개 산적일 뿐이지요."

여 사제라 불린 젊은 검객이 사형의 만류를 뿌리치고 성큼 앞으로 나서며 풍석동의 두 제자를 향해 검을 겨누었다.

"어디 삼문의 신선이라 자칭하는 자의 제자들 솜씨를 보자."

패기만만한 도발에 주마왕 풍석동의 두 제자의 눈에 분노의 빛이 스치고 지나갔다.

"어디서 온 놈들인지 모르겠지만, 오늘 강호를 가볍게 본 일을 후회하게 될 것이다."

풍석동의 두 제자 중 사형이라 불린 자가 허리춤에서 도를 뽑아 들며 젊은 검객을 맞아갔다.

"좋군. 역시 십대괴객의 제자란 것인가? 난 여형초라 한다."

"사제!"

순간 뒤쪽에서 그의 사형이란 자가 경고성을 발했다. 아마도 자신의 이름을 밝힌 사제를 질책하는 것 같았다.

"어차피 죽을 자들인데 상관없지 않습니까, 사형!"

하지만 자신의 이름을 여형초라 밝힌 자는 사형의 질책을 심각하게 받아들이지 않았다.

"여형초… 어디서 들은 이름인 것 같기도 하다만, 역시 잘 모르겠군."

도를 빼 들고 여형초를 바라보고 있던 풍석동의 제자가 고개를 갸웃거렸다. 그러자 여형초의 아미가 살짝 가운데로 모였다. 아마도 이름을 듣고도 자신이 누구인지 알아보지 못하는 것이 마음에 들지 않은 모양이었다.

"오늘이 지나면 내 이름을 잊을래야 잊을 수가 없을 것이다. 물론 이미 너는 저승에 가 있을 테지만⋯⋯."

"허허, 이 애송이 자식, 정말 기고만장이군. 놈! 누가 누구의 이름을 기억할지는 두고 봐야 알 것이다. 잘 기억해 두거라. 난 십대괴객 주마왕의 제자 소평이라 한다. 잊지 말고 있다가 저승에 가거든 염라대왕께 내가 보내서 왔다고 말하거라."

풍석동의 제자 소평의 말이 끝나는 순간 이미 두 사람의 도검이 허공에서 격렬하게 뒤엉켰다.

차차창!

순식간에 이어지는 십여 초의 공방, 도와 검이 허공에서 수십 개의 불꽃을 만들어냈다. 한 번의 공방으로는 승부가 갈리지 않았다. 눈 깜짝할 사이에 벌어진 공방에서 승부를 보지 못한 두 사람이 어느새 처음 자신들이 싸움을 시작할 때의 자리로 돌아와 무서운 눈으로 서로를 응시했다. 상대를 노려보는 눈빛 속에는 상대의 무공에 대한 감탄이 숨어 있었다.

"과연 삼문협의 길을 장악하고 있을 만하구나."

여형초가 고개를 끄덕였다. 하지만 상대의 무공을 인정했다고 해서 상대에 대한 두려움을 느끼는 것 같지는 않았다. 그의 태도는 여전히 상대를 내려다보고 있는 듯했다.

"너 또한 젊은 나이에 믿어지지 않는 검공을 익히고 있구나. 어디서 너와 같은 자를 배출했는지 정말 궁금하군."

풍석동의 제자 소평 역시 자신보다 한참 어린, 이제 이십대 중반으로밖에는 보이지 않는 젊은 검객을 보며 감탄사를 흘려냈다. 그러면서도 그의 동공이 잘게 흔들리는 것으로 보아 이 한 번의 공방전으로 소평은 여형초에 대해 적지 않은 두려움을 갖게 된 것이 분명했다. 겉으로 보기는 팽팽한 전세를 유지한 싸움 같아 보였지만, 그 속내에서는 이미 한편으로 승기가 쏠리고 있었던 것이다.

"한 번은 몰라도 두 번은 내 검을 견뎌내기 힘들 것이다."

여형초가 싸늘한 시선으로 소평을 바라보며 자신의 검을 가슴 앞에 세웠다.

"한 번 받아낸 검을 어찌 두 번이라고 받지 못할까!"

소평도 상대에 대한 두려움을 떨쳐 버리려는 듯 거칠게 허공에 도를 휘둘러 칼바람 소리를 만들어낸 후 도를 비스듬히 세워 자신의 몸통을 가렸다.

"흥! 누구의 말이 진실인지 곧 드러나겠지."

한가닥 냉소를 흘려낸 여형초의 몸이 다시 움직였다. 땅 위를 스치듯 움직이는 보법, 움직이는 것만으로도 상대를 압박

하는 기세, 공기의 미세한 떨림을 만들어내는 검에 실린 공력! 소평은 상대의 공격이 처음과는 차원이 다르다는 것을 깨달았다.

'제길, 밑천을 드러내게 하는군.'

소평의 도에 한순간 뿌연 안개가 서리는 듯하더니 단번에 자신을 향해 다가서는 여형초를 향해 일도를 떨쳐 냈다.

끄르릉!

한 마리 호랑이가 포효하는 듯한 도성(刀聲)이 장내를 뒤흔들었다. 동시에 소평이 만들어낸 검은색 도기가 여형초의 머리에서부터 발끝까지를 한번에 가를 듯한 기세로 닥쳐들었다. 순간 여형초가 몸을 우측으로 틀어 상대의 도를 흘려내며 재빨리 소평을 향해 일검을 뻗어냈다. 소평의 강력한 도기가 여형초의 옷자락을 스치며 땅 위에 길게 흠집을 내는 사이 여형초의 일검이 정확하게 소평의 심장을 찔러내고 있었다.

"웃!"

소평이 자신의 심장 앞에 다가온 여형초의 검에 대경하며 급히 몸을 틀며 상대의 검을 피했다.

스삭!

하지만 여형초의 이 일초의 반격은 너무도 빠르고 정확해 겨우 심장을 내주는 것은 피했지만 그의 가슴 한쪽과 팔에 검상을 입는 것을 피할 수는 없었다. 붉은색 선혈이 허공에 연무처럼 피어올랐다.

"이놈……!"

소평의 얼굴이 분노로 일그러졌다.

"끝이다!"

하지만 소평의 분노와 상관없이 여형초는 이미 다시 검로를 바꾸어 허공으로 치솟으며 몸의 중심을 잃은 소평의 머리를 향해 죽 검을 뻗어내고 있었다. 동시에 여형초의 검끝이 흔들렸다. 그러자 일직선으로 소평을 찔러오던 여형초의 검이 순식간에 다섯 갈래로 갈라지면서 소평이 피할 수 있는 공간을 미리 점령해 버리는 것이었다.

"제길!"

소평은 자신이 상대의 검망에 완전히 걸려들었다는 것을 깨달았다. 가슴과 팔에 일검을 허용하는 순간 흐트러진 중심을 회복할 사이도 없이 상대의 공격을 받은 게 문제였다. 더군다나 지금 자신을 찔러오는 상대의 검초는 그가 생전 경험해 보지 못한 고절한 것이었다. 검이 다섯 갈래로 갈라져 보이는 것은 여형초의 검이 사람의 눈을 속일 정도로 빠르게 변화하고 있다는 것을 의미했다.

'강호에 이런 검초를 구사할 수 있는 인물이 몇이나 될 것인가?'

소평은 속절없이 자신의 사혈을 모두 상대에게 노출시키면서도 문득 머릿속에 이런 의문이 떠올랐다.

"으합!"

하지만 그대로 상대의 검에 목줄이 잘릴 수는 없는 것, 소평이 자신의 도를 좌우로 교차하며 휘둘러 상대의 검초를 일순 막아내는 듯하더니, 급히 몸을 뒤로 눕히며 땅을 굴러 상대의 공격에서 벗어나려 했다.

"이런, 정말 창피함을 모르는 종자군!"

땅을 구르는 소평을 보며 여형초의 입에서 진득한 경멸의 목소리가 들려왔다. 강호에서는 땅을 굴러 상대를 피하는 것을 뇌려타곤의 수법이라 부르며 체면을 구기는 행동이라고 몹시 경멸했다. 하지만 죽음을 피할 수 있다면 상대의 비난 정도는 무시해도 좋은 것이 또한 무림의 싸움이었다.

퍼퍼퍽!

땅을 구르는 소평의 몸을 따라 여형초의 검이 계속해서 땅을 찔러왔다. 덕분에 소평은 구르기를 멈출 수 없었다. 그는 전후좌우 사방으로 몸을 굴리며 겨우겨우 상대의 검초를 피해냈다. 만약 그가 구르기를 멈추는 순간 여형초의 검이 그의 목줄을 잘라 버릴 것이 분명했기 때문이다.

"핫하하! 어디 언제까지 좋은 구경을 시켜주는지 보자."

수치스럽게 땅을 구르는 소평과는 달리 여형초는 이제 완전히 승기를 잡고 쥐를 모는 고양이처럼 여유있게 소평을 공격하고 있었다. 가만히 살펴보면 그것은 상대를 충분히 제압할 수 있음에도 상대에게 좀 더 모욕감을 주기 위해 일부러 상대의 급소를 피해 공격하는 것처럼 보이기도 했다.

"사형은 언제나 장난이 지나쳐요."

그때 여형초의 일행 중 가장 나이가 어려 보이는 젊은이가 자신의 옆에서 두 사람의 싸움을 지켜보고 있던 여형초의 사형이란 자에게 불평을 흘려냈다.

"나도 항상 그것을 걱정하고 있단다. 무림에서 상대를 검으로 베는 것이야 당연한 일이지만 상대를 놀림감으로 만드는 것은 항상 죽음보다 더한 원한을 만들기 마련인데… 사제는 언제나 자신보다 약한 사람을 조롱하는 버릇이 있지. 좋지 않은 일이야."

"사형이 말려요."

"하! 사매, 사매도 알다시피 여 사제의 행동을 누가 제지할 수 있겠느냐? 혹 대사형이라면 모를까. 우리 사형제 중 여 사제의 행동을 제지할 수 있는 사람은 아무도 없단다."

사형이라 불린 자는 자신의 옆에 서 있는 젊은이를 사매라고 불렀다. 그렇다면 이 세 명의 젊은이 중 가장 나이가 어려 보이는 젊은이는 남장여인이란 말이었다. 또한 자세히 살펴보면 이 나이 어린 젊은이에게서는 확실히 여인의 체취가 묻어나는 것 같기도 했다.

"흥, 돈이 무섭긴 하군요."

남장여인이 쏘아붙이듯 말을 뱉어냈다.

"흠… 도인도 먹어야 사니까."

사형이란 자가 씁쓸한 미소를 지어내자 남장여인도 더 이상 말을 꺼내지 않고 아직도 계속 상대를 놀리듯 공격하고 있는 여형초에게로 시선을 돌렸다.

"제길, 이러다간 제풀에 쓰러져 죽겠군. 주 사제! 도와주게!"

소평이 정신없이 땅을 구르며 한쪽에 서 있는 자신의 사제에게 구원을 청했다. 한쪽에서 사형이 위기에 처하는 것을 두려운 눈으로 바라보고 있던 풍석동의 다른 제자가 잠시 눈가에 망설이는 기색을 보이더니 이내 결심을 굳힌 듯 역시 도를 빼 들고 여형초의 등을 향해 날아갔다.

"이놈! 멈춰라!"

주 사제라 불린 자의 입에서 노성이 터져 나오며 그의 도가 여형초의 등을 내리그었다. 순간 여형초의 눈에 진득한 살기가 배어나더니 그의 몸이 마치 연기가 흩어지듯 그 자리에서 자취를 감춰 버리는 것이었다.

"엇?"

일순간에 목표를 잃은 주 사제라는 자가 당황하여 급히 도를 회수하고는 주위를 돌아보며 여형초의 신형을 찾았다.

"널 기다리고 있었다."

순간 그의 머리 위쪽에서 차가운 음성이 들려왔다. 주 사제란 자의 몸이 얼어붙듯 그 자리에 정지했다. 그의 시선은 무의식적으로 목소리가 들려온 자신의 머리 위쪽으로 향했다. 순간 그는 하늘에서 수십 가닥의 빛줄기가 자신의 전신을 향해 떨어져 내리는 듯한 착각에 빠져들었다.

"흡!"

하지만 그 빛줄기가 자신을 향해 쇄도하는 것을 보면서도 그는 전혀 몸을 움직일 수가 없었다. 이미 그의 근육들은 자신의 통제에서 벗어나 있었던 것이다.

빛은 여지없이 그의 몸을 관통했다. 주 사제란 자의 눈에 잠깐 생기가 도는가 싶더니 이내 눈의 초점이 흩어지며 그의 몸이 땅 위로 쓰러져 내렸다. 그의 전신에는 가는 혈선들이 빼곡히 그어져 있었다.

"이놈… 네, 네놈이?"

자신의 목숨 대신 사제의 목숨을 잃은 소평이 이를 갈며 여형초를 노려봤다.

"그렇다고 복수를 할 수나 있을까?"

여형초는 여전히 여유가 있었다. 그는 어쩌면 주 사제란 자가 소평을 구하기 위해 공격해 올 것을 기다리고 있었는지도 몰랐다. 소평의 눈이 차갑게 식었다. 어쩌면 이 여형초란 자의 심기가 자신이 상상하는 것 이상으로 독할지도 모른다는 생각이 불현듯 그의 머릿속을 스치고 지나갔다.

'주 사제를 유인하고 있었어!'

짐작은 확신으로 변했다. 그러자 과연 여형초의 말처럼 도를 든 그의 손에 힘이 빠지기 시작했다. 전의를 상실한 것이다. 어느새 온몸에 힘이 빠져 복수의 여력이 소평의 몸에 남아 있지 않았다. 여형초는 이미 상대의 상태를 읽어낸 듯 천천히 입을 열었다.

"네가 살길이 하나 있다. 우릴 삼문협의 신선이라 자처하는 주마왕 풍석동에게 안내해라."

그러나 소평은 아무 대답도 하지 않았다. 전의를 상실하는 순간 그는 아무런 생각도 할 수 없는 지경에 빠져 버렸던 것이다. 그런 소평을 보며 살짝 눈살을 찌푸리던 여형초의 귀에 낯선 목소리가 다른 곳으로부터 들려왔다.

"소평, 물러나라!"

순간 정신을 놓고 있던 소평의 눈이 반짝였다.

"대사형!"

소평의 반가운 외침과 동시에 다섯 명의 인물이 새롭게 장내에 떨어져 내렸다. 그리고 그중 한 명이 땅에 발을 딛는가 싶은 순간 다시 한 번 도약하며 여형초를 향해 도를 내려쳤다.

쿠쿠쿵!

숲이 요동쳤다. 여형초의 신형이 번개처럼 뒤로 물러났다. 모든 것은 단 한순간에 일어난 일이었다. 여형초가 물러난 곳에 거대한 도기가 만들어낸 깊은 자국이 이 장 넘게 이어져 있었다.

"누구냐?"

여형초가 뒤로 물러나던 신형을 멋진 몸놀림으로 멈춰 세

우며 자신에게 무지막지한 일도를 날린 자를 노려봤다. 그의
음성에서 느껴지는 긴장감은 지금껏 소평을 상대하고, 소평
의 사제를 제거하던 때의 여유와는 확연히 다른 것이었다.

"넌 누구냐?"

그는 소평이 들고 있던 도보다 두 배는 됨직한 대도를 들고
있었다. 하지만 그의 신형이 워낙 거대해 그가 들고 있는 대
도는 그저 보통 사람이 들고 있는 도검처럼 작게 느껴지는 것
이었다.

"난 여형초라 하지. 보아하니 도를 다루는 것이 보통내기
가 아니구나. 이름을 밝혀라."

여형초는 상대의 일도에 비록 뒤로 물러나기는 했지만 상
대를 두려워하는 것 같아 보이지는 않았다. 오히려 그의 눈에
서 서서히 상대에 대한 호승심이 자라고 있었다.

"네 이름 따위를 알고자 함이 아니야. 난 네가 어디에서 온
놈인지가 궁금한 것이다. 누가 감히 삼문의 신선에게 검을 빼
들었느냐?"

대도를 든 거한이 조금 느릿하게 느껴지는 말투로 되물었
다. 느릿한 그의 말이 오히려 그를 더욱 큰 인물로 보이게 만
들었다.

"그건 말해주기 어렵군."

여형초가 고개를 저었다.

"그렇다면 말을 하게 만드는 수밖에!"

"가능할까?"

여형초가 살짝 턱을 들어올리며 물었다.

"겪어보면 알 것이다."

사내가 대도를 자신의 머리 위로 치켜 올렸다. 일순 커다란 도에 태양이 가리는 듯한 착각이 일었다. 하늘로 치켜 올린 사내의 대도는 그토록 보는 사람에게 중압감을 주는 병기였던 것이다.

"이름이라도 말해주면 어떨까? 죽어버리면 그 입으로 듣기 어려울 것 같은데……."

여형초가 검을 들어 자신의 가슴 앞쪽에 세우면서 물었다.

"흐흐흐, 과연 삼문의 앞을 어지럽힐 만한 담력을 지닌 놈이었군. 좋아! 난 삼문 신선이신 주마왕 풍석동 어른의 대제자 관산동이라 한다. 내 도를 받아낸다면 넌 사부를 만날 수 있을 것이다."

관산동의 도가 그의 말이 끝남과 동시에 하늘에서 떨어져 내렸다. 그의 신형은 이미 허공을 격하고 여형초 앞으로 닥쳐들고 있었다.

끄릉!

관산동의 도가 울 듯 진동했다. 순간 여형초의 안색이 급변했다. 관산동의 도에 실린 기세가 자신이 상상했던 것 이상으로 거대했던 것이다.

"칫!"

여형초의 입에서 한가닥 신경질적인 음성이 흘러나오며 그의 검이 허공에 몇 개의 점을 찍었다. 그리고 다음 순간 그 점들이 이어지며 일초의 검초가 펼쳐졌다.

"이건?"

순간 관산동의 입에서 놀란 음성이 흘러나왔다. 하지만 그의 도는 여전히 여형초를 향해 내려쳐지고 있었다.

기이이잉!

갑자기 장내에 기이한 소성이 흘러나왔다. 관산동의 무지막지한 도가 여형초가 만들어낸 검기에 휩싸이면서 발생하는 소음이었다. 여형초가 만들어낸 검기의 모양 또한 특이했다. 처음 그가 허공에 찍었던 점들이 하나같이 작은 꽃 모양을 만들어가고 있었던 것이다.

"설마!"

관산동이 의문 어린 말을 내뱉으며 여형초를 향해 휘두른 도에 좀 더 강한 공력을 실어 보냈다.

"웃!"

그러자 여형초가 더 이상 관산동의 공력을 버티지 못하겠는지 입으로 한가닥 신음성을 토해내며 몸을 틀었다. 순식간에 여형초가 만들어놓은 검기가 흩어졌다. 앞을 막고 있던 검기가 흩어지자 관산동의 도가 무서운 속도로 여형초의 머리를 향해 떨어져 내렸다.

"여 사제, 물러나라!"

여형초의 뒤에서 두 사람의 격돌을 지켜보고 있던 여형초의 두 동료 중 사형이라는 자가 어느새 뒤로 물러나는 여형초의 머리를 뛰어넘어 관산동을 향해 일검을 뻗어냈다. 순간 사내의 손에서 뻗어나간 검이 허공에 수십 가닥의 검기를 만들어내며 관산동을 향해 폭포수처럼 떨어져 내렸다.

관산동은 자신의 도를 피해 뒤로 몸을 빼는 여형초를 더 이상 따라붙지 못하고 허공에서 떨어져 내리는 다른 사내의 공세를 피해 급히 옆으로 몸을 움직였다.

파파팍!

관산동이 서 있던 자리에 여형초의 사형이란 자가 뻗어낸 검기들이 화살처럼 떨어져 박혔다.

순식간에 양측의 싸움이 정지됐다. 관산동도 새롭게 싸움에 끼어든 인물이 보통내기가 아닌 것을 눈치 채고는 즉시 반격하는 것을 포기했고, 싸움에 끼어든 사내 역시 관산동의 뒤쪽에 늘어선 주마왕 풍석동의 다른 제자들이 싸움에 끼어들 기세를 보이자 일단 여형초가 서 있는 곳으로 물러났다.

그때였다. 뒤로 물러나 숨을 고르던 여형초의 소매가 바람에 펄럭였다. 아마도 관산동이 전개한 마지막 도초에 옷깃이 잘린 모양이었다. 하지만 이 단순한 현상이 장내에 커다란 파장을 가져왔다.

"너희들은?"

관산동의 입에서 경악스런 목소리가 흘러나왔다. 순간 여형초와 그의 사형이 관산동의 시선이 가 닿은 여형초의 소매 깃을 확인하고는 낭패한 기색을 드러냈다.

"이런……!"

바람에 날리는 소매의 안쪽, 청의 장삼이 관산동의 도에 잘려 나가면서 장삼 안에 입고 있던 순백색의 옷이 드러나 보였다. 그리고 그 순백색의 옷깃에 세밀하게 수놓아진 몇 개의 매화 무늬들. 강호에 이런 옷을 입는 자들은 오직 한곳의 인물들밖에 없었다.

"화산의 문인들이냐?"

이미 내심은 상대의 정체를 확신하면서도 관산동이 싸늘한 어조로 물었다. 그러자 여형초의 사형이란 자가 잠시 망설이다가 이내 어쩔 수 없다는 듯 입을 열었다.

"그렇소. 우린 화산의 제자들이오. 난 화산의 유소기라 하오."

"유소기! 당신이 이곳에 모습을 드러내다니… 음, 화산 제자 유소기가 화산의 대제자 위표에 버금가는 무공을 지녔다고 하더니 과연 명불허전이군. 그런데 대화산파의 고귀한 분들께서 어찌 신분을 숨기고 삼문협의 오랜 주인인 우리에게 검을 들이대는 것인가?"

이것은 확실히 이해할 수 없는 일이었다. 당금 무림에서 구파일방은 강호를 지배하는 열 개의 천외천이지만, 그들은 무림의 대소사에 관여하는 것을 극히 삼가고 있었다. 어딘가에 큰 무리의 도적 떼나 희대의 마인이 출현한다고 해도 구파일방에 속한 고수들의 얼굴을 보는 것은 쉬운 일이 아니었다. 간혹 강호행에 나선 한두 명의 고수가 강호의 일에 휘말리는 경우가 있기는 했지만⋯⋯.

자신의 물음에 대답을 하지 않는 유소기를 보며 관산동이 살짝 아미를 모으며 다시 질문을 던졌다.

"듣기로 구파일방의 고수들은 강호의 일에 관여하기를 몹시 꺼린다고 하더군. 그것이 구파일방을 더욱 신비한 곳으로 여겨지게 만든 한 이유이기도 하지. 그런데 오늘 화산의 세 제자가 우리의 사부님께서 수십 년 주인으로 머물고 있는 이 삼문협을 찾아온 것을 어떻게 해석해야 하는 것인가? 혹, 대화산파가 드디어 본격적으로 무림의 일에 관여하기로 한 것인가? 그래서 그 첫 번째 상대를 십대괴객의 일인이신 나의 사부님을 선택한 것이고? 그렇게 받아들여도 되는 일인가?"

관산동의 질문이 날카롭다. 이것은 매우 중대한 일이었다. 화산이 본격적으로 무림의 일에 관여하기로 한 것이라면 강호에 일대 풍파가 일어날 것이 분명했다.

"이 일은 본 화산파와는 관계가 없는 일이오."

관산동의 질문에 유소기가 차분한 목소리로 대답했다.

"그렇다면 그저 그대들 삼 인이 독단적으로 행한 일이란 말이군. 하긴 그랬으니 청색장삼으로 몸을 가렸겠지."

관산동이 고개를 끄덕였다. 그러다가 갑자기 그의 눈에서 시퍼런 한광이 폭사했다.

"이유가 궁금하군."

유소기는 자신들의 행동이 화산파 전체의 결정과는 관계가 없다는 대답만을 내뱉고는 다시 입을 다물었다. 관산동은 유소기의 대답을 기다리다 그가 다시 입을 다물자 재차 질문을 던졌다.

"이유를 알고 싶소."

그러자 이번에는 유소기가 바로 입을 열었다.

"이유라면 간단하지. 그대들이 삼문의 길을 막고 상인들을 위협해 금전을 뜯어내는 짓을 더 이상 못하게 하려는 것이었지."

"사부께서 삼문의 길을 통제하신 것은 어제오늘 일이 아닌데 갑자기 그대들이 그 일을 걸고넘어지는 이유를 알 수 없군. 설마 나이가 젊어 공명심이 일어난 것인가? 하긴 사부의 명성은 그대들이 욕심낼 만한 것이긴 하지. 하지만 그대는 그따위 공명심에 눈이 멀 자 같지는 않은데… 뒤에 있는 저놈은 몰라도!"

관산동이 뒤로 물러난 이후 계속 자신을 노려보고 있는 여형초를 턱짓으로 가리켰다.

"놈! 너희들이 삼문의 길을 막고 여행자들을 괴롭히는 악행을 저지르는 것을 더 이상 볼 수 없어 하늘을 대신해 우리가 너희들에게 벌을 내리려 하는 것이다!"

여형초가 관산동을 보며 외쳤다.

"사제, 그만!"

순간 관산동이 뭐라 대꾸를 하기도 전에 유소기가 손을 들어 여형초의 입을 막았다.

"역시, 그릇이 다르군. 그대가 말하고자 하는 이유는?"

관산동이 유소기를 보며 다시 물었다.

"사제의 말이 크게 틀리지 않소. 그동안 주마왕 풍석동의 이름으로 삼문협의 수로와 육로를 지나는 상인들에게 그대들이 입힌 피해가 막심하므로 우리가 그 일을 해결해 보고자 나선 것이오."

그러자 관산동의 눈꼬리가 살짝 위로 올려졌다.

"광오하군. 비록 화산의 무공이 고절한 것은 알겠지만, 그대들과 같은 후기지수 단 세 명이 사부님을 상대할 수 있다고 생각하다니. 설마 정말로 사부님을 상대할 생각이었나?"

관산동의 질문에 유소기는 쉽게 대답하지 못했다. 애초에 그들의 목적은 산길을 지키는 자들 몇의 목을 베어 상대에게 경고를 하는 것이었다. 그 일조차도 유소기는 탐탁지 않았으나, 사제 여형초가 수련을 마치고 본 가로 돌아가면서 자신의 아버지이자 화산파 최대 후원자 중 하나인 낙양거부 여적산에게 좋은 선물을 하겠다는 고집을 차마 꺾지 못했던 것이다.

그러니까 결국 이번 일은 삼문의 길을 막고 있는 주마왕 풍석동으로 인해 낙양거부 여적산 또한 적지 않은 손실을 보고 있었으므로, 화산에서 수련을 마친 여적산의 아들 여형초가 귀향하는 기념으로 주마왕 풍석동의 제자 몇을 베어 상대에게 준엄한 경고를 함으로써, 자신의 아버지에게 그 능력을 인정받으려는 욕심이 만든 일이었던 것이다.

'사제의 청을 들어주는 것이 아니었는데…….'

유소기의 마음속에 때늦은 후회가 일었다.

第八章

파거의 그림자

유소기는 몸을 뺄 구실이 필요하다고 생각했다. 애초의 계획은 이미 많은 곳에서 틀어져 있었다. 주마왕 풍석동을 먼저 건드리는 일은 문파의 허락이 필요할 만큼 큰일이었다. 해서 유소기는 여형초의 청을 받아들이며 자신들의 신분을 가리고 일을 처리하려 했던 것이다. 한데 이제 자신들의 신분이 온전히 드러나고 적은 생각보다 강했다.

'십대괴객의 명성을 가볍게 보는 것이 아니었어……'

때늦은 후회가 유소기의 가슴을 쓸고 지나갔다. 처음 이 일을 하기로 결정했을 때 유소기는 자신의 무공이라면 주마왕 풍석동을 능히 상대할 수 있으리라 생각했었다.

그의 목을 베지는 못하더라도 적어도 그에게 지지 않을 자신이 있었던 유소기였다. 화산의 제자로서 그가 유일하게 양보하는 사람은 오직 대제자 위표밖에 없었다. 그것도 근자에 들어서는 위표와도 일검을 논할 수 있다는 자신감이 생기고 있는 유소기였다. 화산의 수뇌부도 그런 유소기의 성취를 인정해 이번에 두 사제를 자신에게 맡겨 강호로 내보냈던 것이다. 그러므로 주마왕 풍석동이 아닌 그 제자 몇을 상대하는 것은 그리 어려운 일이 아니라고 생각했던 유소기였다.

그런데 주마왕 풍석동은 그가 생각했던 것보다 무서운 인물인 것이 분명했다. 당장 눈앞에서 대도를 들고 자신을 추궁하고 있는 이 관산동이라는 주마왕의 제자만 보아도 쉽게 무릎을 꿇릴 수 있는 인물이 아니었던 것이다. 제자가 이럴진대 강호의 십대괴객으로 명성이 자자한 주마왕의 능력이야 오죽할까.

"향후, 낙양 여 대인의 상행을 방해하지 않겠다고 약속한다면 우린 물러가겠소."

유소기가 관산동을 보며 말했다. 그의 눈에서 순간 강렬한 안광이 뻗어 나왔다. 은연중에 자신의 능력을 내보인 것이다. 관산동의 얼굴이 심각해졌다. 단번에 유소기의 능력을 알아봤던 것이다.

'사부와도 능히 승부를 결할 수 있는 인물이다.'

관산동은 단 세 명의 인원으로 일을 벌인 이들의 행동을 이해할 수 있을 것 같았다. 눈앞의 인물 정도라면 작은 문파 하나 정도는 충분히 혼자서도 도모할 수 있으리라.

'하지만 우리는 일개 산적 나부랭이들이 아니지. 물론 사부님의 술값을 구하느라 이 짓을 하고 있긴 하지만 말이야.'

관산동의 볼이 씰룩였다.

"너무 자기 편한 대로 생각하는군. 대화산이라면 당연히 우리가 한발 양보를 해야 하겠으나, 그것도 형제들이 성할 때의 일이지. 이미 한 사람이 목숨을 잃었는데 이제 와서 그따위 조건이나 나불대는 것은 우릴 너무 무시하는 것이 아닌가?"

관산동이 여형초의 검을 맞고 땅에 쓰러져 있는 주은을 손으로 가리키며 지지 않고 유소기를 노려보며 말했다.

"그대의 형제가 상한 것은 유감이오. 하지만 내 조건을 받아들이지 않는다면 더 많은 희생자가 나올 수도 있소."

유소기는 한 치도 양보하지 않았다. 그것은 대화산파의 자존심이었다. 일단 정체가 드러난 이상 그의 행동, 말 한마디는 화산의 그것을 대신하고 있었다.

"후후, 그대는 자신의 무공에 대단한 자신감을 가지고 있는 모양이군. 하지만 이 관산동의 무공도 그렇게 약하지는 않아. 그리고 우리 형제들은 적지 않은 숫자지. 더군다나 이곳은 삼문협! 삼문의 신선께서 관할하는 곳이다."

말을 하며 관산동의 손이 하늘로 치켜 올려졌다. 그러자 숲으로부터 다시 다섯 명의 사내가 장내로 들어섰다. 유소기의 안색이 흐려졌다. 적은 이미 십여 명으로 불어나 있었다. 아무리 스스로의 무공을 자신하는 유소기라 하더라도 한 명의 손이 열 명의 손을 당할 수는 없는 일이었다. 그 하나 몸을 빼내는 것은 어렵지 않으나 그에게는 지켜야 할 사제와 사매가 있었다.

"이렇게 하지. 그의 목을 주면 나머지 둘은 보내주겠다."

이번에는 관산동이 유소기에게 한 가지 제안을 했다. 그는 말을 하면서 턱으로 여형초를 가리키고 있었다. 목숨의 빚은 목숨으로 갚으라는 것이 관산동의 제안이었다.

"불가!"

유소기의 입에서 단호한 대답이 흘러나왔다. 사제를 내주는 일은 대화산파의 제자로서는 꿈조차 꿀 수 없는 일이다. 더군다나 여형초는 비록 자신의 사제이기는 하나 낙양거부 여적산의 금력에 상당 부분 문파의 재정을 의지하는 화산파에 있어서는 무척 중요한 인물이었던 것이다.

"그렇다면 서로 목숨을 걸고 승패를 볼 수밖에!"

관산동이 대도를 들어올리며 차갑게 말했다. 그러자 십여 명에 이르는 그의 사형제들이 화산의 세 사형제를 빙 둘러쌌다.

"좋은 선택이 아니오. 주마왕 풍석동이 나서지 않는 이상 날 막을 수는 없을 거요."

유소기가 천천히 검을 들어올렸다. 그와 함께 주변의 공기가 기이한 형태로 흐르기 시작하더니 땅으로부터 풀잎과 나뭇잎들이 조금씩 떠오르기 시작했다. 가히 대화산파의 고수다운 풍모가 유소기의 기세에서 드러나고 있었다.

관산동의 얼굴도 심각해졌다. 애초에 유소기가 고수라는 것은 알고 있었지만 상대는 겨우 셋, 열 명의 사형제들로 상대하지 못할 것이 없다고 생각했던 관산동이었다. 하지만 지금 진기를 검에 담는 유소기의 모습을 보자니 어쩌면 유소기를 막지 못할지도 모른다는 불안감이 마음 한쪽에 찾아드는 것이었다.

'어쩌면 정말 사부님이 나서야 할지도……'

관산동이 천천히 유소기를 향해 도를 치켜들며 속으로 생각했다. 그때 문득 유소기가 다시 입을 열었다.

"우리 둘의 승부로 결정하는 것은 어떻소? 십 초를 받아낸다면 사제 대신 나의 목을 주겠소. 다만, 나의 사제들을 보내주는 조건으로……"

"사형!"

여형초가 유소기의 말에 화들짝 놀라며 소리쳤다.

"사제, 가만있거라."

유소기의 입에서 단호한 목소리가 흘러나왔다. 순간 여형초도 화산 문도들을 에워싼 주마왕 풍석동의 제자들도 유소기의 기세에 몸을 움찔거렸다. 관산동이 그런 유소기를 빤히 쳐다봤다.

"십 초의 승부라… 나야 손해날 것 없지. 그런데 내가 당신의 십 초를 받아내지 못하면 어떻게 되는 것이오?"

"그야 물론 당신의 생사에 상관없이 향후 그대의 사형제들이 삼문신선의 이름을 빌어 낙양 여 대인의 상행을 방해하지 말아야 되겠지."

"도대체 알 수가 없군. 왜 낙양 여적산의 상행에 그토록 관심이 많은 것인지?"

"그것까지 당신이 알 필요는 없소."

"좋아. 화산 유소기의 목이라면 형제의 목숨 값으론 족하지. 어디 대화산파의 검을 구경해 볼까."

관산동이 더 이상 할 말이 없다는 듯, 한 걸음 앞으로 나섰다. 유소기와 마찬가지로 그의 몸에서도 웅원한 진기의 기파가 흘러나오기 시작했다. 그의 대도가 웅웅거리며 울어대기 시작했다.

유소기가 지체없이 검을 들어 허공을 가리키며 십여 군데의 방위를 찍었다. 그리고 다음 순간 허공에 찍어놓은 점으로부터 투명한 진기의 꽃이 피어오르기 시작했다. 이십사수매화검법의 시작이었다.

유소기의 검이 가슴 앞에서 관산동을 향해 죽 뻗어나갔다. 동시에 허공에 만들어진 십여 개의 꽃들이 관산동을 향해 나풀거리며 날아들기 시작했다.

'젠장!'

관산동이 속으로 욕지거리를 해댔다. 이 나풀거리며 다가오는 꽃 모양의 검기들은 그가 지금껏 경험했던 그 어떤 광포한 공격보다도 상대하기 어려웠던 것이다.

우우웅!

관산동이 어쩔 수 없다는 듯 자신의 대도를 들어올려 허공에 크게 원을 그렸다. 그 원을 따라 검은색 도기가 그의 앞을 가로막듯 형성됐다.

따다당!

동시에 십여 개의 소성이 두 사람 사이에서 일어났다. 관산동의 도기에 유소기의 검기가 부딪치며 만들어내는 소리였다.

"과연 주마왕의 제자답소!"

유소기의 입에서 낭랑한 음성이 흘러나왔다. 하지만 관산동은 상대의 칭찬에 대답할 만한 여유가 없었다. 그의 이마에서는 이미 홍건한 땀이 배어 나오고 있었다. 가벼운 움직임으로 나풀거리며 닥쳐든 유소기의 검기는 보기와는 달리 엄청난 잠력이 담겨 있어 그가 전력을 다해서야 겨우 막아낼 수 있었던 것이다.

'까짓 십 초다. 십 초만 버티면 되는 거야.'

관산동이 이를 악물었다. 관산동의 패기가 그의 몸 곳곳에서 묻어나기 시작했다. 유소기의 안색이 살짝 변했다. 상대는 자신의 무위에 위축되지 않고 있었다. 겉으로는 태연했지만 사실 유소기의 첫 번째 공격은 거의 그의 전 공력을 사용하여 만들어낸 공세였던 것이다. 그런데 상대는 그 공격을 막아냈을 뿐 아니라 오히려 그전보다 더 강성한 패기를 드러내는 것이 아닌가?

'십 초 안에 승부를 보기만 하는 되는 거야.'

유소기도 살짝 입술을 깨물었다. 그리고 다음 순간 그의 신형이 허공으로 솟구쳤다. 검이 움직이자 예의 그 흰빛의 꽃 모양이 다시금 허공을 수놓았다.

관산동의 주변은 온통 유소기의 검에서 흘러나오는 빛으로 가득 찼다. 간간이 관산동의 대도가 움직여 흑색 기운을 만들어냈지만 유소기의 검은 그물처럼 관산동을 감싸고 있었다. 관산동의 신형은 온전히 유소기의 검의 그물 속에 갇혀 버렸던 것이다.

"역시 사형이야!"

두 사람의 격투를 지켜보고 있던 여형초가 득의한 표정으로 입을 열었다. 그는 이미 자신의 사형이 상대를 완전히 제압했다고 믿고 있는 듯했다.

"아직 끝난 게 아니에요."

여형초 옆에서 심각한 표정으로 두 사람의 싸움을 지켜보고 있던 남장여인이 차갑게 대꾸했다.

"물론 아직 싸움이 끝난 것은 아니지. 하지만 사매, 보라구! 유 사형의 검에 그는 완전히 갇혀 버렸잖아. 싸움은 끝난 것이나 마찬가지라고!"

여형초가 남장여인을 돌아보며 말하자 남장여인의 얼굴에 싸늘한 한기가 돌았다.

"좀 가만히 계세요, 여 사형! 사형은 항상 일을 너무 쉽게 생각하는 게 문제예요. 이번 일도 그래요. 유 사형께서 극구 반대하시는 것을 여 사형이 우겨서 일이 이 지경이 된 것이잖아요."

남장여인이 쏘아붙이자 여형초가 어깨를 으쓱거렸다.

"물론 사매의 말이 맞아. 하지만 나도 십 년의 수련을 마치고 집으로 돌아가는데 빈손으로 갈 수는 없었다고. 이제 유 사형이 저 관산동이란 작자를 제압하면 더 이상 삼문협을 지나며 아버님이 통행료를 내지 않아도 되니 아버지께서 크게 기뻐하실 거야."

"글쎄 아직 싸움이 끝난 것이 아니라니까요."

"하하… 뭘, 이제 거의 끝났… 엇!"

여형초가 실소를 흘리며 자신의 사매에게서 다시 두 사람이 싸우고 있는 곳으로 시선을 돌리는 순간 그의 입에서 경악성이 흘러나왔다. 싸움은 어느새 전혀 새로운 양상으로 변하고 있었던 것이다.

검은빛 대도가 순백의 검기를 뚫고 그 머리를 드러냈다. 다음 순간 그 대도의 머리가 살 맞은 고기처럼 부들거리더니 이내 굉음을 토해내며 허공으로 솟구쳤다.

쿠쿠쿵!

순식간에 유소기가 만들어낸 검의 그물 위쪽이 관산동의 대도에 의해 찢어졌다. 그리고 그 공간으로 관산동의 신형이 날아올랐다.

"구 초가 지났소!"

관산동의 입에서 노호성이 터져 나왔다. 그의 온몸은 피로 물들어 있었고, 얼굴에도 몇 개의 검상이 드러나 있었다. 하지만 그의 눈빛만은 전혀 그 패기를 잃고 있지 않았다.

"마지막 십 초요."

그러나 가두어두었던 고기가 그물을 빠져나갔음에도 유소기의 목소리는 침착해 보였다. 오히려 그의 음성에서는 알 수 없는 자신감마저 느껴졌다.

순간 바람 가르는 소리가 유소기의 몸에서 일어났다. 그와 동시에 허공으로 솟구치는 관산동의 신형을 따라 유소기의 몸도 바람처럼 허공으로 치솟기 시작했다. 동시에 그의 검이 관산동의 발끝을 보고 열두 가닥의 그림자를 만들어내며 뻗어나갔다.

"매화추룡(梅花追龍)이야!"

여형초가 소리쳤다.

남장여인의 눈도 반짝였다. 지금 유소기가 관산동을 향해 뻗어내는 일검은 화산의 제자인 그들조차 쉽게 구경할 수 없는 절기였다. 바로 이십사수매화검법의 스물한 번째 초식 매화추룡이었다.

관산동의 눈이 경악으로 부릅떠졌다. 유소기의 공세를 구 초 동안 버텨낸 관산동은 탈출을 시도했다. 그대로 있다가는 유소기의 마지막 일격에 목숨을 잃고 말 것 같은 다급함이 생겨났기 때문이었다. 그런데 그것이 실수였다. 지금 자신의 발 밑으로 밀려드는 유소기의 검기를 보라. 열두 개의 검기가 각자 살아 있는 것처럼 꿈틀거리며 무서운 속도로 자신의 몸을 관통할 듯 치달아 오르고 있었다.

'일부러 날 놓아준 것인가?'

문득 자신이 유소기가 만든 검의 그물로부터 탈출한 것조차도 유소기의 의도에 의해 이루어진 일처럼 느껴졌다. 하지만 이제 남은 것은 단 일 초, 이 일 초만 버티면 그는 유소기의 목을 얻을 수 있었다.

"압산파석(壓山破石)!"

관산동의 입에서 노호성이 터지며 그의 대도가 자신을 향해 치달아오는 유소기의 검을 향해 떨어져 내렸다.

끄르릉!

관산동의 도가 거친 호성을 울려냈다. 하지만 관산동의 도가 만들어내는 거대한 압력을 받으면서도 유소기의 검은 멈추지 않았다. 동시에 그가 만들어낸 검기들이 관산동의 도기를 뚫고 비쭉비쭉 허공으로 머리를 내밀기 시작했다. 관산동의 얼굴이 흙빛으로 변했다. 도저히 유소기의 마지막 일 초를 막아낼 수 없기 때문이었다. 그것만이 아니었다. 그의 검을 막아내지 못함은 물론 자신의 목숨도 내놓아야 할 판이었다. 이미 유소기가 만들어낸 십여 개의 검기 중 하나가 그의 발바닥을 훑고 지나간 뒤였다.

하지만 모두의 예상을 깨는 일이 그 순간에 벌어졌다.

위기의 순간, 죽음의 그림자가 관산동을 뒤덮는 바로 그때, 하나의 검은 물체가 무서운 속도로 유소기의 검을 향해 날아왔던 것이다.

까가강!

동시에 허공에 뜬 관산동의 몸을 곧이라도 꿰뚫을 것처럼 날아들던 유소기의 검의 방향이 급격하게 틀어졌다.

"우웃!"

동시에 관산동이 힘겹게 대도를 휘둘러 유소기의 검기를 자신의 우측으로 흘려보냈다.

"누구냐?"

관산동을 베는 것에 실패한 유소기가 땅으로 내려서며 자신의 검로를 방해한 자를 향해 날카롭게 소리쳤다. 장내에 있던 사람들의 시선 또한 유소기의 검을 방해한 인물을 찾으려는 듯 물체가 날아온 곳으로 재빨리 돌려졌다. 그러자 어느 사이에 나타났는지 유소기와 여형초 등이 모습을 드러냈던 산길 입구에서 삼 인의 노소가 그들을 지켜보고 있었다.

"정말 좋구나!"

귀령파파 이설이 송문악이 들고 있는 작은 철궁을 새삼스런 눈으로 바라보며 말했다. 이족들의 싸움에서 보았던 송문악의 궁술은 어느새 또다시 발전해 있었다.

"아직 본래의 위력을 모두 끌어내지는 못하고 있습니다."

송문악이 철궁에서 시위를 풀어내며 대답했다.

"그만해도 어디 가서 강호일절이라는 소리를 들을 것이다."

뒤에 있던 장사성이 송문악의 어깨를 두드리고는 귀령파파 이설을 바라봤다.

"싸움에 관여를 했으니 좋으나 싫으나 매듭을 지어야겠지요?"

"그래야겠지. 상황이 좋으면 조용히 지나가려 했는데, 술귀신의 제자를 죽게 내버려 둘 수는 없지. 보아하니 그 술귀신의 제자 중 가장 뛰어난 놈인 것 같기도 하고……."

"상대는 화산의 문도입니다. 일을 어떻게 풀어내시려는지……?"

"화산의 문도라면 손을 봐주고 싶기도 하지만, 그렇게 되면 결국 술귀신이 화산의 추궁을 견뎌야 하니 그건 좀 참기로 하지."

"아직도 유해진에 대한 원망이 남아 있습니까?"

"흥! 그 늙은이만 아니었어도 우리의 운명이 이렇게 꼬이지는 않았을 거야!"

"그야 그렇긴 하지만 이미 오랜 시간이 흘렀습니다. 형님도 돌아가셨고, 또 설산화 동화인도 죽은 지 오래이지요."

"하지만 유 늙은이는 화산 깊은 곳에서 아무 일 없었다는 듯 편하게 살아 있고, 반대로 술귀신은 여전히 술에 빠져 지내며, 나는 이렇게 강호를 배회하고 있지 않은가? 역시 죽을 때까지 가져가야 할 짐이라고 할 수 있지."

"휴, 정말 강호의 은원은 어쩔 수가 없군요. 그건 그렇고, 일단 눈앞의 일을 먼저 해결해야겠군요."

장사성이 멀리서 자신들 삼 인을 응시하고 있는 주마왕 풍석동의 제자들과 화산의 세 명 문도를 가리키며 말했다.

"이 일은 내가 관여하자고 한 일이니 내가 처리하지."

귀령파파 이설이 훌쩍 몸을 날리더니 어느새 시비가 붙었던 두 패 사이에 떨어져 내렸다.

"선배께서 제 검을 막으신 분이십니까?"

유소기가 갑자기 장내에 나타난 귀령파파가 보통 인물이 아님을 알아보고 정중한 목소리로 물었다.

"그렇다."

귀령파파가 차가운 목소리로 유소기의 물음에 대답했다.

"제가 보기엔 선배가 아니라 저기 젊은이가 한 일 같습니다만……."

유소기가 장사성과 함께 서 있는 송문악을 가리켰다. 송문악의 손에는 시위를 풀어버린 철궁이 들려 있었다.

"물론 저 아이가 활을 쏘았지만, 내가 시켜서 한 일이니 결국 내가 한 일이라고 봐야겠지."

"좋습니다. 그럼 선배께서는 어떤 가르침이 계시기에 저의 검로를 막으신 겁니까?"

"흠, 뭐 특별한 일은 아닐세. 난 삼문협을 지키는 주마왕 풍석동과 적지 않은 인연이 있으므로 그의 제자가 죽는 것을 그냥 지켜볼 수가 없었을 뿐일세."

귀령파파의 말에 유소기가 살짝 아미를 모았다.

"그렇다면 선배께서는 이들과 힘을 모아 저와 제 사제들을 상대하실 생각이시군요."

"꼭 그런 것은 아니야. 양측의 문제는 두 당사자끼리 풀라고. 난 다만 주마왕의 제자가 죽는 것을 보고 싶지 않을 뿐이라니까?"

"결국 그 말이 그 말 아닙니까?"

"끌끌… 그렇지가 않지. 내가 직접 자네들의 목숨을 취하고자 나서지는 않겠다는 말이니까."

귀령파파의 말에 유소기가 살짝 고개를 끄덕였다.

"결국, 말로 해결을 보란 말씀이시군요."

"역시, 화산의 제자답군. 바로 보았어!"

유소기가 귀령파파의 의도를 파악하고는 천천히 주위를

돌아봤다. 그때 장사성과 송문악 역시 이미 장내에 도착해 있었다. 관산동과 그의 사형제들은 화산 제자 세 사람을 포위했던 것을 풀고 역시 한쪽에 모여서 귀령파파와 유소기의 대화를 듣고 있었다.

"십 초의 승부에 대해 어떻게 생각하시오?"

갑자기 유소기가 관산동을 보며 물었다. 그러자 관산동이 씨익 웃음을 지어 보였다.

"실력으로 보자면 이 관산동이 그대에게 패한 것이라고 할 수 있소. 하지만 강호의 싸움이란 항상 외부의 변수가 작용하기 마련, 어떤 식으로든 십 초가 지난 지금 난 그대에게 무릎을 꿇지도 않았고 또, 아직 내 목이 붙어 있으니 결국 십 초의 승부는 나의 승리가 아니겠소?"

"그 말은 좀 어폐가 있는 것 같구려. 이분 선배의 도움이 없었다면 승리는 결국 나의 것이 되었을 것이오. 애초에 우리 두 사람의 비무였지 않소이까?"

"후후, 어쨌든 승패는 결과가 말해주는 것이지……."

"나 또한 나의 패배를 인정할 수 없소."

유소기가 딱딱한 어조로 말했다. 그는 아마 스스로 패배를 자인하지 않는 관산동에 대해 적지 않게 실망하고 있는 듯 보였다.

"우리 두 사람이 서로 패배를 인정하지 못한다면 어쩔 수 없는 일이지. 계속 싸움을 하는 수밖에……."

관산동이 대도를 다시 들어올렸다. 그러자 그의 뒤에 있던 십여 명의 사형제들도 허리춤에서 도를 뽑아 드는 것이었다.

"이런, 겨우 말려놓았는데 또 싸움질을 하겠다는 것이냐? 자, 그러지 말고 내 말대로 하는 것이 어떻겠느냐?"

양측이 다시 격돌할 기미를 보이자 서둘러 귀령파파가 두 사람 사이에 끼어들었다.

"선배의 가르침을 받겠습니다."

귀령파파가 끼어들자 유소기가 재빨리 한 걸음 뒤로 물러나며 고개를 숙였다. 그러자 관산동도 어쩔 수 없이 들었던 대도를 내려놓고 귀령파파의 말을 기다릴 수밖에 없었다.

"본시 일은 시작하는 것보다 끝을 보는 것이 어려운 법, 특히 강호의 분쟁에 있어서는 더욱 그렇지. 모든 사람의 은원을 말끔히 정리하는 것은 거의 불가능하거든. 이렇게 끝을 맺기 쉽지 않은 일을 끝맺음하는 방법으로 강호에서 흔히 쓰이는 것이 있지."

귀령파파가 잠시 말을 끊었다.

"그 방법이란 게 무엇입니까, 선배?"

이번에는 관산동이 귀령파파에게 물었다. 확실히 지금 화산 제자들과 주마왕 풍석동의 제자들 간의 싸움은 어떤 식으로든 끝을 보기가 매우 애매한 상황이었던 것이다.

"그 방법이란 바로 그 상태 그대로 묻어두는 것이다. 너희들은 지금 이 상태로 도검을 거두고 각자 자신들이 갈 길로 가거라. 오늘 두 문파 간에 쌓인 은원이야 나중에라도 해결할 날이 있을 것이다."

"그러나……."

관산동이 한쪽에 놓여 있는 주은의 시체를 보며 말꼬리를 흐렸다. 그러자 귀령파파 이설이 정색을 하며 차가운 말투로 입을 열었다.

"이봐, 술귀신의 제자. 상황을 제대로 알라고. 자네들이 아무리 숫자가 많아도 이곳에서 다시 칼부림을 한다면 저 화산의 고수를 당해낼 수 있을 것 같은가? 내가 보기엔 자네들이 모두 죽어도 저자를 당해내긴 어려울 것 같은데. 저자를 상대할 수 있는 사람은 오로지 술귀신밖에 없어 보이는데 당장 술귀신을 데려올 수도 없는 일 아닌가?"

귀령파파의 말에 관산동이 대답할 말을 잃고 머뭇거리자 귀령파파 이설이 이번에는 유소기를 보며 물었다.

"그대는 내가 한 제안을 어떻게 생각하는가?"

그러자 유소기보다 그 뒤에 있던 여형초가 먼저 나서며 입을 열었다.

"그들이 우리 아버지의 상행을 방해하지 않겠다는 약조를 해야 가능한 일이오."

"사제! 나서지 말거라!"

유소기가 황급히 여형초를 제지했으나, 이미 여형초는 앞으로 한 걸음 나와 있는 상태였다.

"넌 또 누구냐?"

"난 화산의 제자 여형초라고 하오."

"네 아비는 누구고?"

"낙양의 여적산 대인이 바로 나의 아버님 되시오."

"낙양의 여적산이라… 오라, 그래서 너희들이 술귀신의 제자들을 공격했던 것이군."

귀령파파 이설의 말에 유소기가 겸연쩍은 얼굴로 고개를 끄덕였다.

"이보시게, 유 대협!"

귀령파파가 유소기를 불렀다.

"말씀하시지요, 선배!"

"그대는 큰 실수를 했다는 것을 알고 있겠지?"

귀령파파 이설의 추궁에 유소기가 딱히 대답을 하지 못하고 묵묵히 서 있었다.

"그대들이 벌인 이 일은 낙양의 여적산뿐 아니라 그대의 사문인 화산에서도 절대 환영받지 못할 일일세. 강호에는 없는 것 같아도 일정한 법칙이란 것이 존재하지. 삼문을 지날 때는 술귀신에게 통행료를 내야 한다는 것도 바로 그 규칙 중 하나야. 그 규칙을 깨려 하는 자는 결국 강호의 주목을 받게 돼 있지. 과연 화산과 낙양의 여적산이 이번 일로 강호의 주목을 받길 원할 것 같은가? 자, 그대의 행보가 무리였다는 것을 알고 있다면 물러가게. 물론 자네의 실력이라면 술귀신의 제자들을 모두 상대할 수도 있을 것이나, 그 와중에 자네의 두 동료가 죽을 수도 있다는 것을 모르지는 않겠지? 더군다나 이 와중에 술귀신까지 모습을 나타내면 그때는 그야말로 강호에 큰 분란이 일어나는 것이지. 왜냐하면 화산의 대협 유소기가 주마왕 풍석동에게 죽는 일이 벌어질 테니까."

순간 유소기의 눈에 반발의 기운이 서렸다. 자신이 주마왕 풍석동에게 죽을 것이란 귀령파파의 말을 인정할 수 없었던 것이다. 그런 유소기의 표정을 읽은 귀령파파가 서늘한 목소리로 재차 말을 내뱉었다.

"그대는 그대가 주마왕 풍석동에게 죽지 않을 거라 생각하나 보군. 좋아. 백번 양보해서 그대의 무공이 주마왕과 동수라고 쳐도 일은 마찬가지야. 자네가 자네의 두 동료를 잃으며 이들을 모두 상대한 후 다시 주마왕 풍석동을 상대할 수 있을 거라고 생각하나?"

귀령파파의 말에 유소기가 질끈 입술을 물었다. 그것은 아무리 유소기라 해도 불가능한 일이라는 것을 그도 알고 있었던 것이다.

"자, 싸움을 하면 결국 양패구상이요, 물러서면 모두 사는데 왜 싸우려고 하는가? 그리고 너 여가야! 네 아비도 주마왕에게 주는 통행료는 아까워하지 않는데 너 같은 철부지가 나서서 강호의 법칙을 깨뜨리려고 무리한 싸움을 벌인 것을 알면 네 아비가 잘했다고 널 칭찬이라도 할 것 같으냐? 쓸데없는 어리광 부리지 말고 네 사형을 따라 어서 물러가거라. 싸움이 길어지면 죽는 것은 바로 너 자신이 될 테니까."

귀령파파는 말을 하는 동안 자신의 진기를 서서히 끌어올리고 있었다. 그래서 그녀가 말을 마쳤을 때는 그녀에게서 흘러나오는 진기가 어느새 장내를 완전히 압도하고 있었다. 귀령파파 이설이 십대괴객 중 한 명이란 사실이 새삼스러워지는 순간이었다. 여형초는 귀령파파 이설의 기세에 질려 주춤주춤 뒤로 물러나고 있었다. 그 자리를 다시 유소기가 메웠다.

"선배의 말씀대로 하지요. 저쪽에서 좋다면!"

유소기는 만약에 이 노파까지 싸움에 끼어든다면 도저히 자신들에게 승산이 없다는 것을 깨닫고 급히 상황을 마무리 지으려 한 것이다.

"네 생각은 어떠냐?"

귀령파파가 관산동에게 물었다.

"어르신의 가르침대로 따르겠습니다."

관산동도 귀령파파에게 고개를 끄덕여 보였다.

"좋아. 그럼 이제 서로 갈 길을 가는 것만 남았군. 자네들이 먼저 떠나시게. 저들은 어차피 이곳이 곧 집이니."

귀령파파가 유소기를 보며 말하자 유소기가 고개를 끄덕였다.

"그렇게 하겠습니다. 선배… 그런데……."

"왜 무슨 할 말이 남았나?"

"선배의 존명을 알 수 있겠습니까?"

그러자 장내에 있던 사람들이 모두 아차 하는 표정을 지었다. 화산의 제자들이나 풍석동의 제자들이나 모두 귀령파파 이설이 주마왕 풍석동과 어떤 연관이 있는 사람이라는 것만 알았지 정작 귀령파파의 정체는 모르고 있었던 것이다. 결국 그들은 정체를 모르는 노파의 말에 따라 싸움을 그치게 되었으니 생각하자면 무척 황당한 일이었다.

"내 이름을 굳이 알아야겠나?"

"오늘 이 유소기가 선배께 은혜를 입었는데 은인의 이름조차 모른다면 너무 염치없는 일이 아니겠습니까?"

"자네가 나에게 은혜를 입었다고 생각한다면 고마운 일이지. 하지만 내가 굳이 내 이름을 밝히고 싶지 않다면 자네는 어찌하겠는가?"

"그야 선배의 뜻이 정 그렇다면 어쩔 수 없는 일이지요."

"좋아. 그럼 오늘 내 이름을 듣는 것은 포기하시게. 언젠가 다시 만날 날이 있을 테니."

"알겠습니다. 선배, 그럼 이 후배가 먼저 자리를 뜨지요."

유소기가 귀령파파에게 포권을 해 보이고는 이내 자신의 두 사제를 데리고 산길로 들어서기 시작했다.

"언젠가 오늘의 빚을 갚는 날이 있을 것이다!"

그때 관산동이 유소기와 여형초를 보며 소리쳤다.

"흥! 다음에 만난다면 더 이상 도적질을 할 수 없게 만들어 주겠다. 오늘은 운이 좋은 줄 알아라!"

그러자 여형초가 지지 않고 소리쳤다. 그런 여형초를 못마땅한 시선으로 보고 있던 유소기가 관산동에게 차분한 목소리로 작별 인사를 건넸다.

"오늘 보지 못한 승부, 다음을 기약하리다."

"나 또한 기대하는 일이오. 잘 가시오."

관산동이 유소기의 인사에 대답을 하자 유소기가 관산동을 한 번 응시하더니 이내 몸을 돌려 급히 걸음을 옮기기 시작했다.

그때였다. 유소기를 따라 걸음을 옮기던 남장여인이 갑자기 고개를 돌려 송문악을 빤히 쳐다봤다. 그런데 우연인지 송문악 역시 남장여인을 바라보고 있었던 터라 둘의 시선이 허공에서 강하게 엉켜들었다. 남장여인은 송문악과 시선이 마주치자 무언가 말을 하려다 고개를 갸웃했다. 아마도 무언가 자신의 생각에 확신을 하지 못하는 모습이었다.

"사매!"

그때 이미 남장여인에게서 멀어졌던 유소기가 남장여인을 불렀다.

"예, 사형! 갈게요."

남장여인이 유소기의 대답에 황급히 대답하며 송문악에게서 시선을 거뒀다. 하지만 그녀는 시선을 거두면서도 다시 한 번 송문악을 주의 깊게 살피는 것을 잊지 않았다. 송문악에게서 시선을 거둔 남장여인이 재빨리 유소기와 여형초가 서 있는 곳으로 다가가자 화산의 세 문도가 숲으로 이어진 구불구불한 길 속으로 순식간에 사라졌다.

"본 적이 있는 아이냐?"

장사성이 송문악을 보며 물었다. 송문악과 남장여인이 서로를 알아본 듯한 표정을 지었기 때문이었다.

"아는 사람 같기는 한데… 확신은 못하겠어요. 워낙 오래전의 일이라……."

"저 아이는 화산의 아이이니 네가 기억하는 사람이 화산에 속한 사람이었다면 네 짐작이 맞겠지."

"그래요. 장학사님! 그 아이는 화산파의 아이였죠."

"그래? 이것 참 특별한 일이군. 네가 화산파의 아이와 인연이 있다니 말이야. 그런데 네가 알고 있다는 화산의 여자 아이의 이름은 무엇이냐?"

"제가 기억하기로 과거 그녀는 자신의 이름을 백설아라고 했었지요."

"뭐? 백설아?"

장사성이 송문악의 대답에 화들짝 놀라며 되물었다.

"왜요? 그녀가 그렇게 대단한 신분인가요?"

"그렇다. 백설아라면 무척 대단한 신분을 지닌 아이다. 그녀는 바로 현 화산 장문인 백운봉의 무남독녀니까."

그러자 이번에는 송문악이 놀라며 되물었다.

"화산 장문인의 딸이라고요?"

"그래, 본래 화산 장문인 백운봉은 늦도록 자식을 두지 못했는데 그의 나이 오십이 넘어 외동딸을 하나 낳았다. 그 아이의 이름이 바로 백설아, 화산의 보물로 불리는 아이이지. 그런데… 엉? 그렇다면 저 남장여인이 바로 그 백설아?"

장사성이 급히 유소기 일행 쪽으로 시선을 돌렸으나 화산의 제자들은 이미 산속으로 들어가 더 이상 보이지 않았다.

"어릴 때 보았던지라 저 여인이 그녀인지는 잘 모르겠어요. 이미 오 년이 지났고, 또 저 또한 이렇게 자랐으니 그녀도 많이 변했겠지요. 단지… 그녀의 눈빛이 눈에 익었을 뿐입니다."

"하긴, 네 나이 또래의 아이들은 일 년 사이에도 못 알아볼 정도로 자라게 마련이지."

장사성이 천천히 고개를 끄덕였다. 송문악은 무언가 아쉬운 듯한 눈빛으로 화산파의 제자들이 사라진 곳을 바라보다가 가슴 한쪽을 어루만졌다. 그러자 뭉툭한 옥패가 그의 손끝에 만져졌다. 바로 과거 유행촌에서 백설아로부터 받았던 화산의 청옥패였다.

'인연이 있으면 다시 만나겠지.'

송문악이 가볍게 고개를 젓고는 이내 귀령파파와 관산동

쪽으로 고개를 돌렸다. 두 사람은 화산의 제자들이 사라지는 것을 확인하고 나서 다시 대화를 나누고 있었다.

"어르신, 어르신 덕분에 오늘 이 후배와 사제들이 위기를 넘겼습니다. 감사드립니다."

"오냐. 은혜를 안다면 그것으로 족하다. 그런데 주마왕은 잘 있느냐?"

귀령파파 이설의 물음에 관산동의 눈빛이 살짝 변했다.

"제 사부님을 알고 계십니까?"

"그에 대해선 제법 알고 있다고 할 수 있지."

"죄송합니다만, 선배님의 고명을 들을 수 없을는지요?"

"넌 내가 화산의 유소기에게 하는 말을 듣지 못했느냐?"

"듣기는 하였습니다만, 사부님과 인연이 있으시다니……."

"그 말을 들었다면 너도 더 이상 내 이름을 알려고 하지 말아라. 자, 우리도 그만 갑시다. 날이 지기 전에 삼문협을 빠져나가려면 아무래도 서둘러야 할 듯싶으니……."

귀령파파 이설이 더 이상 관산동의 질문을 받기 싫은지 장사성을 돌아보며 말했다.

"그렇게 하지요."

장사성도 귀령파파 이설의 속내를 알아차리고는 이내 송문악과 함께 걸음을 옮겨 화산 문도들이 사라진 길 쪽으로 이동했다.

"난 이만 가야겠다. 오늘 내가 이 일에 끼어든 것은 네 사부와의 인연을 생각해서였으니 너무 고마워하지 말거라. 그리고 네 사부에게 술 좀 작작 마시라고 전하거라. 이젠 제자들에게 산적질까지 시켜 술을 퍼마시고 있다니… 에이, 못난 사람 같으니라구. 쯔쯔."

귀령파파 이설이 못마땅한 듯 혀를 차더니 장사성과 송문악이 기다리는 곳으로 이동했다. 두 사람은 귀령파파가 가까이 오기를 기다렸다가 그녀가 합류하자 이내 산길을 따라 움직이기 시작했다.

잠시 후 세 사람의 모습이 장내에서 사라지자 문득 관산동이 입을 열었다.

"난 이제야 그분이 누구인 줄 알겠다."

"대사형, 저 노파의 정체를 아신단 말씀이십니까?"

소평이 놀란 눈을 하며 관산동에게 물었다.

"그렇다. 난 그분이 사부께 술을 그만 마시라는 당부의 말을 전하라는 순간 그분이 누군지 깨달았다."

"도대체 그분이 누굽니까?"

"이거, 바쁘게 되었군. 사부께서 그분이 오신 줄 알았으면서도 자신에게 늦게 전한 것을 알면 큰 벌을 내리실 게 분명하니, 소평, 난 급히 사부님을 뵈러 가야겠으니 네가 주 사제의 시신과 이곳의 정리를 맡거라."

"알겠습니다, 대사형! 그런데 그 노파가 누구길래?"

"내 짐작이 맞는다면 그분은 분명 오래전 삼문협을 떠난 귀령파파 이설이란 분이 분명할 거다."

"헉! 사부님의 사매라시던 바로 그……?"

"그렇다. 바로 그분이 분명해. 사부는 지난 수십 년 동안 그분이 돌아오기를 기다리고 계셨지. 그러니 내가 어찌 그분의 소식을 전하는 것을 게을리 할 수 있겠느냐?"

"대사형, 어서 가십시오. 그분의 소식을 들으면 사부께서 무척 반가워하실 겁니다."

"오냐. 그럼 뒤를 맡기마!"

관산동이 소평에게 뒤를 부탁한 후 급히 몸을 뽑아 올려 산속으로 모습을 감췄다.

*　　　　*　　　　*

"그를 한 번 만나보는 것도 좋지 않았을까요?"

장사성이 귀령파파 이설을 보며 물었다. 그들이 막 벗어나려는 산 위로 석양이 지고 있었다. 관산동 등과 헤어진 이후 귀령파파 이설의 표정은 계속 밝지 않았다. 그래서인지 삼문협을 에워싼 험준한 산들 사이로 난 험로를 걸으면서 세 사람은 별 대화를 나누지 않았다. 그러다 막 삼문협의 험산을 벗어나려는 순간 장사성이 귀령파파를 보며 입을 열었던 것이다.

"소용없는 일이지."

귀령파파가 고개를 저었다.

"하지만 귀령파파께서 찾아가신다면 그는 술독에서 헤어날 수도 있을 겁니다."

"그가 술독에 빠진 것은 나 때문이 아니오. 그 스스로가 자초한 일이지."

"그가 형님을 죽음의 위기로 몰아넣은 것은 단지 귀령파파를 연모했기 때문이었습니다. 화산 유해진의 술수도 있었고요."

"물론 그 사정들을 모르는 것은 아니오. 하지만 그렇다고 해도 역시 그가 그대의 형님을 공격한 일은 돌이킬 수 없는 잘못이었어. 그 일로 인해 난 영원히 그대의 형님 곁에 갈 수가 없었으니까."

"아아, 결국 형님도 오해를 풀지 않았습니까?"

"하지만 그때는 시간이 너무 늦었었지. 당신의 형님은 그 일로 인해 자신을 대신해 몸이 상한 설산화 동화인과 함께 젊은 시절을 보냈던 것이고… 그녀가 죽은 이후에도 언제나 날 피했었지."

"따지고 보면 화산의 유해진도 주마왕도 모두 불쌍한 사람들입니다. 결국 그 누구도 자신이 사랑하는 사람을 얻지 못했으니까요."

"흥, 그들은 그럴 자격이 없는 사람들이야. 유해진만 해도 그래, 그는 스스로 동화인을 자신의 여인으로 만들 용기가 없었던 위인이라고. 문파의 존장들이 반대할 것이 뻔했으니까. 그래서 결국 그대의 형님께 동화인의 마음이 기울어지자 그따위 술수를 써서 한바탕 분을 풀려고 했던 것이지. 덕분에 동화인은 당시 얻은 상처로 채 사십이 넘기 전에 숨을 거뒀고, 장 늙은이는 나를 멀리했지. 나의 사형은 결국 날 떠나보내야 했고, 이 삼문협에 처박혀 술귀신이 되지 않았나. 결국 유해진은 용기가 없었고, 나의 사형은 너무 아둔했던 것이지. 그대의 형님만 없으면 내가 자신에게 올 줄 알았으니까."

귀령파파가 투덜거리며 과거의 일을 회상했다. 하지만 그녀의 목소리에선 특별한 원한 같은 것이 느껴지지 않았다.

"이제 보니 파파께서는 이미 주마왕을 용서하셨군요."

"왜 그렇게 생각하는 거요?"

"그러니까 주마왕의 제자들이 위기에 처했을 때 모른 척하지 않았던 것이겠지요. 그리고 과거의 일을 이렇게 담담히 입에 올리시는 것을 보니 파파께서는 이제 과거의 원한을 지워버린 것이 분명해 보이는군요."

그러자 귀령파파가 문득 걸음을 멈추고는 장사성을 빤히 쳐다봤다. 그러다간 고개를 끄덕이며 입을 열었다.

"확실히 당신네 장씨 형제의 머리는 알아줘야 해. 맞소. 난 그를 이미 오래전에 용서했다오."

"그런데 왜 그에게 찾아가 그를 용서했다는 말을 하지 않는 겁니까? 그는 아마 평생 그 말을 기다리고 있었을 겁니다."

"군이 그의 얼굴을 보고 싶은 생각은 없기 때문이라오. 아마도 관산동이라는 제자가 전하는 말을 듣는다면 풍 사형도 내가 이미 자신을 용서했다는 것을 알게 될 테지."

귀령파파의 말에 송문악이 깜짝 놀라며 물었다.

"그럼 그 주마왕 풍석동이란 분이 어르신의 사형이었어요?"

송문악의 물음에 귀령파파가 묵묵히 고개를 끄덕였다.

"그렇다. 그가 바로 나의 하나밖에 없는 사형이란다."

세 사람의 신형이 삼문협을 둘러싼 험산을 완전히 벗어나 낙양으로 뻗은 관도로 들어서자 어둠이 내렸다. 덕분에 세 사람의 모습은 관도에 들어선 이후 채 일각이 지나기도 전에 어둠 속으로 사라졌다.

그때 산길이 끝나고 평지의 관도가 시작되는 곳에 한 명의 거한이 거친 숨을 몰아쉬며 모습을 드러냈다. 한 손에는 술병을, 다른 한 손에는 거대한 대도를 움켜쥔 그가 송문악 등 삼인이 사라진 어두운 관도를 보며 중얼거렸다.

"사매! 네가 돌아왔구나. 나에게 술을 그만 마시라고 했다고? 그렇다면 결국 날 용서했다는 말이겠지? 아아! 사매, 그런데 넌 왜 나에게 얼굴도 보여주지 않고 다시 이곳을 떠나간단 말이냐?"

사내의 몸에서는 십 장 밖에서도 맡을 수 있는 수십 년 절은 술 냄새가 풍겨 나왔다.

그렇게 한동안 삼 인이 사라진 관도를 응시하던 사내가 갑자기 손에 든 술병을 옆에 있는 커다란 바위에 던져 버렸다. 그러자 바위에 부딪친 술병이 산산조각나며 그 안에 담겨 있던 술들이 쏟아져 내렸다. 그와 동시에 사내의 입에서 제법 큰 외침이 흘러나왔다.

"오냐, 사매가 원한다면 더 이상 술을 마시지 않으마. 그리고 언제라도 삼문협으로 돌아오거라. 이 사형은 언제까지 이곳에서 널 기다리고 있을 테니."

第九章

낙양(洛陽), 그리고 하나의 죽음

고도(古都) 낙양의 정취가 밤을 향해 열린 창을 통해 은은하게 밀려들어 왔다. 속되지 않은 홍취… 송문악이 추월루(秋月樓)에서 느낀 첫 느낌이었다.

기루임에도 불구하고 추월루의 향기는 주향(酒香)보다 문향(文香)이 짙었다. 하나의 거대한 대실, 그리고 스무 개의 별실과 다섯 개의 중실로 이루어진 추월루 곳곳은 고금의 유명한 서화가들의 그림과 글씨로 치장되어 있었다. 글과 그림을 좋아하는 사람이라면 추월루에 걸린 그림과 글씨를 구경하는 것만으로도 하루를 보낼 수 있을 만큼 추월루는 일반 기루와 다르게 문향이 짙게 풍기는 곳이었다.

주루를 밝히는 빛 또한 추월루의 운치를 별스럽게 만들고 있었다. 보통 주루라면 오색홍등의 휘황찬란한 불빛으로 취객들을 끌어 모으기 마련이었지만 추월루는 조금 어둡다 싶게 느껴질 만큼 잔잔한 푸른색 등불을 밝혀놓고 있었다. 그래서 일반적인 주루의 와자지껄함은 추월루에서 찾아볼 수 없는 광경이었다.

술 한잔과 고도(古都)의 정취, 창문 밖으로 덩그러니 떠 있는 초승달, 벽에 걸린 족자의 그림과 글씨들이 살아 있는 생물처럼 등불을 타고 춤을 췄다.

"지루하군."

귀령파파 이설이 중얼거렸다. 장사성이나 귀령파파 이설에게 기루는 낯선 공간이었다. 귀령파파 이설이 여인과 술을 찾아 뭇 남성들이 찾아드는 주루에 드나들 리 없었고, 장사성 역시 술과 여인과는 거리가 먼 사람이었다. 아무리 추월루가 고즈넉한 문향을 풍겨내는 주루라 할지라도 주루는 주루, 두 사람 모두 별반 재미를 찾을 수 없는 공간임이 분명했다.

"그녀가 우릴 만나줄까요?"

장사성이 귀령파파가 입을 열자 기다렸다는 듯이 물었다. 어쩌면 그도 이 조용한 주루가 무척이나 지루했었는지도 몰랐다. 송문악은 두 사람의 대화에 관심을 보이지 않고 여전히 추월루의 문향을 음미하듯, 아니면 창밖으로 펼쳐진 고도 낙양의 정취를 즐기듯 편안한 표정으로 달빛 아래 드러난 낙양성의 시가지를 바라보고 있었다.

"천학과 나의 이름이 전해졌다면 당연히 우릴 만나러 오지 않겠소?"

귀령파파가 장사성의 물음에 대답했다.

"전 사실 그녀와 별로 친분이 없어서… 그녀를 본 것도 겨우 스치듯 서너 번에 지나지 않지요."

"흠, 서너 번이면 제법 많이 본 것이구려. 본시 한천녀(恨天女) 옥소화(玉昭華)의 얼굴을 알고 있는 자는 강호에 채 오십 명이 되지 못할 테니 말이오."

"그렇게 되나요? 파파께서는 그녀를 잘 알고 계시는지요?"

"글쎄. 잘 알고 있다고 해야 할지 어떨지… 한때는 수개월을 함께 강호를 여행한 적도 있지만, 역시 그때에도 워낙 말이 없던 인물이라……."

"그렇군요. 그런데 그녀는 어떻게 살황 고산앙과 알고 지내게 된 것일까요?"

"그 이야기는 내가 좀 알고 있구려. 본시 한천녀는 그 별호가 말해주듯 어려서 무척 비참한 일을 당한 여인이라오. 그 일로 인해 그녀는 기녀의 생활을 하게 되었던 것이지. 비록 기녀로 연명하고 있기는 했지만 그녀는 어려서 자신의 가족에게 불행을 가져온 원한을 결코 잊지 않았다고 하더구려.

본시 사람이 원한이 깊고 의지가 강하면 결국 어디에 있더라도 힘을 키우게 마련, 시간이 흐르자 그녀는 어느덧 천하에서 가장 유명한 열 개의 기루를 가진 여인이 되었고, 또한 일신의 무공도 십대괴객의 한자리를 차지할 만큼 성취를 보게 되었지. 그런데 아마 그녀의 원수는 무척 대단한 사람이었던 모양이오. 비록 그녀가 제법 큰 성공을 했다고 하여도 원한을 갚기가 쉽지 않을 만큼 말이오. 그래서 그녀는 자신의 기루에서 벌어들인 재물을 가지고 살황 고산앙을 찾아갔던 것이라오."

"청부를 하였군요."

"그렇지. 그런데 고산앙이라는 사람은 천학도 알다시피 돈만으로 움직일 수 있는 사람이 아니잖소. 자연히 살황을 자신의 복수에 끌어들이는 과정에서 그녀와 살황은 어느 정도 서로에 대한 신뢰를 쌓게 되었다고 하더구려. 결국 살황은 그녀의 복수에 동참했고, 복수는 성공했소. 이후 한천녀 옥소화는 살황과 이어지는 관문이 된 것이지."

"그렇게 된 일이군요. 그런데 한천녀 옥소화가 살황을 동원해 복수를 한 대상이 누군지 아십니까?"

"그거야말로 아는 사람이 아무도 없을 거라우. 오직 한천녀 옥소화와 살황 고산앙만이 알고 있는 일이라고 할 수 있지. 알다시피 살황 고산앙에게 죽음을 당한 자는 단 한 명도 무림에 알려진 적이 없소. 그게 바로 살황이 강호제일의 살객이라 불리는 이유이고 말이오."

귀령파파 이설의 말에 장사성도 고개를 끄덕였다. 강호에서 살황 고산앙은 살객들의 제왕으로 불리지만 정작 그의 손에 죽은 자의 이름은 단 한 명도 알려진 것이 없었다. 그저 하루에도 수없이 죽어가는 강호의 무림인 중 누군가는 살황의 손에 죽었을 거라 추측할 수밖에 없는 것이 살황의 살행이었다.

결국 살황의 손에 죽은 자를 알고 있는 사람은 오직 살황에게 청부를 한 사람밖에 없다는 이야기였다. 그것이 또한 살황이 수십 년간 강호에서 최고의 살객으로 존재할 수 있는 이유 중 하나였다.

"그런데 과연 청부가 아님에도 살황이 우리를 만나주겠소?"

귀령파파가 장사성에게 물었다.

"쉽지 않은 일이지요."

장사성도 낯빛을 흐리며 대답했다.

"오 년 전 유행촌에서 그를 좀 더 잡아두는 것인데… 그때 좀 더 친분을 쌓아두었다면……."

"그것도 쉽지 않은 일이었지요. 당시에 청부를 할 수 있었던 것조차도 운이 좋았던 거지요. 마침 한천녀 옥소화와 살황이 유행촌 인근을 지나고 있었기에 가능한 일이었지요."

"어쨌든 한천녀를 만나보면 무슨 방법이 있겠지."

그때였다. 바람에 낙엽이 쓸리는 듯한 소리가 들려오더니 별실의 문밖에서 인기척이 들려왔다.

"루주께서 납시었습니다."

교태없는 청아한 목소리가 들려왔다. 역시 기루에 어울리는 목소리는 아니다. 송문악은 낙양의 밤거리를 보고 있던 시선을 거둬 목소리가 들려온 문 쪽을 바라봤다. 그러자 조용히 문이 열리더니 수수한 차림의 여인 한 명이 들어왔다. 그녀가 별실 안으로 들어서자 세 사람은 누가 먼저랄 것도 없이 자리에서 일어났다. 알 수 없는 고결한 기운이 그녀에게서 풍겨 나왔다.

"설 언니."

여인이 귀령파파 이설을 보며 얼굴에 미소를 지었다. 그녀가 미소를 짓자 송문악은 별실 안의 분위기가 순식간에 바뀌는 것을 느꼈다. 조금 어둑하던 실내가 그녀의 웃음으로 환한 등을 밝힌 듯 밝아졌다.

"옥 동생, 오랜만이야."

귀령파파 이설 역시 반가운 듯 한천녀 옥소화의 손을 잡았다.

"이게 얼마 만이죠, 언니?"

"오 년이 넘었지?"

"벌써 그렇게 되었나요? 아아, 세월이 정말 빠르군요. 왜 그동안 그렇게 연락이 없으셨어요?"

"난 천학과 함께 북쪽에 은거해 있었다네, 동생!"

"그러셨군요. 그래서 그동안 연락이 없으셨던 거군요. 천학께서는 여전하시군요."

한천녀 옥소화가 시선을 돌려 천학 장사성을 바라봤다.

"옥 소저께서야말로 전혀 변하지 않으셨구려. 유행촌에서 뵈었을 때가 벌써 오 년 전인데… 세월도 옥 소저 앞에서는 비껴가는 모양입니다."

"호호호, 역시 천학께서는 사람의 마음을 흔드는 말씀을 잘하신다니까. 제 나이가 몇인데 아직도 소저라니… 호호호."

한천녀 옥소화가 맑은 웃음을 터뜨렸다. 밝고 높은 웃음이었지만 여전히 기품을 잃지 않는 옥소화였다.

"그런데… 이 잘생긴 공자 분은 누구신지……?"

웃음을 멈춘 옥소화가 송문악에게 관심을 보였다.

"그 아이가 바로 유행촌에서의 그 아이라네."

귀령파파 이설이 대답하자 옥소화가 놀란 표정을 지으며 송문악의 얼굴을 다시 한 번 살폈다. 그렇게 한참 동안 송문악의 얼굴을 유심히 바라보던 옥소화가 고개를 끄덕이며 입을 열었다.

"정말 세월이 흐르긴 했군요. 당시에는 어린 소년이었는데 이젠 이렇게 한 명의 건장한 청년이 되었으니 말이에요. 그러고 보니 언뜻 당시의 모습이 남아 있는 것 같기도 하군요."

송문악은 옥소화의 말에 내심 의구심이 일었다. 귀령파파
와 한천녀는 과거 유행촌에서 신기루 고수의 추격을 받을 당
시를 이야기하는 것이 분명했다. 그런데 송문악의 기억으로
는 당시 한천녀 옥소화를 본 기억이 없었다. 송문악의 표정을
읽었는지 장사성이 입을 열었다.

"당시 워낙 사정이 급했기에 살황에게 청부를 하는 것과
더불어 옥 소저께도 부탁을 드렸었다. 옥 소저께서는 만약의
일에 대비해서 멀리서 우리와 그들의 추격전을 지켜보고 계
셨던 것이다."

장사성의 설명에 당시의 상황을 알게 된 송문악이 한천녀
옥소화에게 정중히 고개를 숙여 보였다.

"송문악입니다. 과거 저도 모르는 사이 은혜를 입었습니
다. 뒤늦게라도 선배님의 은혜에 감사드립니다."

"호호호! 송 공자, 나에게 감사할 것은 없어요. 당시의 일
은 모두 여기 천학께서 청부를 하심으로써 이루어진 일이니
까요. 당시 저는 천학으로부터 적지 않은 대가를 받았지요."

한천녀 옥소화가 다시 화사하게 웃었다. 그녀의 웃는 모습
을 보면 귀령파파가 이야기한 그녀의 비참했던 시절을 도저
히 상상할 수 없을 지경이었다.

사실 송문악은 한천녀 옥소화의 나이조차도 짐작하고 있
지 못했다. 귀령파파 이설을 언니라고 부르는 것으로 보아 그
녀의 나이가 적지 않음을 알 수 있었으나, 겉으로 보기에는

도저히 나이를 짐작할 수 없는 아름다운 외모를 가지고 있기 때문이었다.

"비록 거래를 통해 한 일이기는 했으나, 과거 옥 소저께서 이 사람의 부탁을 거절치 않으시고 힘을 보태주셨을뿐더러, 또 살황에게 청부를 할 수 있게 도와주신 은혜는 작다고 할 수 없지요."

장사성의 말에 송문악이 옥소화에게 다시 가볍게 고개를 숙여 보였다. 옥소화는 송문악의 인사에 자신도 고개를 숙여 답례를 하고는 이내 시선을 귀령파파에게 돌렸다.

"그런데 설 언니, 어떻게 제가 낙양에 머무르는 것을 아시고 찾아오셨지요? 우연히 이곳을 들르신 것은 아니신 듯한데……?"

옥소화의 말에 귀령파파 이설이 정색을 하며 대답했다.

"옥 동생이 이곳에 머물고 있는 것은 천학이 알아냈지."

"역시 천학 어른이시군요. 제가 있는 곳을 알아낼 수 있는 사람은 그리 흔치 않은데. 그런데 무슨 일로……?"

"옥 소저께 긴히 부탁드릴 일이 있어 이렇게 실례를 무릅쓰고 찾아왔습니다."

장사성이 진지한 표정으로 말하자, 별실에 들어선 이후 얼굴에서 웃음이 떠나지 않던 한천녀 옥소화의 표정이 살짝 굳어졌다. 그러자 그 순간 그녀는 정숙한 아름다움을 빛내던 추월루의 주인에서 강호십대괴객의 일인인 강호의 고수로 순식간에 변해 버리는 것이었다.

'대단하군. 이런 면이 숨어 있을 줄이야.'

송문악이 기세가 급변한 한천녀 옥소화를 보며 내심 감탄사를 흘려냈다.

"부탁할 게 무엇인지요? 제가 들어드릴 수 있는 부탁이라면 당연히 도와드려야죠."

"살황을 만나고 싶습니다."

장사성이 말을 끌지 않고 바로 본론을 들이댔다. 한천녀 옥소화의 눈가에 살짝 기광이 스치고 지나갔다.

"청부인가요?"

옥소화가 되묻자 장사성이 천천히 고개를 저었다.

"청부는 아닙니다. 우리는 그를 직접 만나고 싶습니다."

그러자 옥소화가 살짝 아미를 모았다. 곤란한 일을 맞닥뜨렸다는 표정이었다.

"설 언니와 천학 어른의 얼굴을 보아서는 저도 도와드리고 싶지만, 아시다시피 살황은 청부가 아니면 모습을 드러내지 않는 사람입니다."

"물론 그 사실은 우리도 알고 있습니다. 해서 옥 소저께 드리는 부탁이 무척 어려운 것임을 알지만, 그나마 살황과 연락이 되는 사람은 옥 소저밖에 없기에 이렇게 무리한 부탁을 드리는 것입니다."

"그런데 살황은 왜 만나려고 하시는 거죠?"

옥소화가 궁금하다는 듯 장사성에게 물었다.

"살황을 만나고자 하는 사람은 나나 천학이 아닐세. 살황을 만나고자 하는 사람은 바로 문악, 저 아이라오. 동생."

옆에서 장사성과 한천녀의 대화를 듣고 있던 귀령파파 이설이 두 사람의 대화에 끼어들었다. 그러자 한천녀 옥소화가 뜻밖이라는 표정을 지으며 송문악을 돌아봤다.

"송 공자께서 살황을 만나려 하신다고요?"

"그렇습니다, 선배님. 제가 살황 어른을 만나고 싶다고 두 분께 졸라 이렇게 선배님을 찾아오게 된 것입니다."

"그를 왜 만나려고 하는 건가요, 송 공자?"

옥소화가 묻자 일순 송문악의 말문이 막혔다. 송문악 자신으로서도 정확히 살황 고산앙에게서 무엇을 얻으려 하는 것인지 단정적으로 대답할 수 없었다. 그는 단지 살황 고산앙을 만난다면 자신이 앞으로 감당해야 할 수많은 죽음들에 대해 좀 더 초연할 수 있는 그 무엇인가를 얻을 수 있지 않을까 하는 막연한 기대를 하고 있을 뿐이었다.

"그냥, 그분의 곁에서 그분의 모습을 지켜보고 싶습니다."

송문악의 대답은 그것이 최선이었다. 한천녀 옥소화의 얼굴이 더 어두워졌다.

"그것이야말로 그가 받아들이기 가장 어려운 요구군요. 그는 누군가가 자신을 지켜보는 것을 가장 싫어한답니다."

"그분이 선뜻 저를 만나주실 거라 기대하지는 않았습니다.

단지 그분께 제 의사를 전할 수 있다면 그것으로도 감사할 따름이지요."

"휴… 좋아요. 비록 청부가 아니더라도 이 옥소화는 살황에게 그 정도 말을 전할 수는 있지요. 하지만 미리 말해두지만 그가 송 공자의 부탁을 들어줄 가능성은 거의 없어요. 그건 알아두셔야 합니다."

"알겠습니다. 비록 살황 어른을 만나지 못한다 하더라도 말씀을 전해주신 선배의 은혜를 잊지 않겠습니다."

"호호호, 강호에서 은혜를 쌓는 것은 큰 재산을 쌓는 일이지요. 말 한마디를 전함으로써 송 공자의 은인이 될 수 있다면 저로서도 손해나는 일은 아닙니다. 자, 그럼 세 분께서는 낙양에서 한동안 지내셔야겠군요. 저도 살황이 어디에 있는지 모르니 그에게 연락을 보내고 그가 날 찾아오기를 기다려야 할 테니까요. 혹, 묵으실 곳이라도 마련하셨는지……?"

"지금부터 알아볼 생각이라오, 동생!"

"마침 제가 한적한 곳에 장원을 마련해 놓은 것이 있는데 그곳에서 머무세요, 언니."

"그러면야 좋지만 너무 신세를 지는 것 같아서……."

"호호호, 신세랄 게 뭐 있나요. 어차피 제가 낙양에 들를 때나 가끔 머무는 곳인데요."

"알겠네, 동생. 그럼 그렇게 하도록 하지."

"제가 곧 사람을 보낼게요. 세 분은 잠시 이곳에서 기다려

주세요."

한천녀 옥소화는 그녀가 별실에 들어올 때와 같은 표정을 하고 별실을 나갔다.

"그가 과연 만나주겠소?"

귀령파파 이설이 한천녀 옥소화가 완전히 별실을 벗어나자 걱정스런 표정으로 장사성을 바라봤다.

"쉽지는 않겠지요. 문악이와 별반 친분이 있는 것도 아니고, 그저 과거 청부를 받아 일을 하며 스쳐 지나간 사이에 지나지 않는데… 넌 그가 널 만나지 않겠다고 해도 너무 서운하게 생각지 말아라."

장사성이 송문악을 보며 말했다. 하지만 그때 송문악은 다른 생각에 잠겨 있었기에 장사성의 말을 미처 알아듣지 못했다.

"문악아, 무슨 생각을 그렇게 하느냐?"

그런 송문악을 보고 장사성이 재차 물었다. 송문악은 그제야 장사성이 자신에게 말을 걸고 있다는 것을 깨닫고는 급히 입을 열었다.

"이런, 제가 잠시 딴생각을 하고 있었네요. 죄송해요."

"죄송할 것까지야 없다. 그런데 넌 도대체 무슨 생각을 그렇게 골똘히 하고 있었던 것이냐?"

장사성이 묻자 송문악이 겸연쩍은 표정을 지어 보이며 대답했다.

"전 그저 한천녀 옥소화 선배의 나이가 얼마나 되었을까, 그것을 생각하고 있었습니다."

"뭐? 옥 소저의 나이를 궁리하고 있었다고? 이런 이런, 우리 두 사람은 상황이 널 만나줄지 아닐지 고민하고 있었는데 넌 정말 전혀 다른 생각을 하고 있었구나."

"죄송합니다, 장학사님!"

송문악이 얼굴에 미안한 기색을 드러내며 고개를 숙여 보였다.

"또 장학사님, 넌 언제까지 날 장학사님이라고 부를 생각이냐? 난 네가 할아버지로 모셨던 분의 동생이다. 그러니 나도 할아버지라고 부르라고 몇 번을 말했더냐? 쯔쯔, 이거야 원, 할아버지 소리 듣기가 이렇게 힘이 들어서야……."

장사성이 혀를 차자 송문악이 무안한 얼굴로 그저 웃음을 지을 뿐이었다.

"호호, 천학, 그런 것은 강요한다고 되는 일이 아니라오. 그러니 저 아이의 입에서 자연스럽게 할아버지 소리가 나올 때까지 기다리시구려. 그나저나 넌 한천녀 옥소화의 나이가 궁금하다고 했느냐?"

"그렇습니다, 어르신. 어르신과의 관계를 보면 적지 않은 나이인 듯도 하고 좀체 짐작하기 어렵군요."

"흘흘, 본시 강호의 여인이란 나이가 들어도 얼굴에 그 나이가 잘 드러나지 않는 법이란다. 하물며 한천녀 옥소화는 어려서부터 기루에 몸을 담았으므로 그 외양을 가꾸는 것이 오랜 습관처럼 되어 있다고 할 수 있지. 놀라지 말거라. 한천녀 옥소화의 나이는 이미 오십이 넘은 지 오래니라."

"설마……?"

"내가 너에게 거짓말을 하겠느냐? 그녀의 나이를 이야기하자면 오히려 육십에 더 가깝지. 어떠냐? 역시 강호는 재미있는 곳이지?"

"그렇군요. 역시 강호에는 특별한 사람들이 참 많군요."

송문악이 한천녀 옥소화의 나이에 놀라고 있을 때, 문득 별실의 문을 두드리는 소리가 들려왔다. 그리고 잠시 후 별실 문이 열리면서 사십대 중반의 중년 사내가 모습을 드러냈다.

"주인께서 세 분 귀인을 모시라 보냈습니다."

사내는 정중했으나, 비굴하지 않았다. 눈이 맑은 것으로 보아 적지 않은 무공을 지니고 있음이 분명했다.

"신세를 지겠소."

장사성이 자리에서 일어나며 말하자 사내가 가볍게 허리를 숙여 보이더니 앞장서서 별실을 벗어났다.

사내가 송문악 등을 안내한 곳은 추월루의 정문이 아니라 추월루 안쪽의 잘 꾸며진 정원을 지나 몇 개의 작은 건물들을 사이를 걸으면 나타나는 추월루 뒤쪽의 후문이었다.

후문을 벗어나자 한 대의 마차가 세 사람을 기다리고 있었다. 마차를 준비했다는 것은 장원이 추월루에서 적지 않은 거리에 있다는 의미였다.

"오르십시오. 이각 정도 걸리는 거립니다."

"부탁합시다."

장사성이 대답을 하며 먼저 마차에 오르자 귀령파파와 송문악이 뒤따라 마차에 올랐다. 세 사람이 마차에 오르자 중년 사내가 마차를 몰아 낙양의 밤거리를 달리기 시작했다.

*　　　　*　　　　*

송문악은 사지 곳곳으로 퍼져 나가는 육양공의 열기를 느끼며 깊게 숨을 들이마셨다. 시간이 지날수록 점점 거대해져 가는 육양공의 진기 덩어리들이 이제는 송문악의 몸 전체를 지배하듯 가득 채우고 있었다. 육양공의 수련이 깊어질수록 송문악은 육절기인 무극산과 귀곡주 방국진이 신기루의 천문시를 손에 넣은 이유를 짐작할 수 있을 것 같았다. 만약 자신이 육양공의 수련을 대성하여 자신의 온몸을 육양공의 진기로 가득 채울 수 있다면 어쩌면 자신 또한 천문시의 주인이 될 수 있을지도 모른다는 생각을 하고 있었다.

'천문시의 주인이 될 수 있을 정도의 무공을 얻는다면 천문시를 만들어낸 자들을 만날 수 있겠지.'

섣불리 신기루의 주재자들에게 자신의 모습을 드러낼 수는 없었다. 송문악은 서툰 복수의 열망으로 스스로를 망쳐 버릴 정도로 아둔하지 않았다.

'천문시를 얻을 수 있는 무공, 그것을 얻게 되면 그때 본격적으로 움직인다. 그전에는 어둠 속에서 살아야겠지. 그러니 반드시 살황을 만나야 할 터이고……'

송문악이 조용히 숨을 들이마셨다. 차가운 공기가 폐 속으로 밀려들어 육양공의 뜨거운 열기를 가라앉혔다. 송문악이 다시 조용히 숨을 내뱉었다. 육양공의 열기가 허공중으로 조용히 비산했다. 그리고 그의 눈이 떠졌다. 사람이 찾아온 것은 바로 그때였다.

"역시 어렵겠군요."

예상했던 답을 가지고 한천녀 옥소화가 장원을 찾아왔다. 송문악과 다른 두 사람이 낙양의 외지에 위치한 한천녀 옥소화의 비밀 장원에 머문 지 열흘 만의 일이었다.

"그는 지금 어디 있나?"

귀령파파 이설이 물었다. 그러자 한천녀 옥소화가 조용히 고개를 저었다.

"저도 그가 어디에 있는지는 알 수 없어요, 언니. 그리고 제가 그가 있는 곳을 안다고 해도 역시 그의 위치를 말씀드리긴 어려운 일이고요."

귀령파파 이설과 한천녀 옥소화가 비록 친분이 있다고는 해도 역시 살황 고산앙의 위치를 말할 수 있을 만큼 가까운 사이는 아니었다. 그건 귀령파파 이설도 수긍하는 바였다.

"그에게서 다른 말은 없었나?"

"그가 보내온 답은 오직 한마디, 불가(不可)였어요."

"흐흠, 예상하지 못한 것은 아니야. 살황 고산앙이 청부가 아닌 이상 타인에게 자신의 모습을 드러낼 인물이 아니지. 하물며 자기 곁에 사람을 머물게 할 사람은 더더욱 아니고……."

"이거 죄송해서 어떡하지요, 송 공자?"

한천녀 옥소화가 예의 그 화사한 얼굴에 미안한 기색을 보이며 송문악을 돌아봤다.

"오히려 선배께 번거로운 일을 부탁드린 제가 더 죄송합니다. 어쩔 수 없지요. 혹 인연이 있다면 언젠가는 만날 수 있겠지요. 그걸 기대할 수밖에요."

송문악의 대답이 담담하다. 아마도 송문악 자신도 이런 식으로 살황 고산앙을 만날 수 있을 거라고는 별반 기대치 않은 듯했다.

"그렇게 생각하면 다행이군요. 그나저나 세 분은 앞으로 특별한 계획이라도 있으신가요?"

한천녀 옥소화의 질문에 세 사람이 저마다 서로의 얼굴을 쳐다보았다. 세 사람의 계획은 한천녀 옥소화를 통해 살황 고산앙을 만나는 것까지만 세워져 있었다. 그 일이 틀어졌을 때의 계획이 세 사람에게 있을 리 없었다.

"이제부터 고민해 봐야겠습니다."

장사성이 삼 인을 대신해 미소를 지으며 대답했다.

"그렇다면 낙양에서 좀 더 머무시지요. 그간은 살황의 연락을 기다리느라 장원 안에만 계셨을 테니 성안 구경도 좀 하시면서요. 필요한 것은 이 한천녀가 준비하도록 하겠습니다."

한천녀 옥소화는 살황 고산앙과의 만남이 여의치 않은 것이 못내 미안한 모양이었다.

"어떡하시겠수, 천학? 이곳에서 좀 더 머물며 앞으로의 일을 천천히 생각해 보는 것도 괜찮을 것 같은데?"

귀령파파 이설이 장사성을 보며 묻자 장사성이 송문악에게 시선을 돌렸다.

"네 생각은 어떠냐?"

"저야 아무래도 상관없습니다."

"그럼 이곳에서 옥 소저의 신세를 좀 더 지도록 하지요. 여러 가지로 폐를 끼치게 되는군요."

장사성이 옥소화에게 가볍게 고개를 숙여 보이자 옥소화가 고개를 저었다.

"신세랄 것이 있나요. 설 언니과 천학 두 분을 모실 수 있는 것은 오히려 이 옥소화의 영광이지요."

세 사람은 옥소화와 이런저런 이야기를 나누다 오후가 되어서야 헤어졌다. 옥소화는 비록 장원을 마련해 두기는 했지만 낙양에 머무는 때의 대부분을 추월루에서 보냈으므로 옥소화의 장원은 송문악 등 세 사람만의 거처가 되어버린 지 오래였다. 그렇게 삼 인의 낙양 생활이 길어지고 있었다.

*   *   *

원단(元旦)이 얼마 남지 않아서인지 낙양성 내가 며칠 전부터 흥청거리고 있었다. 낙양은 본래 큰 도읍이었기에 수많은 사람들의 발길이 이어지는 곳이었지만, 한해를 보내고 다시 새로운 한해를 맞이하는 시기의 성내는 다른 여느 때와 다른 묘한 흥분이 넘쳐흘렀다.

그중에서도 낙양성 동쪽에 위치한 군자로(君子路)의 화려함은 성내의 다른 곳과는 무척 다른 기운을 풍기고 있었다. 낙양성에서 군자로는 성내의 고관대작과 거부들의 저택이 몰려 있는 곳으로 유명했다. 폭 십여 장의 대로가 삼백여 장 길이로 뻗어 있는 군자로 좌우로는 오십여 채의 고택들이 들어서 있었는데 이 고택들의 주인들이 바로 실질적으로 낙양을 지배하는 자들이라 할 수 있었다. 따라서 군자로의 세밑 풍경은 다른 낙양의 거리보다 유난히 화려하면서도 한편으로는 고즈넉한 운치를 자아내고 있었다.

군자로에는 고관대작과 거상들이 거주하는 수십 채의 고택 이외에도 그 식솔들을 대상으로 천하각지에서 모아온 귀한 물건들을 사고파는 상점 일곱 개와 귀한 손님들을 상대하는 기루 세 개가 고택들 사이에 자리 잡고 있었다.

이 상점과 기루들은 모두 손님을 가려 받는 곳으로 군자로에 거주하는 사람이 아니면 출입하기가 몹시 힘든 곳으로도 유명했다. 그리고 그중 하나가 추월루였다.

추월루의 화려하면서도 기품있는 건물 앞쪽으로 몇몇 사람들이 지나쳐 갔다. 기루란 밤에 그 활기를 찾는 곳이다. 하지만 추월루는 꼭 술을 마시기 위해서만 찾는 곳이 아니었으므로 한낮임에도 불구하고 적지 않은 손님들이 오가고 있었다.

추월루 맞은편에는 수만 권의 서책을 소장하고 있다고 알려진 군자로의 명소 송학서점이 있었다. 송학서점의 주인은 한때 경사(京師)에서 크게 학문을 떨진 일송(一松) 방덕륜(方德倫)이었는데, 그는 낙양 제일의 학자로 그 존경을 한 몸에 받는 대학(大學)이었다.

일송 방덕륜은 그 학문으로서의 명성뿐 아니라, 낙양을 움직이는 주요 인사로도 유명했는데 그가 낙양에서 적지 않은 권력을 가지게 된 것은 군자로의 고택에 살고 있는 고관대작의 자제들 대부분이 그의 제자였기 때문이다.

송학서점 뒤쪽에 자리 잡은 한 채의 건물이 바로 그가 군자

로의 귀공자들을 가르치는 학당이었는데 이 학당에 든 귀공
자들이 매달 방덕륜에게 가져다 바치는 금자는 송학서점에서
서책을 팔아 남기는 이문보다도 많았다.

이 가진 자들의 공간에 송문악이 모습을 드러냈다. 낙양에
머문 지 한 달이 지나고 있었다. 어려서 적지 않게 천하를 떠
돈 송문악이었지만 낙양의 화려한 시가지는 지난 한 달 동안
미처 모두 돌아보지 못할 만큼 방대한 것이었다.

옥소화의 장원에서 향후의 일을 계획하며 지내던 송문악
등 세 사람은 가끔 장원을 벗어나 성내를 구경하거나 혹은 군
자로에 나와 추월루에서 차를 마시곤 했다. 오늘도 송문악은
귀령파파와 장사성 두 사람과 오후 늦게 추월루에 들러 차를
마신 후, 두 사람과 헤어져 홀로 송학서점에 들러 서책을 살
펴보고 있던 중이었다.

지금은 도검에 익숙한 손이지만 송문악의 손은 오래전 서
책을 넘기던 감각을 기억하고 있었다.

송문악이 어려서 화옥청이 어렵사리 구해다 준 책들을 송
학서점에서 발견하고는 마치 오래된 친구를 만난 것 같은 기
분에 그 서책들을 들춰보며 과거의 추억에 잠겨 있을 때였다.
갑자기 서점 안쪽에서 소란스러운 사람들의 움직임이 일었
다. 송문악이 여유로운 한때를 방해한 소음에 자신도 모르게
눈살을 찌푸리며 소란이 인 쪽으로 고개를 돌렸다. 순간 송문

악의 눈에 언뜻 이채가 서렸다.

'저들은?'

송문악의 시선이 닿은 곳, 십여 명의 화려한 차림의 귀공자들이 몰려 있었고, 그 가운데에 백의를 차려입고 흰 수염을 가슴까지 기른 고고한 모습의 학자풍 노인이 서 있었다.

"일송이야."

"그렇군. 이거 오늘 운이 좋은걸. 일송을 직접 보게 되다니."

송문악 주위에서 서적을 뒤적거리던 젊은 선비 몇몇이 중얼거렸다. 그들의 옷차림으로 보아 군자로에 사는 선비들 같지는 않았다. 군자로가 아닌 다른 곳에 살고 있는 사람들이 낙양성에서 가장 큰 송학서점에 서책을 구하러 온 것이 분명해 보였다. 이런 사람들에게 낙양의 거학(巨學) 일송(一松) 방덕륜(方德倫)은 그 얼굴을 한 번 보는 것만으로도 영광이었다.

사람들의 관심이 귀공자들 사이에 서 있는 일송 방덕륜에게 모여 있을 때 송문악은 방덕륜이 아닌 다른 두 명의 인물을 보고 있었다.

'여형초라고 했던가?'

삼문협에서 보았던 화산의 제자 여형초가 일송 방덕륜의 근처에 몰려 있는 귀공자들 사이에 있었다. 그리고 또 그녀……

'그녀가 확실하군.'

남장을 푼 여인은 과거의 흔적을 고스란히 드러내 보이고 있었다. 삼문협의 산길에서 보았던 남장여인은 송문악의 짐작대로 화산의 백설아였던 것이다.

송문악이 슬쩍 걸음을 옮겼다. 그러자 그의 신형이 서책들이 빼곡히 꽂혀 있는 서간에 가로막혀 방덕륜을 둘러싼 귀공자들로부터 가려졌다. 하지만 자신의 몸을 숨긴 송문악의 시선은 계속 그 한 떼의 귀공자들의 무리, 그중에서도 백설아와 여형초에게 고정되어 있었다.

"스승님, 그럼 내일 뵙도록 하겠습니다."

여형초가 방덕륜에게 고개를 숙여 보였다. 그러자 방덕륜이 인자한 얼굴로 고개를 끄덕였다.

"오냐. 오랜만에 너를 만나 무척 기뻤다. 네가 내 밑에서 글을 배우던 때가 벌써 칠 년이나 흘렀는데 이렇게 잊지 않고 찾아와 주니 고맙구나. 여 대인께 내일 찾아뵙겠다고 전하거라."

"알겠습니다. 스승님, 그럼 내일 사람을 보내 모시도록 하겠습니다."

"그렇게 하도록 하거라. 그리고 백 소저도 만나서 반가웠소. 화산의 신선들은 그 얼굴을 보기가 무척 어렵다고 알려졌는데 이렇게 직접 찾아와 주니 고맙구려."

"아니에요. 오히려 제가 사형 덕에 일송(一松) 어른을 뵙는 영광을 얻어 무척 기쁠 뿐입니다."

"허허허, 이 늙은이 얼굴이 뭘 그리 대단하다고… 자, 그럼 너희들은 모두 함께 나가서 한잔하겠단 것이지?"

"그렇습니다. 스승님, 함께 가시면 좋을 텐데요."

방덕륜을 둘러싸고 있던 귀공자들 중 한 명이 대답했다.

"핫하하! 젊은 사람들끼리 어울리는데 이 늙은이가 끼어들면 무슨 재미가 있겠느냐? 오냐. 그럼 이만들 가보거라. 본시 어릴 때의 친구가 가장 소중한 법이니라. 하지만 이제 장성들을 했으니 스스로의 몸을 가누지 못할 정도로 취해서는 아니 된다. 군자는 언제라도 자신의 몸을 꼿꼿이 세울 수 있어야 하는 법이야."

"알겠습니다, 스승님!"

방덕륜의 당부에 십여 명의 귀공자들이 공손히 고개를 숙여 대답한 후, 방덕륜과 헤어져 송학서점의 출입문 쪽으로 걸음을 옮겼다. 일송(一松) 방덕륜은 멀어지는 제자들을 흐뭇한 웃음으로 바라보고 있었다.

그런데 바로 그때였다. 송문악의 시선이 방덕륜에게서 떨어져 나와 송학서점의 출입문 쪽으로 걸어나오고 있는 백설아와 여형초를 따라 흐르고 있던 그때, 무엇인가 끈적한 느낌이 송문악의 시선을 잡아끌었다.

송문악은 자신도 모르게 고개를 돌려 다시 방덕륜을 바라봤다. 방덕륜은 여전히 웃고 있었다. 하지만 그의 웃는 얼굴은 바로 서 있지 않았다. 그는 웃는 얼굴 그대로 천천히 옆으로 허물어지고 있었던 것이다. 어느새 인자한 그의 얼굴에 회색빛 죽음의 그림자가 드리워지고 있었다. 쓰러져 내리던 그의 손이 무엇인가를 잡으려는 듯 살짝 들려졌다. 그 바람에 그의 손이 자신의 옆에 있는 서간에 걸렸다.

우당탕!

순간 쓰러져 내리는 그의 몸무게를 이기지 못하고 서간이 무너져 내렸다.

"스승님!"

"주인님!"

"어! 저, 저런!"

서점 안에서 다양한 목소리가 터져 나왔다. 그와 동시에 막 송학서점을 벗어나려던 여형초와 백설아가 바람처럼 빠르게 쓰러진 방덕륜에게로 달려왔다. 서점의 안쪽의 학당에서도 또한 몇몇 인물들이 방덕륜을 향해 달려나왔는데 그중 서너 명은 손에 검을 들고 있는 것이 보였다.

'서점에 칼을 든 자라……?'

송문악이 고개를 갸웃거렸다. 그 와중에도 그의 입에는 어느새 옥적이 물려 있었다. 송문악이 옥적을 입에 문 것은 사람들이 방덕륜 곁으로 다가서기 이전이었다. 그러니까 무언가 끈적한 느낌이 송문악의 시선을 방덕륜에게로 돌리게 했을 때, 그리하여 방덕륜의 죽음을 그 누구보다도 먼저 알아차린 그때, 이미 송문악의 입에는 옥적이 물려 있었던 것이다.

송문악은 그렇게 부산한 서점 안에서 사람들이 눈치 채지 못하게 옥적을 불고는 잠시 후 옥적을 자신의 품속에 다시 넣었다.

"스승님!"

"출입문을 막앗!"

그사이 서점 안쪽, 방덕륜이 귀한 집 자제들을 가르치는 학당 쪽에서 뛰어나온 사내들 중 검 든 자들이 번개처럼 움직여 서점의 출입구를 막았다.

"아무도 서점을 벗어나지 마시오!"

뒤이어 여형초의 차가운 경고가 터져 나왔다. 서점 안에 있던 이십여 명의 손님들은 갑작스런 상황에 놀라 어찌할 바를 모르며 서점의 중앙 쪽으로 모여들었다. 송문악도 사람들에 섞여 서점 중앙으로 이동했다.

"사형, 이건?"

그때 백설아의 놀란 음성이 들려왔다.

"암살이야."

여형초의 분노에 찬 대답이 뒤를 이었다.

"도대체 어느 놈이……?"

비단옷을 화려하게 차려입은 방덕륜의 제자들이 저마다 분노한 표정으로 이를 갈았다.

"도대체 어떤 자가 만인의 존경을 받는 스승님을 암살했단 말이냐? 이건, 이건 도대체가 있을 수 없는 일이야."

개중 한 명이 허탈한 음성으로 중얼거렸다. 그리고 그것은 장내에 있는 모든 사람들이 느끼는 혼란을 대변하고 있었다.

대저 강호에서 심심찮게 벌어지는 암살 사건은 대체로 그 대상 인물이 몇 가지 부류로 정해져 있기 마련이었다. 상인과 무인, 그리고 권력층의 고위관리들… 모두 저마다 누군가에게 원한을 사기 쉬운 자리에 있는 인물들이 암살의 대상이 되는 것이 일반적인 세상사였다.

그리고 이 암살이라는 이름이 가장 어울리지 않는 부류를 꼽으라면 바로 일송(一松) 방덕륜과 같은 학자들이었다. 학자란 대체로 방 안에 들어앉아 책이나 읽는 자들이었으므로 좀체 누군가에게 원한을 살 일이 없는 부류의 사람들이었다. 더군다나 일송(一松) 방덕륜처럼 모든 사람들의 존경과 우러름을 받는 대석학의 경우는 더더욱 누군가에게 원한의 대상이 되기에는 적당하지 않은 사람이었다.

그런데 바로 그 일송(一松) 방덕륜이 살해를 당한 것이다. 그것도 벌건 대낮에 자신의 서점 한가운데에서……. 이 일은 누구라도 예상하기 어려운 괴사(怪事)라 할 수 있었다. 그리고 자연스럽게 의심의 눈초리는 서점 안에 있는 손님들에게 쏟아졌다.

그때 학당 쪽에서 다시 몇 명의 청수한 모습의 노인들이 모습을 드러냈다.

"스승님!"

"일송(一松), 이 사람……!"

새로운 사람들이 장내에 등장하자 일송(一松) 방덕륜의 시신을 둘러싸고 있던 귀공자들이 몸을 비켜 그들에게 길을 터주었다.

그들은 바로 일송(一松) 방덕륜의 내제자들로 일송(一松)의 학문을 정통으로 계승한 석학들과 방덕륜의 학당에 머물고 있던 그의 문우(文友)들이었다.

"누가 감히 스승님께 이런 짓을 한 것이오?"

방덕륜의 내제자 중 한 명이 방덕륜의 시신을 안아 들며 여형초에게 물었다. 그는 여형초가 화산에서 수련한 고수라는 사실을 알고 있는 모양이었다.

"지금으로선 흉수를 짐작할 수가 없습니다. 서점 안에 있던 자들 중 그 누구도 밖으로 벗어난 자가 없으니 일단 서점 안에 있던 사람들을 조사해야 할 것입니다."

여형초가 날카롭게 서점 중앙에 몰려 있는 사람들을 바라보며 말했다.

"여 대협은 화산의 제자이시고 또한 스승님께 글을 배운 문도이시니 이번 일의 흉수를 밝혀내는 일을 여 대협께서 맡아주시기 바라오."

방덕륜의 내제자가 다시 여형초에게 부탁하자 여형초가 잠시 생각에 잠겼다가 신중한 목소리로 입을 열었다.

"이번 일은 그리 쉽지가 않을 듯합니다. 제가 비록 화산에서 무공을 익혔다고는 하나 이제 겨우 강호초출의 신분입니다. 이런 중요한 일을 책임질 능력이 제게는 없습니다."

"화산의 제자이신 여 대협께서 능력이 없으시다면 과연 누가 있어 스승님을 해친 자를 밝혀낼 수 있단 말입니까?"

"비록 제가 이 일의 전모를 밝힐 수는 없지만, 그런 능력을 지닌 분을 알고는 있지요."

여형초의 말에 방덕륜의 시신을 둘러싸고 있던 장내의 인물들이 여형초를 바라봤다. 도대체 낙양에서도 도도하기로 이름 높은 낙양대인 여적산의 아들 여형초가 추천하는 자가 누구란 말인가.

"그분이 도대체 누구란 말이오?"

방덕륜의 제자가 답답하다는 듯 되물었다.

"바로 저의 사형 되시는 유소기, 유 사형이십니다. 이번에 저와 함께 낙양에 오셨는데 워낙 번잡한 것을 싫어하시는 분이라 그저 저희 장원 안에 머물고 계시지요."

"아! 여 대협의 사형이시라면 당연히 믿을 수 있지요. 그런데 과연 그 유 대협께서 이 일을 맡아주시려는지요?"

"유 사형은 본래 의로운 성정을 지니신 분이라 천하의 석학이신 스승님의 일에 반드시 나서주실 겁니다."

"그렇다면 다행입니다. 얼른 유 대협을 모셔야 하겠군요."

"알겠습니다. 그럼 제가 가서 사형을 모셔오지요. 그동안 그 누구도 이 서점 안을 벗어나지 못하게 해주십시오. 그리고 일단 스승님의 시신은 이 자리에 그대로 두시기 바랍니다. 유 사형께서 스승님의 시신을 보셔야 할 테니 말입니다."

"알겠습니다. 여 대협 말씀대로 따르지요. 그대들은 누구 도 이곳을 벗어나지 못하도록 철저히 감시하도록 하라!'

"알겠습니다, 대현 어른!'

대현 장서웅은 방덕륜의 내제자 중에서도 수제자의 위치 에 있는 사람이다. 대현(大賢)은 방덕륜이 그에게 직접 하사 한 아호(雅號)로 방덕륜이 장서웅의 학문을 높이 평가하고 있 었다는 것이 잘 드러나는 아호였다. 그 대현 장서웅이 서점의 문을 지키고 선 세 명의 무사에게 단호한 목소리로 명령을 내 리자 문을 지키던 무사들이 굳은 목소리로 대답하며 허리를 숙여 보였다.

"자, 그럼 전 장원에 다녀오도록 하겠습니다."

여형초가 장서웅에게 한마디 말을 남기고는 급히 서점을 벗어나 사람들의 시야에서 사라졌다.

여형초가 사라지자 서점에는 묘한 침묵이 이어졌다. 누가 흉수인지 알 수 없는 상황에서 화산 제자 유소기가 도착할 때 까지 사람들은 서로에게 의심의 눈초리를 보내며 침묵 속에 빠져 있었던 것이다.

유소기가 송학서점에 도착한 것은 그로부터 이각이 지난 후였다.

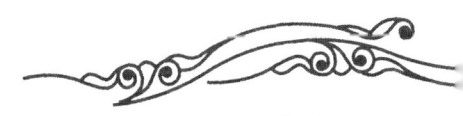

第十章

살황(殺皇) 고산앙(高山殃)

"사인은 검(劍)이군요."

유소기가 조심스럽게 방덕륜을 내려놓으며 말했다.

"유 대협, 유 대협의 말씀을 의심하는 것은 아니지만, 제가 보기에 특별한 검상이 보이지는 않습니다만……."

방덕륜의 내제자 장서웅이 유소기의 말에 의문을 제기했다. 그리고 그것은 꼭 장서웅만의 의문은 아니었다. 장내에 몰려 있는 방덕륜의 제자들 역시 유소기의 말을 받아들이기 힘든 것은 마찬가지였다.

왜냐하면 그들의 눈에 보이는 방덕륜의 시신에서 그 누구도 검상을 발견하지 못했기 때문이다.

"가끔은 일반 사람들의 눈에는 보이지 않는 것이 있는 법이지요."

유소기가 장서웅의 말을 이해한다는 듯 방덕륜의 목을 살짝 옆으로 돌리고는 손으로 목의 한쪽을 짚었다. 그러자 유소기가 손으로 짚은 방덕륜의 목 부위의 살이 벌어지며 손가락만 한 구멍이 드러났다.

"그것이 사인이었군요. 사형, 그런데 제가 보기엔 검이라기보다는 무슨 뾰족한 송곳 같은 것에 의해 난 상처 같은데요?"

"물론 그렇게 볼 수 있지만 이 상처의 모양을 자세히 보게. 아주 작은 상처이지만 그 모양이 검에 의한 검상과 동일하지 않은가. 결국 흉수는 검면이 아주 좁은 협검을 사용했다는 이야기지. 또 살인을 하면서도 상대로 하여금 피를 흘리지 않게 검을 썼어. 이건 무공이 강하다고 할 수 있는 일이 아니지. 흉수는 전문적인 살수라네."

"그렇다면 역시 누군가의 청부에 의해 벌어진 일이겠군요."

여형초의 말에 유소기가 고개를 끄덕였다. 그리곤 장서웅을 돌아봤다.

"혹, 일송(一松) 어른께 원한을 가지고 있는 사람이 없었습니까?"

그러자 장서웅이 약간 불쾌한 표정을 지으며 대답했다.

"스승님께서는 천하의 모든 사람들이 존경하는 일대 석학이셨습니다. 어찌 타인에게 원한을 살 일을 하셨을 리가 있겠습니까?"

"제 말에 기분이 상하셨다면 죄송합니다. 하지만 살수를 동원해 일송(一松) 어른을 암살할 이유는 별로 많지 않지요. 일송(一松) 어른 스스로 모르고 지나친 일이 누군가에겐 원한을 살 수도 있는 것이고 말입니다. 자, 그런 것은 차차 조사해 보기로 하고 지금 중요한 것은 이 안에 있는 사람들이 과연 이 일에 연관되어 있는가를 조사해 보는 일인 것 같습니다. 저 사람들을 언제까지 이곳에 잡아둘 수도 없는 일이니 말입니다."

유소기의 말에 사람들의 시선이 서점 중앙에 몰려 있는 이십여 명의 손님들에게 향했다. 서점 중앙에 서 있던 손님들은 사람들의 시선이 자신들을 향하자 저마다 몸을 움찔거리며 자신의 몸을 사렸다. 본시 이런 일이 벌어진 곳에서는 조그마한 꼬투리만으로도 곤욕을 치를 수 있기 때문이었다.

"이 일은 사제가 맡지?"

유소기가 여형초를 바라보자 여형초가 고개를 끄덕였다.

"알겠습니다. 하지만 만약 이 일을 저지른 자가 전문적인 살수라면 저들에게서 흉수를 발견하기란 어려울 것 같군요."

"그렇긴 하네만, 혹시 그들 중 흉수를 본 자가 있을지도 모르니 자세히 조사하도록 하게."

"알겠습니다, 사형! 자, 모두들 이쪽으로 오시오."

여형초가 서점의 중앙으로 걸어나가며 한곳에 몰려 있던 이십여 명의 손님들을 서점의 앞쪽에 위치한 널따란 탁자로 불러 모았다. 이 탁자는 평소에는 서점에 들른 손님들이 편하게 둘러앉아 서책을 살펴보는 장소였으나, 오늘은 일송(一松) 방덕륜의 살인 사건을 조사하는 장소로 변해 버렸다.

"나는 화산의 제자 여형초라 하오이다. 오래 걸리지 않을 겁니다. 자신의 신원을 증명할 수 있는 사람은 바로 이곳을 나갈 수 있을 겁니다. 그러니 모두 조사에 협조해 주시기 바라오."

여형초는 사람들을 안심시키기 위해 한 말이었지만, 오히려 그의 말투에는 은연중에 조사 대상이 된 서점 안의 손님들을 위압하는 기운이 내포되어 있어 듣는 사람으로 하여금 자신도 모르게 두려움을 느끼게 하는 것이었다. 더군다나 여형초가 본인의 신분을 화산의 제자라고 밝혔으므로 그의 모습은 더더욱 위압적으로 보였다.

"자, 먼저 가장 앞에 계신 분부터 이리로 오시오."

여형초가 손짓을 하자 스무 명의 손님 중 가장 앞쪽에 서 있던 문사건을 쓴 사십대의 학자풍 사내가 자신은 꺼릴 것이 없다는 듯 고개를 빳빳하게 들고 여형초 앞으로 다가갔다. 하지만 그의 다리가 자신도 모르게 흔들리고 있다는 사실을 장내에 무공을 익힌 자들은 누구나 알아볼 수 있었다.

"어디에 사는 누구시오?"

질문을 던지는 여형초의 눈빛이 자못 날카롭다. 무표정한 그의 표정이 여형초 앞으로 다가온 중년 문사의 얼굴을 파랗게 질리게 만들었다.

"북문 근방에 사는 윤령이라 하오."

중년 문사가 선비의 자존심을 잃지 않으려는 듯 입술을 굳게 물며 대답했다.

"이곳엔 무슨 일로 오셨소?"

자신보다 나이가 한참이나 어린 여형초가 반하대를 하며 죄인 취조하듯 질문을 던졌으나 차가운 여형초의 얼굴과 그의 허리에 매여진 검, 그리고 화산의 제자라는 배경이 중년 사내의 반발심을 억누르고 있었다.

"서책을 구하려 왔소."

"북문 근처에도 서방이 적지 않게 있을 터인데?"

"송학서점에서만 구할 수 있는 서책이 있지요."

"학문의 경지가 대단하신 모양이구려. 송학서점에서만 찾을 수 있는 서책을 구하려 하다니 말이오."

"학문을 자신할 수 있는 사람이 어디 있겠소만 적지 않은 책을 읽은 것은 맞소이다."

중년 문사의 대답에는 자신의 학식에 대한 자신감이 깃들어 있었다. 순간 여형초의 입꼬리가 슬쩍 올라갔다. 그것은 일종의 비웃음이었는데 화산의 무공을 익힌 여형초에게는 이런 서생의 자존심은 가소롭게 보이는 모양이었다.

"당신을 증명해 줄 사람이 있소?"

그러자 중년 문사가 얼른 고개를 끄덕였다.

"저기, 함께 온 친구가 있소이다."

중년 문사가 손을 들어 긴장한 채 두 사람의 대화를 바라보고 있는 손님 중 한 명을 가리켰다.

"좋소. 그만 가도 좋소. 아! 친구 분도 함께 가시구려."

여형초가 고개를 끄덕이자 중년 문사가 너무 쉽게 일이 끝난 것이 의심스러운지 조심스럽게 물었다.

"모, 모두 끝난 것이오?"

"그렇소."

어렵게 한 질문에 여형초의 대답은 너무 간단했다. 또한 중년 문사를 조사하는 여형초의 방법은 너무 단순하고 간단해 만약 손님 중 흉수가 섞여 있다고 하더라도 충분히 여형초를 속여 넘길 수 있을 것 같았다. 그래서인지 일송(一松) 방덕륜의 내제자들 중 몇몇이 여형초에게 못 미더운 시선을 보내고 있기도 했다.

하지만 여형초는 그런 일부 사람들의 의구심에 상관하지 않고 계속해서 서점 안 손님들의 조사를 진행했다. 그리고 여형초의 눈에는 자신의 조사에 대한 자신감이 드러나 있었다. 왜냐하면 여형초는 자신의 귀가 아니라 자신의 눈으로 상대를 조사하고 있었기 때문이다.

여형초의 조사를 신뢰하지 못하는 자들은 여형초가 조사받는 사람들에게 던지는 질문에 신경을 기울이고 있었지만, 여형초는 상대의 답변이 아닌 상대의 눈과 그 태도를 주시하고 있었던 것이다.

　의심 어린 눈으로 여형초를 바라보는 사람들이 간과한 것은 여형초가 화산의 제자라는 사실이었다. 강호에서 구파의 제자는 곧 일류고수를 의미한다. 그리고 일류고수의 눈은 살수를 가려낼 만한 능력을 지니고 있다. 여형초가 상대의 말보다 자신의 눈을 신뢰하는 이유였고, 그는 충분히 자신의 눈에 자신을 가질 만한 능력을 지닌 인물이기도 했던 것이다.

　"다음……."

　또 한 명의 손님이 여형초 앞으로 다가섰다.

　"어디서 오신 누구요?"

　앞서의 인물에게 한 것과 동일한 질문이 여형초의 입에서 흘러나왔다. 그리고 이런 식의 조사는 서점 안에 있던 스무 명의 손님들 대부분이 흉수의 혐의를 벗고 서점을 벗어날 때까지 이어졌다. 그리하여 조사를 시작한 지 채 이각이 지나지 않아 남아 있는 손님은 세 명으로 줄어들어 있었다.

　그 세 명 중에 송문악도 포함되어 있었다. 그리고 이번에는 그가 여형초 앞에 나서야 할 차례였다.

　"어디서 오신 누구요?"

여형초가 예의 그 무표정한 얼굴로 송문악을 날카롭게 쏘아보며 물었다.

'이자, 뭘 하자는 수작인가?'

송문악이 살짝 고개를 갸우뚱거렸다. 비록 한 달이 흘렀지만 여형초가 송문악을 기억하지 못할 리 없었다. 삼문협에서 두 사람은 서로 본 적이 있었다. 그리고 당시의 상황은 무척 엄중했으므로 서로가 서로를 못 알아볼 리 없었던 것이다. 혹은 여형초는 이 기회에 당시 자신들과 주마왕 풍석동의 제자들 사이에 끼어든 송문악 등의 정체를 알아보려 하는지도 몰랐다.

"날 모르겠소?"

송문악이 여형초의 질문에 대한 대답 대신 태연한 신색으로 되물었다. 그러자 여형초의 표정이 살짝 변했다.

"물론 당신을 기억하고 있소."

"그럼 됐구려. 난 이만 가보겠소?"

송문악이 가볍게 고개를 숙여 보이고는 몸을 돌렸다.

"아아, 잠깐! 잠시 기다려 보시구려."

"나에게 더 볼일이 있소?"

여형초가 자신을 불러 세우자 송문악이 무슨 일이냐는 듯한 눈빛으로 여형초를 돌아봤다. 순간 여형초의 눈빛이 차가워지면서 그의 입에서 매서운 음성이 흘러나왔다.

"내가 그대를 한 번 본 적이 있다고 해서 당신이 이곳에서 일어난 일에 대해 혐의를 벗을 수는 없소. 난 지금 대석학 일송(一松) 방덕륜 어른의 살인 사건을 조사하고 있고, 당신은 그 용의자이며 아직 조사는 끝난 것이 아니오. 그러니 당신은 이 자리를 벗어날 수 없소."

"내가 그를 죽인 용의자 중 하나요?"

여전히 송문악의 표정은 태연하다. 어떤 감정도 그의 얼굴에 드러나지 않았다. 그것이 오히려 여형초의 심기를 긁은 듯 여형초가 싸늘하게 대답했다.

"그렇소. 일송(一松) 선생께서는 무공을 익힌 살수의 손에 돌아가셨소. 그런데 이 서점 안에는 무공을 익힌 자가 그리 많지 않구려. 그리고 당신은 그 무공을 익힌 자 중 한 명이지. 그러니 당연히 당신은 유력한 용의자요."

"그럼 난 언제까지 이곳에 있어야 하는 것이오? 설마 진범이 잡힐 때까지 날 이곳에 잡아두려는 것은 아니겠지요?"

"물론, 당신이 일송(一松) 어른의 죽음과 무관하다는 것만 밝혀지면 그 즉시 이곳을 나가도 좋소. 묻겠소. 당신의 이름이 무엇이오? 또한 당신의 사문은 어디이고 당신과 함께 있던 두 노인은 지금 어디 있소?"

여형초의 입에서 쉬지 않고 질문이 흘러나왔다. 그러자 태연하던 송문악의 표정도 조금씩 바뀌기 시작했다.

"뭔가 착각을 하고 있군. 내가 이곳을 벗어나기 위해 나의 무죄를 증명할 것이 아니라, 당신이 날 여기에 잡아두기 위해

내가 이 사건과 연관있다는 증거를 제시해야 하는 것이오. 당신이 내가 이 사건과 연관이 있다는 근거를 내놓지 못한다면 내가 이곳을 벗어난다고 해도 당신이 내 앞을 막을 어떤 권한이 없소. 그것이 강호의 규칙 아니오? 묻겠소. 당신은 내가 이 사건과 어떤 연관이 있다는 단 하나의 근거라도 나에게 제시할 수 있소?"

송문악이 정색을 하고 묻자 일순간 여형초의 말문이 막혔다. 송문악이 한 말은 합당했다. 강호에서 누군가의 행동을 구속하려면 그에 합당한 이유를 대야 하는 것이다. 혹은 상대의 자유를 억압할 만한 우월한 힘을 가지고 있던지…….

"나를 여기에 잡아둘 증거를 대지 못한다면 난 이곳을 나가겠소."

송문악이 자신을 노려보고 있는 여형초에게 한마디 말을 던지고는 다시 몸을 돌려 발걸음을 옮기기 시작했다.

"멈춰!"

순간 여형초의 입에서 한기가 물씬 풍기는 노성이 터져 나왔다.

"왜 더 할 말이 있소?"

"당신은 여기서 나갈 수 없소."

"이유는?"

"내가 허락치 않았으니까."

송문악의 표정이 기이하게 변했다. 그의 마음속에서 차가운 분노가 스멀거리며 올라왔다.

'구대문파라…….'

송문악에게 구대문파는 언제나 신기루의 이름과 혼재되어 있었다. 둘이되 하나인 이름, 떠올리면 언제나 송문악의 의식 깊은 곳으로부터 살의를 돋우는 이름이었다.

"누가 당신에게 그런 권한을 주었지?"

송문악이 서늘한 시선으로 여형초를 보며 물었다.

'고수!'

여형초가 송문악의 눈빛을 대하고는 자신도 모르는 사이에 자리에서 일어섰다. 그저 제법 한 수 재주를 가진 자로만 생각했던 송문악의 기세가 그의 머리를 진탕시켰던 것이다. 고수란 어떤 자인가? 그 기세만으로 상대를 움직이는 자를 고수라 아니 할 수 없었다.

"이름이 뭐냐?"

일송(一松) 방덕륜의 죽음은 그 순간 여형초의 머리에서 사라졌는지도 몰랐다. 그에겐 오직 자신의 적이 될지도 모르는 고수 한 명이 자신 앞에 서 있을 뿐이었다. 당연히 그의 입에서 흘러나온 말도 강호의 한 전장에서 무서운 적을 만난 자의 그것이었다. 순간 다시 여형초가 예상치 못한 일이 일어났다.

"당신도 같은 생각이오?"

송문악은 여형초를 더 이상 상대치 않겠다는 듯 여형초가 서점의 손님들을 조사하는 사이 한쪽에서 일송(一松) 방덕륜의 시체와 사건이 일어난 주변을 살피고 있던 유소기에게 시선을 돌리며 물었다. 유소기는 이미 송문악과 여형초의 대립을 주시하고 있었다.

"그대의 이름을 알고 싶은 것은 사제와 같은 마음이군."

유소기가 대답했다.

"내가 대답하지 않겠다면?"

"글쎄. 이 사건의 해결을 의뢰받은 사람의 입장에서 그대를 그냥 돌려보내기는 힘들 것 같군."

어쩌면 유소기도 삼문협에서 자신의 검을 막은 철시를 날린 이 젊은 고수의 정체를 이 기회에 알고자 하는지도 몰랐다.

"그래도 내가 가겠다면 어쩌겠소?"

"흥, 화산의 경고를 무시하고 멋대로 움직이겠다면 당연히 그 대가를 치러야겠지. 혹은 그만한 능력이 있든지."

대답은 다른 쪽에서 들려왔다. 여형초가 어느새 서점의 문 쪽으로 이동해 있었다. 서슬 퍼런 그의 눈이 송문악을 노려보고 있었는데 자신을 무시하고 유소기를 상대하고 있는 송문악에 대한 분노가 적지 않은 듯, 그의 안광에는 살기조차 묻어나고 있었다.

'화산이라… 구파의 무공을 직접 경험해 보는 것도 나쁘지는 않겠지. 더군다나 무공을 익힌 후 첫 상대가 화산의 고수라면 더없이 황송한 상대가 아니겠는가.'

송문악의 가슴속에 호승심이 뭉게구름처럼 일어났다. 어쩌면 이곳에서 화산의 문도들과 충돌하는 것은 신중하지 못한 행동일 수도 있었다. 하지만 화산은 곧 구파와 이어지고, 구파는 또한 신기루와 이어진다. 신기루란 이름은 송문악의 가슴 깊은 곳에 내재한 살의를 충동질하기에 충분했다.

"나 또한 그대들에게 내 앞을 막을 자격이 있는지 궁금했어!"

송문악이 성큼 발걸음을 내디뎌 송학서점의 문으로 향했다. 여형초가 송문악이 움직이는 순간을 놓치지 않고 송문악을 마주 보며 앞으로 달려나왔다.

송문악은 여형초가 자신의 일 장 앞으로 다가서는 순간 미끄러지듯 걸음을 왼쪽으로 내디뎠다. 그러자 송문악의 신형이 순식간에 사람들의 시선에서 사라졌다. 사람들이 그의 신형을 다시 발견했을 때, 이미 송문악은 여형초의 오른쪽을 지나쳐 그의 뒤쪽을 향해 한 발을 내디디고 있었다.

"어딜!"

순간 여형초가 한마디 비웃음이 흘려내며 한 발을 축으로 급하게 회전했다. 동시에 그의 왼쪽 발이 기형적으로 늘어나는 듯 보이더니 어느새 송문악의 몸을 휘감으며 송문악의 명치를 가격해 들어가고 있었다. 송문악은 여형초의 일각을 무시하지 못하고 뒤쪽으로 몸을 빼며 손을 들어 여형초의 발을 막아갔다.

타타탁!

송문악의 손과 여형초의 발이 순식간에 허공에서 다섯 번의 격돌을 일으켰다. 하지만 이 한 번의 격돌에서 누구도 손해를 보거나 이득을 본 사람은 없었다. 단지 송문악의 신형이 다시 여형초에게 가로막혔다는 것을 제외하자면 말이다.

"이곳을 벗어나려면 나의 허락을 받아야 한다고 했을 텐데?"

여형초의 얼굴에 승리자의 도도함이 드러났다. 송문악을 송학서점에 묶어놓는 것만으로도 이 한 번의 격돌은 여형초의 의도대로 진행되었다고 할 수 있기 때문이었다. 하지만 여형초의 여유는 그리 오래가지 않았다. 송문악의 신형이 또다시 움직이기 시작했기 때문이다.

"선공을 받았으니 돌려주는 것이 예의겠지."

송문악의 입에서 싸늘한 음성이 흘러나오고 다시 한 번 그의 신형이 앞을 막아선 여형초의 곁을 스치고 지나갔다.

"글쎄, 허락이 필요하다니까?"

한 번의 격돌에서 상대에 대한 자신감을 얻은 여형초가 이번에도 송문악을 향해 매서운 각법을 전개하며 송문악의 앞을 막아섰다.

"어리석군. 한 번 써먹은 방법을 다시 쓰다니."

이번에는 송문악의 입에서 비릿한 비웃음이 흘러나왔다. 여형초의 발은 이미 송문악의 명치에 육박하고 있었다. 순간 송문악의 신형이 무서운 속도로 회전하며 자신의 명치 앞에 이른 여형초의 다리를 타고 움직여 여형초의 가슴팍으로 파고들었다.

"흡!"

여형초의 입에서 자신도 모르는 사이에 다급성이 흘러나왔다. 다리는 길고 팔은 짧다. 각법이 일정한 거리의 확보가 필요한 무공이라면 권공과 수공은 가장 짧은 거리에서 펼칠 수 있는 무공이었다. 그리고 지금 두 사람의 거리는 송문악의 권공이 힘을 받을 수 있을 정도로 짧았다. 각법을 전개하며 자연스럽게 상체의 중심이 뒤로 쏠려 약간 눕혀진 여형초의 가슴 위로 무서운 권풍을 만들어내며 송문악의 일권이 날아들었다.

"놈!"

하지만 여형초는 화산의 고수, 생각지 못한 송문악의 움직임에 수세에 몰리는가 싶은 순간, 눕혀진 그의 신형이 맹렬히 회전하며 한 자 정도 옆으로 미끄러졌다. 그와 동시에 그의 다리가 기이한 각도로 꺾이며 송문악의 뒤통수를 목표로 휘어져 들어왔다. 송문악을 향해 날아드는 그의 발에서 무서운 진기의 폭풍이 일어났다. 공력을 실은 것이다.

송문악의 안광이 파랗게 번뜩였다. 지금까지 송문악과 여형초의 박투는 서로의 공수에 진기를 싣지 않은 상태로 진행되고 있었다. 두 사람의 목적이 서로를 살상하는 데 있지 않고 한 사람은 서점을 벗어나려 하고, 다른 한 사람은 상대를 서점에 묶어두려 하는 데 있었기 때문이다. 그런데 상황이 자신에게 불리하게 돌아가자 여형초가 자신의 공세에 본신 공력을 실었던 것이다.

자연스럽게 싸움의 성격이 변했다. 상대의 길을 막는 것이 아니라 상대를 격살하는 것으로, 당연히 송문악의 대응도 바뀌었다.

"원한다면!"

송문악이 차가운 한마디를 내뱉으며 급히 허리를 숙여 자신의 뒤통수를 노리는 여형초의 공격을 피해냈다. 그리곤 팽이처럼 낮은 자세로 몸을 회전시키며 그대로 상대의 옆구리에 일권을 뻗어냈다. 육양공의 공력이 그의 권을 통해 상대에게로 뻗어나갔다.

투탁!

여형초가 급히 손을 내밀어 송문악의 주먹을 막으려 하자 송문악의 주먹과 여형초의 손바닥이 허공에서 무섭게 충돌했다.

"으음!"

순간 여형초의 입에서 신음성이 새어 나왔다. 송문악의 일권을 막아낸 그의 신형이 주춤거리며 뒤로 물러났다. 그것으로 싸움의 우열은 가려졌다. 송문악은 한 번 승기를 잡자 상대에게 여유를 주지 않고 연속해서 무서운 권풍으로 여형초를 몰아치기 시작했다.

타타탁!

놀라운 일이 벌어지고 있었다. 무림에 적을 둔 사람이라면 누구라도 지금 눈앞에서 벌어지는 일을 믿지 못할 것이었다. 천하의 무림인 중 가장 높은 곳에 군림한다는 구파일방, 그곳에서도 다섯 손가락에 드는 거파, 대화산의 제자가 자신과 동년배, 아니, 오히려 자신보다 어려 보이는 이름 모를 청년에게 밀리고 있었다.

구파의 고수는 남다르다. 강호에서 구파의 고수와 동수를 이루는 것은 적어도 구파의 고수보다 수십 년은 더 무공을 닦은 자에게나 가능한 일이었다. 그래서 송문악의 무공은 단순히 여형초를 능가한다는 것 이상의 의미를 지니는 것이었다.

화산은 검의 문파다. 화산검은 뽑혀지기도 전에 그 이름만으로도 상대를 제압하는 무게가 있었다. 검을 뽑지 않았기 때문이라고 생각했을까. 여형초가 궁색한 자세로 송문악의 공격을 막아내며 가까스로 틈을 만들어 허리에 찬 검을 뽑아 들었다.

창!

검집에서 검이 뽑혀져 나오는 소리가 강렬했다. 여형초의 다급함을 말해주는 소리였다. 검집에서 나온 검이 무지막지한 속도로 여형초와 송문악 사이의 공간을 갈랐다.

"좋군."

순간 송문악이 여형초를 향해 뻗어내던 일권을 거둬들이며 황급히 뒤로 물러났다. 도검을 맨손으로 당해낼 수는 없는 법이었다.

"놈! 목을 베겠다."

여형초의 눈에 짙은 살기가 깃들었다. 송문악을 가리키고 있는 그의 검이 그 살기를 받아 요기롭게 번뜩였다.

"생사결(生死決)을 하자면 그도 좋지."

송문악이 허리춤으로 손을 돌려 허름한 검집에 꽂혀 있는 검을 잡아갔다. 청명검은 아니었다. 청명검은 곧 송무군을 의미한다. 천하에 신기루의 눈이 깔려 있다고 생각하고 모든 일을 진행해야 하는 송문악으로서는 청명검을 포함한 귀곡육보를 함부로 사람들 앞에 내보일 수 없었다. 귀곡육보 중 사람들의 이목을 끌지 않을 만한 것은 별반 특징이 없는 유공무의 흑도 정도였다. 하지만 그 흑도조차도 송문악은 밖으로 드러내기를 꺼려하고 있었다.

그의 이름도 마찬가지였다. 유행촌까지 찾아들었던 신기루라면 그들이 쫓던 소년의 이름이 송문악이라는 것은 당연히 알고 있을 터였다. 물론 모를 수도 있었다. 당시 유행촌을 찾아왔던 인물들이 낡은 사당에서 살황의 손에 죽은 그 두 명이 전부였다면……

하지만 어쨌든 그의 이름 또한 함부로 입에 올릴 일이 아니었다. 그것이 송문악이 여형초와 유소기의 물음에 대답하지 않은 또 다른 이유였다.

그리하여 준비한 한 자루의 허름한 검이 그의 허리춤에 있었다. 송문악의 손이 그 검의 손잡이를 꽉 움켜잡았을 때 여형초의 검이 송문악을 향해 재차 움직이려 하고 있었다.

"사제, 그만!"

그때 서점의 한쪽 옆에서 신중한 눈으로 두 사람의 격돌을 지켜보고 있던 유소기가 여형초를 막아섰다.

"사형!"

여형초는 핏발이 선 눈으로 유소기를 바라봤다.

"검을 뽑을 상황이 아니다."

유소기가 냉정하게 말을 뱉어내며 서점의 안을 돌아봤다. 낙양의 학문을 대표하는 장소인 송학서점이 어느새 냉혹한 무림의 싸움터로 변해 있었다. 대부분 글을 읽는 선비들인 장내의 사람들 눈에는 목숨을 건 격투로 옮겨가는 두 사람의 싸움에 대한 두려움이 가득 고여 있었다.

여형초가 천천히 검을 내렸다. 벌건 대낮에 송학서점에서 칼부림을 하여 사람을 죽이는 일은 아무리 그가 화산의 제자라도, 또한 낙양 제일의 거부라는 여적산의 아들이라도 용납되기 쉬운 일이 아니라는 것을 깨달았던 것이다. 여형초가 검을 거두자 유소기가 천천히 몸을 돌려 송문악을 응시했다.

"오늘은 화산이 한 수 밀린 것으로 하겠소."

유소기의 말에 송문악이 입가에 차가운 미소를 지었다.

"진짜 싸움은 시작도 하지 않았는데 밀리고 말고 할 것도 없소. 더 이상 볼일이 없다면 난 그만 가겠소."

"그렇게 말해주니 고맙구려. 언젠가 정식으로 그대와 비무를 할 날이 있기를 기대하겠소."

유소기가 살짝 입술을 깨물었다.

"그도 좋지. 그럼!"

송문악이 살짝 고개를 숙여 보이고는 천천히 걸음을 옮겨 송학서점의 출입문으로 이동했다. 그런데 문 앞에 도달한 송문악이 막 밖으로 나서려는 순간 그의 뒤에서 한마디 음성이 들려와 송문악의 발걸음을 막았다.

"잠깐만요!"

송문악이 천천히 신형을 돌려 목소리가 들려온 곳을 바라봤다. 그러자 그곳에 밤처럼 깊고 별처럼 영롱한 눈동자가 그를 마주 보고 있었다. 마치 아주 오래전 새벽 호숫가에서의 그 눈동자처럼, 백설아였다.

"더 볼일이라도……?"

송문악의 물음에 백설아가 자신의 품속에서 하나의 푸른색 옥패를 꺼내 들었다.

"혹 이런 물건을 본 적이 없나요?"

'화산의 청옥패!'

백설아가 꺼내 든 것은 화산파의 신물인 청옥패였다. 청옥패를 지닌 사람은 화산에 무엇이라도 한 가지 일을 요구할 수 있다. 그리고 그의 품속에도 하나의 청옥패가 들어 있었다.

"처음 보는 물건이오만……."

순간 백설아의 눈에 문득 실망감이 떠올랐다.

"그렇군요. 미안해요. 혹 제가 만난 적이 있는 사람인가 해서……."

"세상에는 간혹 닮은 사람들이 있기 마련이지요."

송문악이 살짝 고개를 숙여 보이고는 이내 송학서점을 벗어났다. 서점을 나서는 송문악의 등에 각기 다른 감정을 담은 세 화산 제자의 시선이 꽂혀 있었다.

*   *   *

송학서점에서 백주 대낮에 일송(一松) 방덕륜이 살해되었다는 소식은 하루가 지나지 않아 전 낙양성 내에 퍼졌다. 방덕륜의 명성은 낙양을 넘어 경사에서도 유명한 것이었기에 방덕륜이 죽은 지 며칠이 지나자 군자로는 천하의 거유(巨儒)와 이름있는 명사들로 넘쳐나기 시작했다.

하지만 사람들의 관심은 낙양으로 몰려든 천하명사들에게 있지 않았다. 낙양성민의 이목은 천하의 유명인들보다도 단한 사람의 행보에 집중되어 있었다. 바로 낙양대인 여적산의 장원에 머물고 있는 화산 제자 유소기가 낙양성민들의 이목을 잡아끄는 인물이었다.

왜냐하면 이 희대의 살인 사건에 대한 조사가 그의 주도하에 이루어지고 있기 때문이었다. 더군다나 그는 강호무림의 천외천으로 불리는 구파일방의 대문파 화산의 제자가 아니던가.

구파일방의 고수들에 대한 경외감은 무림인을 넘어 일반 사람들에게도 널리 퍼져 있었다. 아니, 오히려 무림인보다도 일반인들에게 구파일방의 고수들은 더욱 신비로운 존재들로 인식되고 있었다. 그래서 낙양성민은 일송(一松) 방덕륜의 죽음에 경악하면서도, 화산파의 고수 유소기가 보여줄 활약에 대한 기대로 여적산의 장원에서 눈을 떼지 못하고 있었던 것이다.

하지만 신선과 같은 존재라는 대화산파의 고수 유소기는 일송(一松) 방덕륜이 죽은 지 보름이 지나도록 어떤 성과도 사람들 앞에 내놓지 못했다. 들리는 소문에 의하면 당시 송학서점에 있던 모든 사람들의 행적을 일일이 조사했음에도 불구하고 흉수에 대한 어떠한 단서도 드러나지 않았다는 것이었다.

그리하여 시간이 지나면서 화산 고수 유소기에 대한 기대는 차츰 사라지고 대화산파의 제자조차도 단서 하나 찾을 수 없게 완벽한 살인을 저지른 살수에 대한 경탄이 사람들 사이에서 화제가 되기 시작했다.

하지만 그것도 잠시였다. 어느덧 살인 사건이 벌어진 지 한 달이 지나자 죽은 낙양 제일의 석학 일송(一松) 방덕륜이나 화산 고수 유소기, 그리고 이름 모를 살수에 대한 관심은 허 망한 연기처럼 사라지기 시작했다. 낙양에 몰려들었던 천하의 명사들도 하나둘 낙양을 떠나기 시작하자, 이제 낙양은 마치 어떤 일도 일어나지 않았던 곳인 양 다시금 예전의 그 모습으로 돌아가기 시작하는 것이었다.

"인심은 조석변이라더니 그 말이 틀리지 않는군."

송문악과 귀령파파, 그리고 장사성은 오랜만에 추월루에 나와 한 잔의 차를 즐기고 있었다. 인심을 탓하며 씁쓰레한 미소를 지은 것은 귀령파파였다.

"갑자기 그건 무슨 말씀이십니까?"

장사성이 묻자 귀령파파가 손을 들어 창밖의 낙양 거리를 가리켰다.

"한 달 전만 하더라도 일송(一松) 방덕륜의 죽음으로 마치 큰 전쟁이라도 난 듯 부산거리던 성내가 어느새 방덕륜의 죽음이 있었는지조차 의심스러울 정도로 그의 죽음에 무관심해진 것을 말하는 것이라오."

"그렇군요. 지난 한 달간 낙양은 그야말로 용광로와 같이 들끓었는데 이제는 다시 아무 일도 없었던 예전의 그 상태로 돌아갔군요."

장사성이 고개를 끄덕였다.

"그래서 하는 말이 아니겠소. 일송(一松) 방덕륭 같은 자의 죽음도 채 한 달을 버티지 못하고 사람들의 관심에서 멀어지니 세상의 인심이란 정말 허망하구려."

"본시 죽음이란 그 당사자에게나 중요한 문제일 뿐이지요."

귀령파파의 말에 장사성이 고개를 끄덕이며 대답했다. 잠시 대화가 끊기고 세 사람이 몇 모금의 차를 마신 후에 문득 장사성이 생각났다는 듯 송문악에게 물었다.

"그래서인지 요즘 장원을 살피던 자들도 더 이상 보이지 않더구나?"

"장원을 찾아오지 않은 지 오 일이 지났습니다."

송문악이 대답했다.

"다시 말하지만 경솔한 행동이었어."

귀령파파의 입에서 질책하는 듯한 말이 흘러나왔다.

"다음부터는 조심하도록 하겠습니다."

"물론 그래야지. 신기루가 천하를 암중에 지배하고 있다면 이곳 낙양에도 그들의 눈이 있을 것은 분명한 사실, 그런데 함부로 너를 드러내는 행동을 한 것은 무척 위험한 일이란 말이다. 덕분에 우리도 꼬박 한 달 동안 장원에 갇혀 살지 않았느냐?"

"명심하겠습니다, 어르신."

송문악이 재차 머리를 조아렸다.

"그나저나 그 여형초란 자는 너에게 무척 화가 난 모양이더구나. 우리가 머물고 있는 장원을 살피는 일이야 밑에 사람들에게 맡겨놓아도 될 터인데 하루에 한 번씩은 꼬박꼬박 장원 앞에 들렀던 것을 보면 말이다."

유소기가 송학서점에서 싸움을 크게 만들지 않고 굳이 송문악을 보내준 것은 이미 송문악이 자신의 시야에서 벗어나지 못할 것이란 확신을 하고 있기 때문이었다. 유소기는 비록 여형초가 한 번씩 조사를 마친 사람들이라 하여도 송학서점 안에 머물렀던 모든 사람들에게서 시선을 떼지 않았다.

사람들을 감시하는 데 동원된 인원만도 백여 명에 달했지만 유소기는 사람들을 움직이는 데 전혀 어려움이 없었다. 낙양대인 여적산을 포함한 군자로의 권력자들이 한마음으로 유소기의 일을 지원했기에 가능한 일이었다.

당연히 송문악에게도 감시인이 붙었고, 그 감시의 눈길은 한천녀 옥소화의 장원을 지난 한 달 동안 지켜보고 있었다. 그런데 송문악을 감시하는 자는 유소기에게서 송문악을 감시하라고 명을 받은 사람만은 아니었다.

송학서점에서 일수를 겨뤄 송문악에게 패한 여형초가 하루에 한 번씩은 꼭 송문악이 머무는 장원에 들러 송문악의 동태를 살폈던 것이다. 그런데 여형초와 감시자의 발걸음은 오일 전부터 더 이상 장원을 찾고 있지 않았다.

"자존심이 무척 세 보이더군요."

송문악이 입가에 고소를 지으며 대답했다.

"흘흘! 그래, 구파의 무공을 경험해 보니 어떻더냐?"

이번에는 송문악을 나무라던 귀령파파도 궁금한지 여형초와의 대결에 대해 물었다.

"글쎄요. 이미 말씀드렸듯이 우리는 그야말로 그저 잠시 박투를 나누었을 뿐입니다. 그러니 그 한 번의 부딪침으로 구파의 실력을 가늠할 수는 없지요."

"하지만 박투란 모든 무공의 근본이랄 수 있지. 박투의 견고함이 곧 그 사람의 무공을 추측해 볼 수 있는 가장 좋은 지표란 말이다. 흘흘, 그 녀석이 그토록 약이 오른 것을 보면 아마도 네게 무척 혼쭐이 난 모양이구나. 다시 말하자면 넌 제대로 무공을 익힌 것이고……."

"그는 화산의 일개 제자에 지나지 않습니다."

다시 송문악이 별일 아니라는 듯 말했다.

"물론 그 녀석은 화산의 일개 제자일 뿐 아니라, 보아하니 그 심성도 너에 비하면 한참 모자란 녀석이 분명해 보이기는 하더구나. 하지만 그래도 화산의 제자에게 한 수 가르침을 주었다는 것은 칭찬받아 마땅하다. 내가 비록 네 행동에 대해 듣기 싫은 소리를 했다만 그 녀석의 버릇을 고쳐 준 것은 정말 통쾌한 일이라고 할 수 있지."

귀령파파가 여형초에게 패배를 안겨준 송문악이 대견한지 흐뭇한 미소를 지어 보였다.

"그런데 아무래도 넌 이름을 새로 하나 장만해야 할 것 같구나."

장사성이 새로운 이야기를 꺼내 들었다. 송문악과 귀령파파가 장사성을 바라보자 그가 정색을 하며 대답했다.

"송문악이라는 이름은 분명 신기루의 귀에 들어갔을 테니 하는 말이다. 강호에서 활동하려면 이름이 필요한데 송문악이라는 이름을 쓸 수 없으니 새로운 이름이 필요하겠지."

송문악이 그제야 고개를 끄덕였다.

"장학사님께서 하나 지어주십시오."

"그러시구려. 천학은 학식이 풍부하니 좋은 이름으로 하나 지어주시구려."

귀령파파도 송문악의 말을 거들었다.

"글쎄, 뭐가 좋을까? 보자… 청명(清鳴)이 어떻겠느냐?"

순간 송문악의 눈이 반짝였다. 그리고 망설이지 않고 대답했다.

"그렇게 하지요."

장내의 삼 인은 모두 이 청명이라는 이름이 의미하는 바를 알고 있었다. 장사성이 청명이라는 이름을 언급한 것은 바로 송무군이 남긴 청명검을 의미하는 것이었다. 장사성은 송문악이 청명이라는 이름을 사용함으로써 신기루에 의해 죽어간 송무군과 귀곡의 사형제들을 잊지 말기를 바라는 것이었다. 그리고 그 마음은 즉시 송문악에게 전해졌다. 송문악이 망설이지 않고 청명이라는 이름을 사용하기로 한 이유였다.

"그런데 넌 정말 아무것도 알고 있는 것이 없느냐?"

문득 귀령파파 이설이 물었다.

"무슨 말씀이신지?"

"그 일송(一松) 방덕륜의 죽음에 대해 아무것도 아는 것이 없느냐는 말이다."

"글쎄요……."

귀령파파 이설의 질문에 송문악이 묘한 미소로 대답을 대신했다.

*　　　*　　　*

낙양성 내에서 가장 고급스런 거리라 할 수 있는 군자로와 정반대의 장소로 인식되어지는 거리가 있었다. 말가(末街)라고 불리는 곳이 바로 그 장소였다. 군자로가 낙양의 고관대작과 거부들이 모여 사는 곳이라면 말가는 그야말로 가장 비천한 자들이 모여 사는 거리였다.

성의 남쪽에 위치한 말가의 옆으로는 낙양성의 모든 하수들이 성 밖으로 흘러나가는 거대한 하수구가 있었고, 장정 세 사람이 함께 길을 가기에도 좁은 길들이 얼기설기 만든 판자집들 사이로 미로처럼 이어져 있었다.

낙양성에 사는 사람들은 이 말가에 오기를 누구나 꺼려했다. 왜냐하면 이 말가라는 곳이 사람들이 견디기 힘들 만큼 지저분한 곳이기 때문이기도 했지만, 또한 어두운 인생들이 모여 사는 곳에 어울릴 정도로 위험한 곳이기도 했기 때문이다. 만약 누군가 준비없이 이 비참한 거리에 들어온다면 그는 자신도 모르는 사이에 품속에 지니고 있던 모든 재물을 빼앗기는 것은 물론 재수없으면 목숨을 잃을 수도 있는 곳이 이 말가였다.

추월루에 있던 송문악의 모습이 바로 그 낙양의 빈민촌 말가에 나타난 것은 해가 뉘엿뉘엿 성 밖으로 넘어갈 무렵이었다. 수많은 종류의 냄새가 뒤엉켜 토악질을 나게 만들 만큼 지독한 악취가 말가의 좁은 길을 떠돌았으나 송문악은 마치 오래전부터 말가에 살아온 사람처럼 좁은 골목을 걷고 있었다.

천민들이 사는 가난한 동네의, 걷기도 힘든 좁은 골목이었지만 곳곳에 웅크리고 앉아 비럭질을 하는 사람들이 여럿 보였고, 가끔 가다 송문악의 발아래로 하수구를 제집 삼아 살아가는 쥐들이 찌직거리며 지나갔다.

골목길 곳곳에서는 보이지 않는 눈들이 탐욕스런 눈으로 송문악을 노려보고 있었지만 송문악의 허리춤에 걸려 있는 한 자루의 낡은 검 때문인지 그의 앞을 막아서는 자는 없었다. 하지만 직접 송문악에게 시비를 거는 사람은 없었지만 송문악을 살피는 탐욕의 눈동자들은 송문악이 말가의 골목길 어느 한곳에서 걸음을 멈출 때까지 계속 이어지고 있었다.

그런데 우연처럼 송문악의 걸음이 어느 한 집 앞에서 멈추자 그를 주시하던 눈빛들이 씻은 듯이 사라졌다. 순간 송문악의 입가에 살짝 미소가 걸렸다. 송문악은 자신의 주위에서 일어난 일들을 하나도 빠짐없이 살피고 있었다.

자신을 주시하던 눈들이 자신이 걸음을 멈춘 곳에 이르자 씻은 듯이 사라졌다는 것은 이곳에 그들이 두려워하는 누군가가 살고 있다는 의미일 수도 있었다.

'시작은 괜찮군.'

송문악이 흡족한 미소를 지으며 약간 수그리고 있던 고개를 들어올렸다. 그러자 갑자기 시뻘건 고깃덩어리가 그의 눈에 들어왔다. 송문악이 손을 들어 살짝 자신의 몸 한곳에 가져다 대었다. 그러자 심하게 요동치는 작은 생명체의 움직임이 느껴졌다.

'이곳이군. 향충이 길을 찾았어!'

송문악의 한쪽 가슴에서 뿌듯한 감정이 솟아올랐다. 지난 수년간 옥적을 이용해 길들여 왔던 향충이 첫 임무를 완벽하게 수행해 낸 것이었다. 송문악이 만족한 웃음을 지으며 시뻘건 고기들이 긴 나무기둥에 줄줄이 걸려 있는 건물 안쪽을 들여다보았다.

사람의 모습은 보이지 않았다. 하지만 송문악은 망설이지 않고 안으로 걸음을 옮겼다.

고기들이 주렁주렁 걸려 있는 건물 안은 무척 어두워 거꾸로 걸려 있는 고깃덩어리들을 피해 걸음을 옮기기조차 힘들었다. 송문악은 어두운 공간을 아주 천천히 한 걸음씩 걸어나 갔다. 그의 한 손은 허리에 찬 검을 잡고 있었는데 그것은 마치 누군가와 생사의 대결을 준비하는 듯한 모습 같았다.

비릿한 혈향과 차가운 공기의 촉감, 그리고 알 수 없는 긴장감이 어두운 공간에 혼재되어 묻어났다. 그렇게 건물 안 깊숙한 곳까지 걸어 들어간 송문악의 눈에 한줄기 작은 불빛이 비춰들었다.

작은 탁자가 하나 있었고, 벽에는 도살할 때 쓰는 듯한 기구들이 흉물스럽게 걸려 있었다. 탁자 한쪽에서 흔들거리는 호롱불이 그 작은 공간을 밝히고 있었다. 여전히 사람은 없었다.

빛은 사람의 마음을 방심하게 만든다. 마음이 한 올 무뎌진 송문악이 검을 잡고 있던 손에 살짝 힘을 뺐다. 그런데 바로 그 순간, 송문악의 등줄기를 따라 차가운 살기가 도저히 반항하지 못할 정도의 속도로 엄습했다.

"움직이지 마."

그와 동시에 어눌한 목소리가 송문악의 뒤쪽에서 들려왔다.

'그토록 조심했건만!'

허탈한 감정이 송문악의 가슴에 밀려들었다. 목 옆쪽에 느껴지는 차가운 물체는 보지 않아도 검이라는 것을 알 수 있었다. 그리고 그 검의 주인이 자신이 짐작했던 사람이란 것도 송문악은 금세 알 수 있었다. 자신을 위험에 빠뜨린 상대의 이 움직임과 그 어눌한 목소리를 송문악은 기억하고 있었던 것이다.

"넌 누구냐?"

다시 어눌한 음성이 물었다. 그러자 송문악이 죽음의 위협에 놓인 사람답지 않은 담담한 목소리로 대답했다.

"오랜만입니다, 어르신! 오 년 전 유행촌에서 잠시 뵈었던 송문악입니다."

송문악은 드디어 살황 고산앙을 만난 것이다.

『신기루』 3권 끝

입소문을 통해 아는 분은 다 알고 계십니다!
올 한해 공인중개사 최고의 화제작!

1~2권 합본 | 이용훈 지음
3~4권 합본 | 이용훈 지음
5~6권 합본 | 이용훈 지음
용 어 해 설 | 이용훈 지음
1~2차 문제풀이집 | 이용훈 지음

수험생 기본 필독서
만화 공인중개사

제목 : 만화공인중개사 쓰신 분에게 감사드립니다.

학원을 두달 다녔어요. 근데 과연 그 숫자 와우기 그런게 몇 문제나 나올까 생각을 했어요.
아니라는 생각이 드네요. 학원강의를 뒤로 하고 서점을 갔어요. 내 머리에 가장 이해될 수 있는
책이 없나 하구요. 거기서 만화를 발견했어요. 무조건 세번 봤어요. 3개월 걸렸어요. 문제 집을
보라고 했는데 그건 시행을 못했어요. 근데 합격을 했네요.
어떻게 감사의 말을 해야 될지…
도서관에서 만화책 들고 다니니까 사람들이 비웃더라구요. 만화책으로 공인중개사를 공부한
다고 미친사람처럼 보더라구요. 근데 그거 다 감수하고 했던 내가 자랑스럽습니다.
어떻게 감사의 말을 해야 할지 정말 감사합니다.
부디 행복하세요. 제 나이 41살에 좋은 스승을 만난 거 같습니다.
엎드려 감사드립니다.

-본사 홈페이지에 독자분이 올린 메일 中에서 발췌-

잘나가고 싶은 사람은 읽어라!

그에게 한눈에 반했다! 그것은 분위기 탓?
애인과 나란히 걸어갈 때 당신은 좌, 우 어느 쪽에 서는가?
이성은 왜 서로 끌리는 걸까? 그 심층 심리를 해명한다!

30초의 심리학

■ **30초의 심리학**
아사노 하치로우 지음 / 계일 옮김 | 값 8,500원

처음 본 사람인데 와 닿는 느낌이
너무나도 강렬한 사람이 있다.
흔히 하는 말로 '필이 꽂힌 사람',
그래서 잊혀지지 않는 사람,
한눈에 반했다고 하는 것이 바로 그것이다.
이런 인간의 감정을 논하는 데
남녀의 구분이 있을 수 없다.
사랑하는 그, 혹은 그녀를
생각하는 것만으로도 가슴이 두근거린다.
이상할 것 없다. 당연히 그럴 수 있는 것이다.
그렇기에 인간을 감정의 동물이라 하지 않는가.
그러나 그렇게 좋아하는 그 사람이
어느 날 갑자기 싫어지는 경우는 왜일까?

Psychology